유령함대 ❶

GHOST FLEET
Copyright © 2015 by P. W. Singer and August Cole
All rights reserved

Korean translation copyright © 2018 by SALLIM PUBLISHING CO. LTD
Korean translation rights arranged with Sanford J. Greenburger Associates, Inc.
through EYA(Eric Yang Agency), Seoul, Korea.

이 책의 한국어판 저작권은 EYA(Eric Yang Agency)를 통한
Sanford J. Greenburger Associates, Inc.사와의 독점계약으로
㈜살림출판사가 소유합니다.
저작권법에 의하여 한국 내에서 보호를 받는 저작물이므로
무단전재 및 복제를 금합니다.

유령함대

1

미 중 전 쟁
가상 시나리오

피터 W.싱어 · 오거스트 콜 지음
원은주 옮김

살림

이 책은 현실의 트렌드와 테크놀로지를 바탕으로 쓴 것이나,
미래 예측서가 아닌 소설임을 미리 밝혀둔다.

목차

프롤로그

#지표면 391킬로미터 위

"정말 미안해."

비탈리는 왜 그런 말을 한 것일까. 국제 우주정거장의 유
일한 미국 우주인인 미 공군 대령 릭 파머는 러시아 대원들의
장난감이나 다름없었다. 가장 최근에는 파머가 침낭 안에서
자고 있을 때 입구를 꿰맨 다음 발버둥 치는 그의 모습을 인
터넷에 올리기도 했다. 뭐 그건 나름 재밌었지만, 지금은 바깥
이 아닌가. 가느다란 줄 하나에 매달려 우주정거장 바깥에 떠
있다면 상황은 전혀 다르다.

이상한 건 비탈리 시마코프가 그렇게 말한 다음, 평소처럼
웃음을 터뜨리지 않았다는 점이었다.

파머는 불안한 마음에 한 번 더 줄을 확인했다. 우주복 무
전기로 비탈리나 다른 대원들과 통신한 지 24분이 지났다. 태
양 전지판 4개를 수리하러 우주정거장 밖으로 나온 후에 선

장에게 들은 메시지는 그때가 마지막이었다. 휴스턴 기지마저 연락이 두절되었다. 파머는 통신이 두절된 것이 나사가 미디어에 떠들 법한 대단한 일이 아닌, 그저 매일같이 일어나는 흔한 기술적 문제일 거라 생각했다.

그는 칼텍에서 시스템 엔지니어링으로 박사학위를 받고 T-38 훈련조종사 시절부터 F-22 스텔스기 조종사 시절까지 4,000시간을 비행한 경력자로서, 덩치 크고 복잡한 물건들은 가끔씩 이유 없이 작동이 되지 않을 때가 있다는 사실을 잘 알았다. 오래전 아프가니스탄에 처음 출정하기 전날, 그의 비행 장비 옆에서 뛰어놀던 쌍둥이 아들을 떠올렸다. 그때 쌍둥이에게 이런 말을 했다.

"아빠는 위험한 일을 하니까 헬멧이 꼭 필요하단다."

사실 그가 하는 일은 평범하게 처리하는 게 가장 어려웠다.

파머는 우주정거장으로 재진입하기 위해 해치로 다가갔다.

"파머 대령이다. 해치 오픈."

아무런 반응이 없었다. 음성 인식 소프트웨어의 문제인가 싶어서 제대로 인식할 수 있도록 또박또박 다시 말했다.

"파머 대령이다. 해치 오픈."

시스템이 그의 목소리를 듣지 못한 것 같았다. 파머는 수동 조작 장치에 손을 뻗어 비상 버튼을 덮은 뚜껑을 들어올렸다.

'이게 제일 빠른 방법이지.'

그러나 여전히 반응이 없었다.

파머는 다시 빨간 버튼을 세게 눌렀다. 그 반동으로 파머의 몸이 무중력인 우주 공간으로 튕겨나갔다. 줄이 없었더라면 파머는 목성을 향해 초당 10미터의 속도로 날아갔을 것이다.

문은 여전히 꼼짝하지 않았다. 도대체 이게 어떻게 된 일인지 알 수 없었다.

헬멧 바이저의 겉부분은 도금되어 있다. 세계에서 가장 값비싼 선글라스다. 내부에는 그의 위치부터 우주복 내부의 온도에 이르기까지 모든 정보를 알려주는 컴퓨터 스크린이 나

열되어 있다.

한쪽 구석에서 반짝거리는 빨간 불빛이 보였다. 그걸 보지 않아도 그의 심장박동이 치솟고 있다는 건 알 수 있었다. 파머는 심호흡을 하고 아래로 펼쳐진 파란 지구를 바라보았다. 지구를 둘러싼 검은 허공은 애써 무시했다. 덮칠 것처럼 위협적으로 느껴졌기 때문이다. 휴스턴 기지의 요가 강사한테 배운 대로 30초 동안 천천히 복식호흡을 하고 나서 문을 노려보았다.

다시 버튼을 누르고, 또 눌렀다. 역시나 마찬가지였다.

파머는 헥스팬도를 집어 들었다. 이 육각형 도구는 유사시 소켓헤드 볼트를 제거하거나 끼울 수 있도록 나사 엔지니어들이 개발한 것이다. 쉽게 말하면 렌치다. 사용 설명서에는 헥스팬도를 '무기로 사용하지 말 것'이라고 분명히 적혀 있었다.

'집어치우라 그래.'

파머는 헥스팬도로 해치를 내리쳤다. 진공상태인 우주에서는 소리가 들릴 리 없으나 울림이라면 해치 안쪽으로 전달될지도 모를 일이었다.

마침내 파머의 무전기가 치직거리며 되살아났다.

"비탈리, 내 말 들려요? 무슨 일 생긴 줄 알았잖아요. 통신 장비가 또 고장 났나봐요. 빌어먹을 음성 인식 시스템도 안 되고요. 게나디한테 다시 시베리아 직업학교로 보내버릴 거라고 전해주세요. 어제 수리를 했다더니 다 고장을 내놨네. 안에서 수동으로 문 좀 열어줘요."

"그럴 수 없어. 더 이상 내가 결정을 내릴 수 없어."

비탈리가 침통한 목소리로 말했다.

"뭐라고요?"

파머의 헬멧 안 스크린에서 다시 심장박동이 치솟았음을 알리는 빨간 불빛이 반짝거렸다. 그의 어깨 너머에서 화성이 눈을 깜빡이는 것처럼 그랬다.

"내겐 해치를 열 권한이 없어."

비탈리가 말했다.

"권한이 없다고요? 그게 무슨 소리예요? 휴스턴 연결해서 해결해봐요."

"잘 가, 친구. 진심으로 미안해. 위에서 내려온 명령이야."

"명령은 내가 내려. 이 빌어먹을 해치 당장 열어!"

무전기의 희미한 잡음이 파머가 들은 마지막 소리였다.

파머는 5분간 해치를 두드리다가, 몸을 돌려 발아래의 지구를 하염없이 바라보았다. 베이징에서 남쪽 상하이로 스모그 구름이 뒤덮인 아시아 대륙이 보였다.

시간은 얼마나 남았을까. 빨간 불빛은 그의 호흡이 가빠지고 있다는 뜻이었다. 파머는 애써 마음을 가라앉히며, 지구의 선회율과 우주정거장의 속도, 남은 산소의 양을 계산해보았다. 동쪽 해안선이 보일 때까지 버틸 수 있을까. 아내와 다 큰 두 아들이 코드곶에서 휴가를 보내고 있다. 파머는 마지막으로 한 번 더 그들을 내려다보고 싶었다.

1부

무릇 전쟁을 오래 끌어 나라에 이익이 된 적이 없다.
―손자병법

#태평양, 마리아나해구,
해수면 아래 1만 590미터

때로 역사는 암흑 속에서 만들어진다.

주진은 어둠을 훑으며 지금쯤 아내는 무엇을 하고 있을까 생각했다. 아내 류팡의 모습은 보이지 않았지만, 10킬로미터 위에서 키보드 쪽으로 구부리고 앉아 긴장감을 없애고자 머리를 바짝 당겨 묶고 있을 게 뻔했다. 담배 연기에 예민한 아내가 다른 지질학자들이 피워대는 담배 연기에 요란하게 재채기를 하는 모습도 눈에 선했다.

팀장으로서 심해잠수정 자오룽 3호에 오른 주진에게, 현대과학이 주는 도움은 스크린뿐이었다. 이번에는 특히 팀장이라는 직함에 큰 의미가 있다. 지시를 내린 것은 이사회 임원인 로웨이지만, 임무가 성공하든 실패하든 주진이 책임져야 하기 때문이다.

약칭 COMRA, 중국 해저광물자원 개발 협회의 심해탐사선 시앙양훙 18호에서 한참 떨어진 바닷속에 홀로 있노라니 주진은 새삼 자신의 처지가 실감 났다. 지금 이 순간 마리아 나해구에 있는 이 구역만큼은 오롯이 자신의 것이었다.

주진은 약하게 빛을 발하는 제어 장갑을 부드럽게 움직여서 잠수정을 조종했다. 어느 순간 자동조종장치를 써야 하지 않을까 싶을 정도로, 수직으로 솟은 해구 벽에 가까이 다가갔다. 그는 정신을 차리려 심호흡을 했다. 조급한 마음이 잠수정은 물론이고, 모두의 꿈마저 산산조각 낼 수 있다.

주진은 어깨로 헤드셋을 슬쩍 밀어 조정했다. 마음을 다잡은 다음, 희미하게 빛나는 스크린과 잠수정 바깥의 칠흑 같은 어둠 속에서 무언가 나타나길 기대하듯 앞으로 몸을 숙였다.

이번 잠수가 마지막이다. 그래야 한다.

주진이 두 손을 한 번 젓자 잠수정이 해구 벽에서 물러나 멈추었다. 그 상태로 외부 등을 끄고, 빨간 내부 등도 껐다. 그리고 이 순간을 만끽했다.

말 그대로 수십 년 동안의 조사와 투자 덕분에 찾아온 순간이었다. 다른 나라들은 주진과 그의 동료들처럼 바닷속 깊은 곳을 탐사하려는 시도조차 하지 않았다. 그 때문에 해저의 96퍼센트가 아직 전인미답의 미개척지로 남아 있는 것이다. 텐진대학이 잠수정을 개발한 뒤에 팀원들이 심해잠수 훈련을 하는 데만 꼬박 4년이 걸렸다. 그에 비하면 5일 동안의 탐사 는 아무것도 아니었다.

주진이 탄 잠수정이 이번 임무의 마지막 잠수 시도였다. 머 지않아 미국이 직접 '우호적' 방문을 하거나 오스트레일리 아인을 대신 보낼 것이다. 중국은 괌의 미국 기지에 너무 가 까이 가 있었다. 아직까지 아무도 찾아오지 않았다는 게 기 적일 정도였다. 어찌되었든 시간이 많지 않은 건 분명했다. COMRA의 탐사선에도, 탐사선의 대원들에게도 그랬다.

주진은 아내 뒤에 우뚝 서서 초조하게 줄담배를 피워댈 로 웨이 소령의 모습과 연기 속에서 재채기를 해댈 아내의 모습 을 떠올렸다. 모니터를 볼 때처럼 강렬한 눈길로 아내의 얼굴 을 쳐다보고 있을 대원들을 생각하니 자신의 얼굴이 따가울 지경이었다. 그 눈길에 담긴 메시지는 자명했다.

'팀장이 실패하면 우리는 다 끝이야.'

그리고 주진은 실패하지 않았다.

발견 자체는 시시했다. 주진의 오른손 근처 스크린에서 파 란 글자의 메시지가 반짝이더니 지도 제작 모드로 바뀌었다.

이곳에 천연가스 매장지가 있다는 지표들이 있었지만, 주진은 스크린에 뜨는 정보를 보고 왜 이곳에 오고 싶었는지를 깨달았다. 주진은 일회용 무인 자율 잠수정을 배치할 준비를 했다. 대원들에게 발견 현장을 전부 보여주기 위해서였다. 무인 자율 잠수정은 사실상 미니 어뢰로, 이 어뢰가 폭발하는 순간 발생하는 음파를 잠수정의 음파탐지 센서가 포착해서 지도로 만든다. 해저의 풍부한 자원을 자세히 기록한 지도다. 음파를 이용해서 해저 바닥 수 킬로미터 아래에 묻힌 모든 것을 '볼' 수 있는 것이다. 미니 어뢰 기술은 미국 해군의 잠수함 추적 시스템을 참고해서, 자원 지도 제작 소프트웨어는 보스턴대학에 다닌 어느 학생의 박사과정 논문을 참고해서 만들었다. 그 학생은 역사를 만드는 데 자신이 어떤 역할을 했는지 결코 모를 것이다.

35분간의 지도 제작이 끝났다. 임무 완료.

'어둠 속에서 오래 있었지.'

주진은 생각했다. 예전에 아내에게 한 번 고백한 것처럼 그에게 가장 끔찍한 곳은 심해와 해수면 사이였다. 한낮의 빛과 경이로운 심해 사이의 텅 빈 공간에 갇혀 죽는 것이야말로 지옥일 것 같았다. 그런데 이번에는 달랐다. 텅 빈 공간은 새 소식을 전할 기대감으로 가득 찼다.

잠수정 해치를 열자, 대원 전체가 탐사선 난간에 서서 그를 내려다보고 있었다. 팔뚝에 흉터가 있고 왼손 검지가 없는 요리사마저 자오룽 3호를 마중하러 나왔다.

주진은 태평양의 눈부신 햇살에 눈을 찌푸리며 애써 표정을 드러내지 않았다. 배 난간에 모인 대원들 중에서 아내를 찾았다. 로 소령은 한쪽 구석에서 인상을 찌푸린 채 질문을 담은 눈으로 그를 쏘아보고 있었다. 주진은 아내의 눈을 하염없이 바라보다가 더는 숨기지 못하고 씩 웃었다. 아내가 평소답지 않게 환호성을 지르더니 두 손을 들고 펄쩍 뛰었다.

대원들이 고개를 돌려 그녀를 바라보다 같이 환호성을 지르기 시작했다. 멀리서 불어온 부드러운 해풍이 탐사선 고물에 달린 이사회 깃발을 흔들었다. 빨간 별이 박힌 노란 깃발이 바람에 나부꼈다. 깃발마저 주진을 반겨주는 것 같았다. 다시 난간을 돌아보자 로 소령은 보이지 않았다. 벌써 하이난에 결과를 보고하러 들어간 것이다.

#태평양, 마리아나해구 위,
미국 해군 P-8

8,000피트 상공 위에서도 갑판 위에 있는 사람들이 무언가

를 축하한다는 사실을 알 수 있었다.

"선장이 파티라도 연다고 했나봐."

조종석에 앉은 빌 달링 중령이 말했다.

달링과 휘하의 대원들은 최근 엔진을 교체한 P-8 포세이돈을 타고 점검 비행을 다녀오는 길이었다. 포세이돈은 전함 추적용 초계기지만 레이더에 잡히는 거라곤 먼지 하나 없어 무료했다. 태평양 한구석에서 조금이나마 흥밋거리가 되어주는 건 중국의 위원회 탐사선뿐이었다.

부조종사인 데이브 트리혼은 P-8의 센서 카메라로 포착한 시앙양홍 18호의 라이브 영상을 연결했다. 포세이돈은 잠수정 추적이라는 해군의 목적에 맞게 개조된 보잉 737 여객기라 군대 기준에서 보면 조종석이 널찍하다. 하지만 군 조종사들은 언제나 더 많은 정보를 원하는 법이고, 달링은 그러한 욕구를 만족시켜주려고 주기적으로 센서 카메라 영상을 조종석 스크린에 띄웠다.

"내려가서 더 가까이 살펴볼까요?"

트리혼이 물었다.

"저 친구들만 재미보는 건 불공평하잖아. 파티라면 우리도 초대를 해야지. 확실히 줌인해서 잠수정을 찍어. 정보부를 바쁘게 만들어주자고."

"등록된 정보에 따르면 과학 탐사대랍니다."

트리혼이 말했다.

달링은 매끄럽게 500피트를 하강한 다음, 우현 날개가 탐사선에 부딪칠락 말락 하는 순간 재빨리 선회했다. 비행기는 크고 빨랐으며, 머리 위에서 울리는 낮은 굉음은 사람을 불안하게 만들었다. 시앙양훙 18호의 승무원들도 이제 비행기의 존재를 알아차렸을 것이다.

"시앙양훙 18호, 여기는 미 해군 P-8이다. 도움이 필요하면 말하라."

달링이 무전을 보냈다.

"꽤 깊은 해구 위에 배를 세워두었는데, 스노클링하기에 적합한 곳은 아니다."

트리혼이 킬킬 웃기 시작했다. 무전 내용을 듣고 있는 P-8의 나머지 대원들도 마찬가지였다. 달링은 다시 비행기를 100피트 상공으로 끌어올렸다.

"이제 무전기가 어디 있는지는 알겠네요."

트리혼이 말했다.

"그래도 관심은 끌었잖아."

달링이 대꾸했다.

"그러게요. 스크린 확인해보세요. 저들이 잠수정을 끌어올리면서 방수포로 가리려고 합니다."

트리혼이 말했다.

"지금 막 한 명이 바닷속으로 뛰어들었어요."

그리고 무전기에서 목소리가 들렸다. 상대는 미국의 군사 동맹국인 위원회 특유의 명령조로 말했다.

"미 해군 P-8, 여기는 중국 해저광물자원 탐사 개발 협회의 공식 탐사대 팀장인 주진이다. 우리는 허가를 받고 공해에서 과학 조사를 수행 중이다. 알았나?"

"알았다, 시앙양훙 18호."

달링이 답했다.

"법적인 문제는 따지고 싶지 않지만, 이곳 해역은 마리아나해구 국립 해양 보호구역이며 미국의 배타적 경제수역으로 지정된 곳이다. 대기하라. 미국 연안경비대에 무전해서 불법 어획을 하는 건 아닌지 확인해보겠다."

"우리는 과학 탐사대다. 확인할 필요 없다. 평화로운 임무를 이 이상 방해한다면 위원회 정부에 대한 적대 행위로 간주하겠다. 알겠나?"

"초장부터 세게 나오네요."

트리혼이 말했다.

"머저리들이나 하는 짓이지."

달링이 대꾸했다.

"정말 연안경비대에 연락할 겁니까?"

트리혼이 물었다.

"아니. 물고기를 잡는 건 분명히 아니고, 이런 일로 분란을 일으킬 필요도 없지."

달링은 이렇게 대꾸하고 무전기에 말했다.

"알았다, 시앙양훙 18호. P-8은 떠나겠다. 바닷속으로 뛰어든 한 명도 잊지 말고 데려가도록."

달링은 P-8을 3,000피트 상공까지 끌어올렸다가 엔진 출력을 줄여서 이 커다란 제트기를 거의 무중력 상태로 만들었다. 그런 다음 중국 탐사선의 선미를 향해 낙하하며 쌍발엔진의 출력을 한층 더 줄이자, 90톤에 달하는 제트기는 낙하하면서도 거의 아무런 소리를 내지 않았다.

"아직 안 끝났어. 탐사선 바로 위까지 내려가서 저들이 고개를 숙이면 그 고물에서 2,000미터 떨어진 곳에 레모라를 떨어뜨릴 거야."

달링이 말했다.

"예, 알겠습니다. 대기하겠습니다."

무기 통제 담당 요원이 대답했다.

#태평양, 마리아나해구,
시암양홍 18호.

로웨이 소령은 선장에게 무전기 마이크를 돌려주었다.

"너무 오래 걸리는군. 미국 연안경비대가 오기 전에 떠나
야 해. 주 박사, 연구에 필요한 건 다 확보했나?"

"네, 좀 더 살펴보고 싶지만……."

그때 엄청난 굉음이 탐사선을 뒤흔들었다. 주진은 손으
로 양쪽 귀를 막고 갑판에 엎드렸다. P-8이 탐사선 우현에서
30미터도 채 되지 않는 거리를 쌩하니 지나가며 회색빛으로
번쩍였다.

로 소령은 그 움직임에 절로 감탄했다. 짓궂지만 대담했다.
과학자인 주진은 토할 것 같은 기분이 들었다. 제트기의 굉음
이 잦아들자 대원 한 명이 외쳤다.

"바닷속에 뭐가 있습니다. 배 뒤편에 어뢰가 있어요!"

"진정해."

로 소령이 양손으로 엉덩이를 짚고 섰다.

"그게 어뢰면 우린 벌써 다 죽었어. 어뢰가 아니라 자동 전
파 발신 부표야. 수중 드론인 레모라겠지."

"저들이 눈치를 챈 걸까요?"

주진이 물었다.

"아니, 여긴 아무것도 없잖아. 중요한 것은 저 아래에 있으니까."

로 소령은 탐사선 뒤를 쫓아오는 드론을 바라보며 무심하게 대꾸했다.

그리고 주진을 돌아보며 덧붙였다.

"주 박사. 자네가 성공했다는 소식은 지도부에 전했네. 아내와 함께 이 순간을 즐기게. 잠수정은 반드시 지키도록."

로 소령이 주진에게 그토록 다정한 말을 건넨 건 난생처음이었다.

#캘리포니아주, 수순만,
국방예비합대

안개 낀 이스트 베이 위로 태양이 떠오르자 하늘은 종이 등처럼 은은하게 빛났다.

"토레스, 어젯밤에는 잠 좀 잤나?"

마이크 시먼스가 물었다. 낡은 보트 앞 바닷물에 시선을 고정한 채로 열아홉 살짜리 토레스의 상태를 꿰뚫어보는 것 같았다. 그의 손은 선외 모터를 가볍게 잡고 있었는데, 손바닥에는 못이 박히고 손가락 관절에는 따개비 같은 굳은살이 박혀

있었다. 마이크는 한쪽 무릎에 턱을 올려놓고 다른 한쪽 다리
는 선수에 척 걸치고 앉아 있었지만, 당장이라도 그 청년을
물속으로 차버릴 수 있었다.

"아뇨, 하지만 괜찮아요."

일병 가브리엘 토레스가 말했다.

"오기 전에 각성제를 먹었거든요."

마이크는 낡은 철제 머그컵을 들어 한 모금 마셨다. 수십
년간 하루에 18시간 동안 커피를 마시다보니 오른손 검지가
아예 굽어버릴 정도였다. 그가 몸을 살짝 움직이자 보트의 우
현이 밑으로 내려가면서, 토레스는 뱃머리에 겨우 앉았다. 퇴
직한 하사관인 마이크는 토레스보다 35킬로그램은 족히 더
나갔으며, 둘의 체급 차이는 배가 출렁거리는 정도뿐만 아니
라 목소리에서도 드러났다.

"카우 팰리스 경기장에서 또 시뮬레이션 게임을 하네요."

토레스가 말했다.

"브라질 복고 파티예요. 옛날 리오에서 열린 카니발이요."

"나도 리오에 가본 적이 있지. 카니발을 보러 간 건 아니지
만. 대단했어. 여자들이 진짜…… 어떻게 우리 승무원들을 다
시 배에 태운 건지 아직도 모르겠어."

"흐음."

토레스는 예의상 고개를 끄덕였지만, 마이크의 관심은 비즈 안경에 꽂혀 있었다. 요즘 애들은 그 빌어먹을 안경만 끼면 다 똑같다고 마이크는 생각했다. 요즘 애들은 중요한 걸 놓치면 그냥 다시 보기만 하면 된다는 걸 알고 있다. 누가 무슨 말을 했는지 다시 찾아서 돌려보면 되는 것이다. 하지만 절대 기억하지는 못한다.

토레스가 쓴 금테 삼성 안경은 해군에게 어울리는 물건이 결코 아니었다. 마이크는 렌즈에 찍힌 팔로 알토 A의 로고가 번쩍거리는 것을 발견했다. 토레스는 어젯밤 열린 팔로 알토와 양키스의 경기를 돌려보고 있었다. 경기 화면 아래로 시베리아에서 중국과 러시아가 국경에서 충돌을 했다는 새 소식이 떴다.

"경기는 압승이었지만, 파슨스의 무안타로 8회 말이 개판이 됐지. 팔로 알토만 안됐어."

마이크가 말했다.

김이 센 토레스는 안경을 벗고, 여전히 강철빛 바다에 집중하는 마이크를 쳐다봤다.

젊은 일병은 뭐라고 답해야 하나 고민했다. 이 노인에게 성질이라도 부렸다가는 상사들 귀에 들어갈 게 뻔했다. 게다가 이 노인은 비록 은퇴했지만 토레스쯤은 쉽게 바닷속으로, 그

것도 손에 든 커피 잔에서 커피 한 방울 흘리지 않고 던져버
릴 수 있을 것 같았다.

"자넨 근무 중이야. 지금은 내가 민간인이고 자네에게 명
령할 처지는 아니지만, 자넨 해군이잖아. 그 빌어먹을 안경에
정신 팔려서 임무를 소홀히 하지 마."

"예, 알겠습니다."

토레스가 대답했다.

"자네 상사도 아니고 그렇게 딱딱하게 대답할 필요 없어.
나야 먹고살려고 하는 일이니까."

마이크는 오래된 군대식 농담을 하며 빙그레 웃었다. 토레
스에게 상황이 끝났다는 걸 알려주려 윙크를 했다. 바로 그것
덕분이었다. 이 장난스러운 매력 때문에 마이크는 이곳까지
왔고, 동시에 과거로 돌아가고 있는 것이다. 토레스가 배에 타
지 않았더라면 마이크는 7노트로 느긋하게 배를 몰다가 조수
가 적당한 때에 세인트 프랜시스 요트 클럽에 배를 세웠을 것
이다. 그곳에 가면 시간을 때우던 이혼녀가 술을 한 잔 건네
며, 그가 전 세계에서 아이들을 입양했던 나이 많은 할리우드
배우를 꼭 닮았다고 말할지도 모른다. 그러면 마이크는 전 세
계에 자식이 있지만 누군지는 모른다며 농담을 던졌을 테고,
그렇게 유희가 시작되었을 것이다.

떠오르는 태양에 주변에 정박한 전함들의 윤곽이 드러나기 시작했다. 머리 위로 날아다니는 갈매기의 울음소리 때문인지 말없이 선 녹슨 전함들이 더더욱 고철 같아 보였다.

"원래 유령함대는 고철 덩어리를 보관하는 곳이었지."

마이크는 1980년대의 유류 보급함과 1차 부채 위기 이후 퇴역한 이지스 구축함 사이를 지나며 설명했다.

"하지만 이곳에 있는 배 중에 상당수는 수명이 다하기 전에 버려졌어. 어쨌든 버려진 건 매한가지지만."

"저는 우리가 왜 여기 온 건지 모르겠는데요, 중사님. 낡고 수명이 다 된 거잖아요. 우리가 여기서 뭘 하겠어요. 우리한테도 이 배가 필요 없고요."

"그건 오산이야. 은퇴한 늙은 창녀한테 립스틱을 바르는 것 같겠지만, 아무리 별거 아닌 것처럼 보여도 이건 해군의 보험증권이야. 미 해군은 냉전 동안 유령함대에 500척의 함선을 보관해두었지. 만약을 대비해서."

"우현 쪽에 부유물이 있습니다."

토레스가 말했다.

"고맙네."

마이크는 물 위를 떠다니는 색 바랜 파란색 플라스틱 통을 피해 보트를 몰았다.

"그리고 가장 최근에 도착한 배야, 줌월트."

마이크가 다음에 정박한 배를 가리키며 말했다.

"저 흉측한 뱃머리에서 샴페인을 낭비할 때도 함대랑은 어울리지 않았고, 지금도 어울리지 않아. 역사도 없고 신뢰도 없지. 바닷속으로 처박아야 했지만, 그랬더라면 합성 물질 때문에 물고기가 다 죽었을 거야."

"선미가 왜 저래요? 방향이 거꾸로 됐네요."

"기술 용어로 텀블홈 구조라고 하지."

마이크가 말했다.

"선체의 등뼈가 배 중앙과 이루는 각도를 봐, 커터 칼날 같지? 현실에서 두 단계 뒤처져 있으면서 미래를 따라잡으려 하면 이렇게 되는 거야. 처음에는 X를 붙이면 특별해지는 것처럼 DD(X)라고 불렀지. 해군은 전기포며 그런 것들을 주렁주렁 단 21세기 스텔스 구축함을 건조하려고 했어. 서른두 척을 건조할 계획이었지. 하지만 제작하고 유지하는 데 거금이 들어간 것도 모자라서 광선포는 작동도 하지 않았지. 그래서 해군은 세 척만 샀어. 그 후에 다란 사태가 닥치고 국방 예산이 깎이자마자 줌월트를 여기로 보내버린 거야."

"다른 두 척은 어떻게 됐어요?"

"더 끔찍한 결말을 맞았지. 반 건조되었던 자매함들은 마지막 부채 위기 때 반 고철로 팔려가버렸어."

"그럼 저거에 오른 다음에는 뭘 해야 하는데요?"

"저거가 아니라 배야."

"그게 그 말이죠."

"아무리 고물이 됐더라도 함부로 이거, 저거 하지는 마."

"알겠습니다. 저건, 저 배는 LCS 같은데요."

토레스가 말했다. 공식적으로는 프리깃함이지만, 해군에서는 아직도 원래 이름인 연안전투함이라 불린다.

"전 저 배를 타고 싶었어요."

"LCS? 작고 괴상한 배를 타고 빨리 해안에 나가서 50노트에 머리카락을 휘날리며 해적에게 대포를 쏘고 싶었나? 밧줄이나 준비해."

"아드님이 LCS에 탄 적이 있다고 하지 않으셨나요? 아드님은 뭐래요?"

"몰라. 연락 안 하고 지내니까."

"죄송해요, 중사님."

"자네가 나랑 유령함대에 온 걸 보면 누군가에게 단단히 밉보인 게 분명해."

마이크가 화제를 돌리려고 하는 게 분명했다.

토레스는 선미 근처의 작은 바지선을 피해 가더니, 보지도 않고 고리매듭을 척척 묶었다. 늙은 중사는 저도 모르게 피어오르는 미소를 억눌렀다.

"매듭이 좋군."

마이크가 말했다.

"내가 알려준 대로 연습했나?"

"연습은 필요 없어요."

토레스가 안경을 톡톡 치며 말했다.

"한 번만 보여주시면 영원히 저장되니까요."

#말라카 해협,
코로나도호.

코로나도호의 상급 사관실에 놓인 짙은 파란색 가죽 의자는 극장 의자처럼 푹신했다. 비즈 안경 충전기와 허리 지지대, 온열 쿠션까지 갖추고 있으니 군대에서 사용하기에는 지나치게 호화로웠으나 브리핑을 두어 시간씩 들으며 앉아 있다 보면 좀이 쑤시기는 매한가지였다.

원격 조종 MQ-8 파이어 스카우트 헬리콥터 파견대를 담당하는 장교가 브리핑을 마치고 인사를 한 뒤 자리로 돌아갔다. 잠시 잡담이 이어지다가 부함장이 이번 작전의 정보 브리핑을 하러 자리에서 일어서자 갑자기 조용해졌다.

함선의 이인자인 부함장이 상석에 서는 순간, 모두들 초등학교 시절 우러러보던 체육 교사를 떠올렸다. 사실 21세기의 해군은 두뇌가 전부다. 하지만 체격 또한 여전히 중요한 부분인데, 부함장인 제임스 시먼스(때때로 사람들은 그를 '제이미'라 부른다)는 그 조건을 갖추었다. 193센티미터 키에 한때 잘나가던 워싱턴대학 카누 대표팀 선수의 체격은 점점 기술화되어가는 해군 내에서 보기 드문 것이었다.

"좋은 아침이다. 오늘은 내 방식대로 하지. 비즈는 끼지 않는다."

부함장의 말은 브리핑 내내 비즈 안경으로 녹화도 못 하고 다른 짓도 하지 못한 채, 꼼짝없이 브리핑을 들어야 하는 상황이 온 것을 의미했다. 승무원들이 한숨을 내쉬었다.

뒤에 앉은 젊은 중위가 주먹에 대고 기침을 하는 척하며 구시렁거렸다.

"구식이야."

코로나도호의 함장인 톰 라일리는 조선업체 로고가 새겨진 반들거리는 검은 세라믹 커피 머그잔을 들고 한쪽으로 비켜섰다. 부하의 무례한 명령에 저도 모르게 헛웃음이 나왔다.

스크린에 첫 번째 이미지가 뜨더니 방 안에 3D 입체영상을 쏘았다. 새카만 전자 수상자전거를 타고 자동소총으로 컨테이너선 함교에 총을 발사하는 덩치 크고 문신을 새긴 남자의 이미지였다. 해군대학에서 강의했던 나이 많은 제독에게 배운 기법이었다. 그 제독은 흔히들 사용하는 몰입형 영상 대신에 강조하고 싶은 부분마다 단 하나의 이미지를 사용했다.

"이제 다들 집중하는군."

시먼스는 이렇게 말한 후 배가 위치한 말라카 해협 입구의 지도를 띄웠다. 반짝거리는 빨간 점이 줄지어 대기하고 있다가, 이전에 해적이 출몰했던 장소를 표시했다.

"전 세계의 선박 중 반 이상이 이 해협을 지나가기 때문에 여기 보이는 빨간 점들이 전 세계적인 걱정거리가 되었다."

과거 인도네시아와 말레이시아 사이로 흐르는 대략 970킬로미터 정도 되는 해협의 너비는 고작 3킬로미터도 채 되지 않는다. 그래도 이 해협 덕에 인도네시아가 2차 티모르 전쟁 후 무정부 상태로 전락해서 말레이시아가 독재국가를 수립할 수 있었다. 전 세계에 존재하는 나라 대부분에서 해적은 과거의 존재지만, 태평양의 이 구역만큼은 빨간 점의 존재처럼 해적이 판치는 암흑가다. 해적들이 소형 보트와 집에서 만든 항공 드론을 이용해 잡을 수 있는 것을 죄다 잡아 팔아서 모은 자금 대부분은 제도에 흩어진 수백 개의 민병대로 흘러간다.

중국이 특수작전을 벌인 이후로 납치는 사라졌다. 중국이 국가 최대의 선박 운송업을 지키기 위해 하룻밤 사이에 3개 섬에 사는 인구를 싹 쓸어버린 것이다. 그렇다고 해적의 공격이 끝나지는 않았다. 사람이 사는 섬은 6,000개나 더 남아 있으니까. 이제 해적들은 배를 잡으면 그 안에 있는 모두를 죽인다.

"이것이 앞으로 사흘 동안 코로나도호가 집중해야 할 부분이다."

시먼스가 말했다.

"정기적인 순찰 임무 말이다. 하지만 더 중요한 임무와 연관이 되어 있기 때문에 함장님께서 여러분께 브리핑을 해달라고 부탁하셨다. 우리는 오후 6시에 위원회 수송대와 합류하여 다국적 수송 작전을 실행한다."

부함장은 지도를 확대했다. 코로나도의 현재 위치인 남동쪽에 초점이 맞춰져 있던 지도를 확대해서 태평양 전체를 담은 지도를 보여주었다.

"이것이 오늘 아침 주요 브리핑이다. 긴 내용이다. 하지만 보너스가 있지. 내 브리핑 동안 졸지 않으면 PACE 점수를 배로 주겠다."

그 말에 몇 명이 미소를 지었다. 해군 학위 취득 프로그램

(PACE)은 해군이 나랏돈으로 대학 학위를 딸 수 있는 가장 빠른 길이라 젊은 승무원들에게 인기가 있었다.

"우리는 다국적 프로젝트라는 새로운 분야를 개척하고 있다. 워싱턴이 통상 금지 조치를 시작한 후로, 미군이 위원회 해군과 연합작전을 수행하는 것은 처음이다. 그 말은 하이난에서 오는 친구들이 신중하게 행동할 거라는 뜻이다. 스크린에서 볼 수 있듯이, 위원회는 굳이 필요하지 않은데도 이곳에서 연료보급용 새 유조선을 구매할 거다. 중국이 세계에서 가장 경제 규모가 크고, 자국의 해군을 위해 무엇이든 사들일 수 있다는 점을 과시하기 위해서다. 유조선을 갖는 게 왜 중요한 일인지 이해하려면 과거를 되짚어봐야 한다. 3년 전 다란 사태부터 시작해보지. 핵무기, 좀 더 전문적으로 말해 방사성 더티밤이 터지면서 사우디는 사상누각처럼 무너졌다. 알 사우드가 이후에 누가 패권을 쥘 것인가를 두고 다란에서 싸움이 벌어졌고, 전 세계 경제는 세계 원유 중심지가 무너진 충격에서 아직도 헤어나오지 못한 상태다."

다음 슬라이드는 치솟는 에너지 가격 그래프였다.

"다란 사태 이후 마침내 유가는 290달러 고지를 찍었지만, 세입자들이 이 배에 얼마나 많은 돈을 지불하는지는 말하지 않겠다. 이렇게만 해두지. 여러분이 마음껏 즐기는 이 햇살은 여러분의 손주까지 대대로 갚아야 할 거다."

"라먼으로 지불하겠죠."

함선의 신입 장교 중 한 명인 구팔 중위가 덧붙였다. 라먼이란 중국 통화인 렌멘비(Renminbi)의 속어다. 다란 사태 이후 라먼은 유로화와 더불어 국제 준비통화가 되었다.

"그래도 아직까지는 우리 석유로 항해를 하고 있잖아."

라일리 함장이 끼어들었다.

"옛날에는 중동 석유가 시장을 점유했어."

"그랬죠."

시먼스가 대꾸했다.

"뉴욕 지진 이후 모라토리엄이 일어나기 전보다 셰일 추출양이 더 많아졌습니다. 다란 사태 덕분에 사람들이 지하수 누출에 관해선 걱정하지 않게 됐고요."

스크린에 전 세계 에너지 비축량 지도가 떴다. 시먼스는 승무원들에게 좀 더 가까이 다가가 말을 이었다.

"함장님께서 중요한 말씀을 하셨다. 새로운 에너지원을 찾으려는 경쟁으로 인해 이곳과 이곳, 이곳에서 지역적 긴장감이 고조되고, 전 세계에서 국경분쟁이 발생하고 있다. 남중국해의 유전이 실망스러운 결과를 낳으면서 위원회가 느끼는 압박감이 커졌지. 자원 탐색은 계속되고 있다. 위원회가 유조선을 사들이는 건 이들이 전 세계로 눈을 돌리고 있다는 걸 보여주는 것이다."

지도가 사라지고 나서 남아프리카의 연기 나는 광산 사진이 떴다.

"저기는 모잠비크와 남아공의 국경 근처에 위치한 스파이커 광산이다. 기억나나? 세계에서 발생하는 사건들은 모두 연관이 있다. 대체에너지원을 찾으려는 노력마저 협력보다는 갈등을 낳고 있지. 태양전지와 심방전 배터리 같은 기술은 희토류에 의존하고 있는데, 희귀하다는 것은 결국 경쟁을 낳기 마련이다."

이번에는 중국인민해방군의 녹색 탱크가 공안부의 폭동진압 트럭을 밀어버리고, 이 모습을 지켜보는 상하이 인민 광장의 사람들이 환호하는 사진이 떴다.

"이건 중요하니까 집중들 해. 위원회의 역사는 모두 알고 있겠지. 다란 사태 이후 세계 경제가 큰 타격을 입었을 때, 과거의 중국 공산당은 국가 경영에 실패했다. 이들의 가장 큰 실수는 도시 노동자들의 폭동을 군사적으로 진압하려 했다는 점이다. 1989년처럼 군대가 자신들을 위해 지저분한 일을 처리해줄 거라 착각한 것이다. 과거와 다른 전문적인 군대와 비즈니스계의 엘리트들이 이 사태를 다르게 본다는 사실을 파악하지 못한 거야. 새로운 엘리트들은 권력을 물려받은 '소공자들'의 족벌주의와 부패가 폭도보다 더 위험하다고 판단했다. 그래서 공산당을 몰아내고, 과거 정권보다 더 인기 있고 더 유능하고 극단적으로 기술을 추구하는 위원회 정권을 세웠다. 비즈니스계의 거물들과 군대의 엘리트들이 규칙을 세우고 역할을 나누었지. 과거 공산당 시절에는 자본주의와 국가주의가 서로 부딪쳤다면, 이제는 둘이 한데 어우러져 협력하고 있다."

상하이의 스카이라인을 배경으로 부두에 정박한 위원회 해군의 새 항공모함 사진이 스크린에 떴다.

"요점은 위원회가 중국을 바꾸었다는 것이다. 이들은 부패하고 내란이 일어나기 직전인 나라를 완벽하게 통제했고, 비즈니스 리더와 군사 리더가 긴밀히 협력해 한 방향으로 나아가고 있다. 하지만 학교에서도 배웠다시피, 외부만 보고 제대로 된 평가를 내릴 수는 없다. 스스로를 알고 스스로가 역사에서 차지하는 위치를 알아야 한다."

이번에는 세계 전도 두 장이 스크린에 떴다. 첫 번째 전도에는 1914년 영국의 무역로와 식민지가 표시되어 있었고, 두 번째 전도에는 전 세계에 분포한 미군기지 현황이 800개의 점으로 표시되어 있었다.

"우리가 반세기 전 소비에트 연방과 그런 것처럼 위원회와 냉전 중이라고 말하는 사람도 있고, 그렇지 않다고 말하는 사람도 있다. 하지만 소비에트 연방의 예를 드는 것은 옳지 않을지도 모른다. 100년 전의 대영제국이 오늘날 우리가 처한 상황과 훨씬 비슷하다. 경제가 위축되고, 사람들이 과거의 약속을 지키는 데 더 이상 관심이 없다면 어떻게 세계의 경찰국가 자격을 유지할 수 있을까?"

항구에 있는 미 해군 항공모함의 사진이 연속으로 스크린에 떴다. 마지막 사진은 아직 건조 중인 새 엔터프라이즈호 CVN-80이었다.

"물론 상황이 그렇다고 과거처럼 저렴하게 일을 처리할 수는 없다. 과거에도 그랬듯이 오늘날에도 주력함이 해군의 전력을 좌우한다. 포드급 항공모함은 건조에 걸리는 시간이 너무 길고, 미 해군이 보유한 핵추진 항공모함은 아홉 척뿐이다. 그건 운용 중인 네 척으로 전 세계를 커버해야 한다는 뜻이다. 게다가 아프가니스탄과 예멘, 그리고 지금은 케냐에도 있는 우리 군대를 유지할 비용이 나가기 때문에 우리는 항공모함 없이 일을 하는 데 익숙해져야 했다."

"그래도 저는 항공모함보다 이 배가 좋습니다."

구팔 중위가 한마디 내뱉었다.

"덩치가 커봐야 스톤피시 과녁만 될 테니까요."

"그 입 조심해, 중위. 자네가 타는 배가 이 배가 마지막일 것 같나?"

라일리 함장이 티타늄 E-시가로 공중을 찌르며 덧붙였다.

"네, 함장님."

구팔 중위가 겸연쩍은 듯 대답했다.

라일리 함장이 착한 상사 역할을 맡고 시먼스는 부함장으로서 나쁜 상사를 맡아야 했지만, 이 역할이 바뀌면 승무원들은 굉장히 즐거워했다.

"중위, 농담만 빼면 그게 바로 내가 짚고 싶은 부분이다. DF-21F, 즉 스톤피시 대함(對艦) 탄도미사일은 우리를 겨냥한 것이 아니야."

시먼스가 말을 이었다.

"하지만 여러분이 다양한 흐름과 원인, 그리고 그 다음에 올 미래를 생각해봤으면 좋겠다. 그래서 스톤피시가 중국에게 주는 이점이 뭐지?"

"권투선수가 팔을 더 길게 뻗는 것 같은 효과입니다. 우리가 중국을 포격할 수 있는 사정거리에 들어가기 전에, 우리의 대형 항공모함을 요격할 수 있습니다."

구팔 중위가 대답했다.

"맞아, 행동의 자유가 생기지. 만약 자네가 위원회라면 그 자유로 무엇을 할 거지? 그리고 그 이유는, 행동 개시 시점은? 내가 던지고 싶은 질문은 이런 것들이야. 오늘의 문제가 반드시 내일의 문제라고 장담할 수 없기 때문이다. 오늘은 해적이지만, 그 다음엔 뭘까?"

시먼스가 물었다.

라일리 함장이 시먼스에게 다가갔다. 미소를 짓고 있긴 했지만, 몸짓으로 보아 이 브리핑이 아주 마음에 들지 않는 게 분명했다.

"고맙네, 부함장. 제군들, 요는 이런 위협을 가늠할 줄 알아야 한다는 거야. 존재하는 위험 요소는 싹부터 제거해야 한다. 해군은 해공전에 말 그대로 수십억 달러를 투자했고 스톤피시와 다른 무기에도 대비하며 결전이 벌어질 경우에 준비해 왔다. 시베리아 국경에서 벌어지는 상황을 고려할 때, 부함장은 우리 함선이 아니라 러시아 함선에서 브리핑하는 게 나았을지도 모르겠군. 위원회와 전쟁을 벌인다면 그건 모스크바일 테니까."

"예, 함장님."

시먼스가 대답했다.

"질문 있나?"

시먼스는 방 안을 둘러보며, 목구멍으로 나오는 말을 억지로 눌렀다.

구팔 중위가 손을 들었다.

"그렇다면 저희는 어떤 입장을 취해야 합니까? 이곳의 위원회 군대를 어떻게 생각해야 합니까? 친구입니까, 적입니까? 아니면 친구이자 적입니까?"

"말했듯이 중국은 우리보다는 러시아와 전쟁을 할 가능성이 더 크다."

라일리 함장이 대답했다.

"설사 중국이 우리와 싸움을 벌이겠다는 생각을 하더라도, 그런 걸 해낼 만한 경험이 없지. 부함장이 역사 강의를 할 때 중국이 1940년 이래로 대전을 치른 적이 없다는 점은 설명하지 않았더군."

"그건 미 해군 역시 마찬가지입니다."

시먼스가 조용히 덧붙였다.

침묵이 이어졌다. 승무원 몇 명은 괜히 무릎 위에 놓인 안경을 만지작거렸다. 하지만 신참인 구팔 중위가 분위기 파악을 못하고 끼어들었다. 해군사관학교에서는 환영받았을지 몰라도, 여기서는 아니었다.

"부함장님, 함장님 말씀대로 러시아와 중국이 붙을 거라고 생각하십니까?"

구팔 중위가 물었다. 시먼스는 라일리를 흘끗 쳐다본 다음 구팔 중위를 바라보았다.

"위원회는 러시아가 중국인 이주 노동자의 권리를 침해하고 있으며, 양측의 전 정권이 맺은 조약에 명시된 국경선을 지키지 않았다고 주장하고 있다. 따라서 내가 러시아인이라면 함장님과 같은 결론을 내렸을 것이다. 그리고 러시아 역시 그런 생각으로 움직이고 있는 것으로 보인다. 최근 위성사진을 판독한 결과 러시아 태평양 함대가 블라디보스토크의 기지를 출항했다. 중국이 기습 공격을 감행할 경우에 대비해서 이들은 중국 공군기지를 타격할 수 있는 사정거리 안으로 이동할 가능성이 높다. 이는 현명한 움직임이다. 역사를 봐도 그렇지."

"부함장의 보기 드문 칭찬을 끝으로 해산한다."

라일리 함장이 말했다.

"미국은 필요할 때 햇살을 어디서 얻어야 하는지 잘 알고 있다."

#베이징,
미국 대사관

대사는 파티를 즐겼다. 지미 링크스 중령 역시 마찬가지였으나 이유는 달랐다.

사실 파티는 구실에 불과했다. 이번 파티는 2년 동안의 국방무관실 생활을 마치고 미국으로 돌아가는 링크스를 위한 환송 파티였으나 어느 국가에서 온 손님이든 지위가 아무리 높든, 파티장에 온 모두의 목적은 같았다. 바로 정보수집이었다. 안경, 보석, 시계 모든 것이 끊임없이 기록하고 분석하기에 바빴다. 일단 다 저장한 다음, 나중에 거르면 되는 것이다. 사람들이 쇼핑을 할 때 할인하면 일단 바구니에 담고 보는 것과 크게 다르지 않았다.

링크스는 바닥에 끌릴 만큼 길고 반투명한 드레스를 입은 이십 대 후반의 아름다운 중국 여자를 쳐다보다, 여자의 뒷목 언저리의 피부 일부가 유난히 빳빳하다는 걸 알아챘다. 첩보기관의 신입들에겐 더 이상 선택의 여지가 없다. 제대로 된 기술을 적용하면 인간의 신체는 뛰어난 안테나가 된다. 다행히도 정책이 바뀌기 전에 미 해군 장교가 된 링크스는 그런 걸 심을 필요가 없었다. 적어도 지금으로서는. 해군이 그를 봐준 게 아니라 그 칩이 민감한 항공 전자기기나 전함의 시스템과 충돌할 가능성을 완전히 배제할 수 없기 때문이었다.

누군가 유리잔을 두드리자 왁자지껄하던 파티장 안의 소음이 웅성거리는 속삭임으로 줄어들었다. 링크스는 들고 있던 보드카 마티니 잔에 꽂힌 레몬 껍질을 응시했다. 문제는 그것이 녹음기냐 아니냐가 아니라, 누가 설치한 것이냐였다.

"여러분, 우리의 공동의 이익과 목표를 위해 건배합시다."

위원회의 공군 사령관인 우리아오 장군이었다. 링크스가 알기로 이 자는 조만간 또 한 번의 부패 인사 숙청을 선언할 예정이었다. 링크스는 사흘 뒤에 처형당할 사람들의 이름도 알고 있었다. 우 장군의 운전수가 담배를 피우려고 창문을 조금 열어둔 덕분이었다. 이런 식으로 정보를 수집하는 것이다.

"저는 해군의 명예를 위해 건배하겠습니다. 그 어디서도 공군 장교가 이런 말을 하는 건 못 들어봤을 겁니다."

우 장군의 농담에 15개국의 인사들이 예의 바르게 웃음을 터뜨렸다.

"과거 인도네시아 공화국 주변의 영해 질서를 지키기 위한 중미합동훈련은 우리가 더 강한 하나가 될 미래를 위한 것입니다."

우 장군이 말을 이었다.

"안타깝게도 우리 북쪽의 이웃에게는 같은 말을 할 수가 없군요."

우 장군이 구석에 서 있는 러시아 관리를 성난 눈으로 쏘아보자, 손님들의 시선이 그리로 향하며 남아 있던 웃음기도 싹 사라졌다. 그 러시아 관리는 무심히 고개를 끄덕이더니, 연설보다는 보드카의 온도가 더 중요하다는 듯 하이볼 잔을 한 손에서 다른 손으로 옮겼다.

건배 후 링크스는 그 러시아 관리에게 다가갔다. 세르게이 세친 소장은 파티장 단골이었다. 평생 군복을 입은 사람이 그렇듯 걸음걸이가 위풍당당하고, 야한 농담이라도 들은 것처럼 항상 미소 짓는 남자였다. 10년 이상 베이징에 있었기에 상사를 만족시키는 동시에 위원회의 오만함을 참고 견디는데 꽤 능숙해진 게 분명했다. 공산당 지도부가 가혹하게 숙청되었을 당시, 외국 정보부 직원을 포함한 몇몇이 교통 '사고'로 사망하기도 했다.

"우 장군이 지나쳤어요."

링크스가 말했다.

"위원회의 신진세력, 그중에서도 특히 우 장군 같은 핵심세력들은 다른 사람의 생각 따위는 신경 쓰지 않아요. 자신의 계획만을 생각하지."

세친이 말했다.

"공산당도 그랬는데 그 말로가 어떨지……."

"우리가 나누던 즐거운 대화가 그리울 겁니다, 세르게이."

링크스가 말했다.

"그리고 스모그와 이곳 겨울도요."

웨이터가 음료수 쟁반을 들고 지나갈 때 세친은 자신과 링크스의 빈 잔을 내려놓고 차가운 보드카 두 잔을 들었다.

"언젠가는 이런 불쾌한 감정들도 다 잊게 될 걸세."

세친은 이렇게 말하며 잔 하나를 링크스에게 건넸다. 그리고 자신의 보드카를 들이켜며 링크스에게도 어서 마시라고 고개를 끄덕였다.

"자 바스(당신을 위하여)."

링크스가 말했다. 웨이터가 완벽한 타이밍에 새 술 두 잔을 들고 다시 나타났다. 정보수집을 하는 전문 스파이일 가능성이 높았다.

"어쩌면 자네가 한 역할을 맡게 될지도 모르겠군."

세친은 자신의 잔을 빤히 바라보았다.

"미국의 가장 위대한 수출품이 뭔지 아나?"

링크스가 눈을 찌푸렸다.

"가장 큰 거요, 아니면 가장 위대한 거요? 때로는 그 둘이 다르죠. 가장 액수가 큰 품목은 석유와 천연가스고, 가장 위대한 품목은 민주주의죠."

"아니, 아니야."

세친이 말했다.

"바로 아이디어지. 꿈이야. 스타트렉."

세친은 링크스의 눈을 바라보았다.

"그렇게 생각하신다면야."

링크스는 컴퓨터 분석 소프트웨어가 이 대화 내용을 어떻게 분석할까 생각해보았다. 세친은 이제 비어버린 잔을 빤히 쳐다보며, 진지한 목소리로 말을 이었다.

"우리나라와 자네의 나라가, 그쪽 말마따나 '위기'에 처해 있을 때 수많은 미국인들이 스타트렉을 즐겨봤지."

"저는 보지 못했습니다. 적어도 옛날 버전은요. 어릴 때 아버지 따라서 리메이크 버전은 두어 번 봤지만요."

"스타트렉의 비전은 아주 긍정적이었어. 세계 연합이 전세계의 대원들을 우주로 보내다니. 미국인인 커크 선장이 리더였고. 그와 함께 전 세계에서 온 대원들이 한 우주선을 탔지. 유럽이나 아프리카에서 온 대원까지. 당시 미국의 인종차별 문제가 심각했다는 점을 고려할 때 주목할 만한 부분이야. 여기 있는 술루 씨도 비슷한 경우일지도 모르겠군. 미국이 벌인 베트남 전쟁 덕에 평화의 상징이 되어 아시아를 대표하고 있으니까."

"평화요? 여기에서 평화를 좋아하는 사람은 아무도 없을 겁니다."

링크스는 이렇게 말하며 우 장군을 향해 잔을 들어올렸다.

"그건 인정하네. 하지만 자네가 명심했으면 하는 점은 그게 아니야. 가장 중요한 건 자네 같은 미국 관리와 내가 친구라는 점이야."

세친이 말했다.

"항법사는 파벨 안드레예비치 체코프, 바로 러시아인이었지! 물론 이 체코프는 실제 인물이 아닌 캐릭터야. 하지만 많은 사람들은 이 캐릭터의 이름을 위대한 러시아 과학자인 파벨 알렉세예비치 체렌코프의 이름에서 따온 거라고 생각하고 있어. 이 과학자는 1958년에 노벨상을 수상했어. 그때만 해도 우리나라는 우 장군이 중국의 운명을 확신하듯, 자신의 운명을 확신하고 있었고."

세친은 잔을 흔들어 우 옆에 몰려든 무리를 가리켰다.

"요는 체코프가 없었다면, 커크 선장이 우주에서 뭘 할 수 있었겠냐는 거야. 우리의 체렌코프가 미래의 열쇠였지!"

링크스는 다시 보드카 쟁반을 들고 온 웨이터와 눈이 마주쳤다.

"다시 제 차례네요. 하지만 스타트렉에 나오는 세계 연방은 3차 세계대전 후에나 시작된 거잖아요?"

"그래, 그렇지. 어떠한 경우에서든지, 우리가 서로 다른 편에서 일하더라도 우리가 모두 나쁜 사람이 아니라는 점을 명심해야 해."

"일 때문에 만나는 관계가 있고."

링크스는 이렇게 말하며 빈 잔을 쟁반 위에 내려놓고, 다른 잔 두 개를 들어 하나를 세친에게 건넸다.

"친구 관계가 있죠. 당신은 내 친구예요."

"그래, 부디 그 점을 명심해. 앞으로 두어 달 후에 자네가 펜타곤 4층 D동에 있는 따뜻한 사무실로 돌아갔을 때 놀란 표정하지 마. 이런 게 우리 일이니까. 해군 정보부로 돌아가면 나와 체코프를 생각해줘. 그것만 약속해."

#말라카 해협,
코로나도호

시먼스는 선실의 작은 책상 앞에 앉아 쌍둥이가 매일 아침 보내오는 영상을 보았다. 코로나도호가 밤바다를 항해하는 동안 여섯 살 난 클레어와 마틴은 와플을 먹으며 학교에 관한 불만을 조잘거렸다. 아이들의 목소리를 들으니 가슴이 뻐근하게 아파왔다.

"오늘도 라일리와 별일 없길 바랄게."

그의 아내가 말했다.

"쉽지 않을 거라는 거 알아. 사랑해, 여보. 빨리 돌아왔으면 좋겠어."

아내는 여느 때와 마찬가지로 아이들이 작별 인사를 한 후 화면 가까이에 대고 키스를 보낸 뒤 영상을 종료했다. 시먼스는 잿빛 배 안에 다시 홀로 남았다.

시먼스는 자리에서 일어나 함교 끝으로 이어지는 복도를 걸어 내려갔다. 라일리가 그곳에서 진짜 시가를 피우고 있었다. 공식 흡연 공간이 아니지만, 함장은 어디서든 담배를 피울 수 있다.

"화물선, 위원회, 화물선, 화물선, 위원회."

라일리는 내일 말라카 해협을 항해할 준비를 마친 배들을 가리키며 말했다.

"저 배들을 보면 뭐가 생각나나?"

"해협이 꽉 차겠네요."

시먼스가 대답했다.

"위원회 승무원들이 우리 생각처럼 배를 제대로 몬다면 별

문제 없을 겁니다."

"내가 생각하는 건 그런 게 아니야. 우리와 그들이 함께 일한다는 점이지. 왜 그런 브리핑을 한 거지? 중국이 우리의 석유를 얼마나 간절히 원하는지 잘 알잖아. 우리가 중국의 숨통을 움켜쥐고 있다는 건 서로 아는 사실이잖아."

"급소를 쥐고 있는 거죠. 그런데 그게 좋은 겁니까?"

"이번 호송 임무와 비슷하다고 보네. 중국은 우리에게 의존하고, 우리는 중국에 의존하지. 방식은 다른지 몰라도, 결과는 같아. 우리는 위원회와도 상호 연결되어 있어. 게다가 중국은 우리의 채무 9조 달러를 떠맡고 있잖나?"

"액수는 계속 늘어나고 있죠."

"그래, 중국은 우리 적이 아니라 가장 큰 투자자야. 저기 있는 위원회 배들이 전쟁을 하지 않을 이유가 되지. 사람들은 돈 버는 걸 좋아해, 특히 위원회는."

"거래는 거래일 뿐입니다. 제가 오늘날 미국을 100년 전 영국에 비유한 이유를 아시잖아요. 1차 세계대전 이전에 영국의 가장 큰 무역 파트너가 누구였습니까? 독일이었습니다. 2차 세계대전에 비유하고 싶으시다면, 독일은 전쟁 전 가장 큰 무역 파트너였던 이웃 국가들을 침입했죠. 일본은 가장 큰 무역 파트너였던 미국을 공격했고요."

"역사 강의는 사양하겠네. 현재로서 위원회를 걱정해야 할 상대는 러시아야. 우리는 두어 주 후면 하와이에 도착할 테고, 그동안 시베리아에서 무슨 소동이 벌어지든 알 바 아니지. 뜨거운 태양이나 걱정해."

"하와이에 도착하면 존을 보러 가실 겁니까?"

시먼스는 화제를 바꿨다.

"응, 비행기로 출발했대."

"잘됐네요. 같이 서핑하시게요?"

라일리는 아무 말 없이 귀중한 시가 한 대를 시먼스에게 건네고 불을 붙여주었다. 이제 진짜 심각한 이야기를 할 거라고 시먼스는 생각했다.

"내 말 잘 들어봐. 부함장 자리를 사직하고 펜타곤으로 이직하는 게 어떤 의미인지 알고 있는 건가? 친구이자 상사로서 하는 말이야. 자네가 함대를 떠나면 해군 수뇌부에서는 자네가 끝났다고 여길 거야. 자네 경력이 끝장날 거라고."

시먼스는 시가를 깊이 빨아들였다가 내뿜었다.

"린지가 제가 바다에 나가는 걸 더는 참지 못하겠다고 합니다. 애들은 괜찮다지만, 제가 있으나 없으나 차이를 느끼지 못하는 거죠. 어쩌면 그게 진짜 문제인지도 몰라요."

라일리는 다시 시가를 빨았다가 난간 밖으로 연기를 내뿜었다.

"여기서 애들과 배우자, 애완견, 육지에 있는 모든 걸 그리워하지 않는 사람이 있을 것 같아? 일을 제대로 해내려면 전력을 다해야 해. 항상 그래왔지. 내 남편은 좋아할 것 같아? 그 사람도 싫어해. 우리가 개발한 그 어떤 기술도 이 거리를 좁혀주진 않아."

"압니다. 저는 일과 가정 사이에서 균형을 잡을 수 있을 거라 생각했고, 그래야 했어요. 아버지보다는 나은 사람이라는 점을 증명하고 싶었으니까요. 하지만 아빠 없이 지내는 아이들의 영상을 보면, 그저 아버지처럼은 되고 싶지 않다는 생각뿐입니다."

라일리의 얼굴이 벌겋게 달아올랐다.

"해군에서 자네를 내 부함장으로 보낸 데는 이유가 있는 거야. 자네에게 자질이 있기 때문이지. 그런데 자네가 그 명령을 거절한다면 자네 경력뿐만 아니라 내 경력도 망치는 거라고. 난 자네를 위해 힘을 썼네. 다시는 누구를 위해 그렇게 하지 못할 거야."

배가 항구에 들어서는 순간, 라일리는 본능적으로 난간을 잡았다.

"시먼스, 한 번만 더 생각해봐. 내가 어디서 왔는지 알잖아.

나는 배와 해군을 생각해야 해. 샌디에이고로 돌아갈 때까지는 서류 절차를 미뤄둘 거야. 그때까지 정신 똑바로 차려. 아버지같이 되고 싶지 않다는 되도 않는 이유로 경력 망치지 말고."

시먼스는 고개를 끄덕였다.

"네, 함장님."

시먼스는 선실로 돌아가 커피를 새로 내렸다. 커피 향과 옷에 밴 소금기에 아버지가 떠올랐다. 그리고 결정을 내렸다. 반드시 이번 항해가 마지막이어야 한다고.

#하이난섬,
위린 해군기지

해군 중장 왕샤오치엔은 잠시 눈을 감고, 손바닥에 놓인 묵직한 동전의 표면을 엄지손가락으로 훑었다. 독수리의 양 날개와 기다란 돛대가 만져졌다. 군의 관습에 따라 미 해군 참모총장에게 받은 이 챌린지 코인을 간직하고 있다가, 다음에 만날 때 보여주어야 한다.

쿵 하고 비행기 바퀴가 바닥에 닿는 소리에 왕은 정신이 번쩍 들었다. 사발 엔진 Y-20 수송기를 VIP용 비행기로 개조한 것임에도 미국에서 오는 긴 비행을 하기에는 여전히 힘들었다. 왜 이 여정이 갑자기 중단된 것인지 궁금했고, 그 답을 찾지 못해 불안했다.

"중장님, 돌아오신 걸 환영합니다."

그의 보좌관이 계단 아래서 기다리고 있었다.

"그리고?"

왕 중장이 물었다.

"회의가 있습니다만, 제가 아는 건 그것뿐입니다. 회의 자료는 여기 있습니다."

보좌관은 이렇게 말하며 새하얀 봉투 하나를 건드렸다.

"출력했습니다."

"이번 표적은 나인가?"

왕이 물었다.

"아닙니다."

보좌관은 말도 안 된다는 듯 대답했다.

"자네의 자신감은 높이 사네만, 불행히도 자네에겐 상임 간부회 투표권이 없지. 적어도 이번 회의는 미국 출장보다 더 흥미롭겠군. 미국의 모든 제독들이 원하는 건 또 다른 '전략적 대화'이지만, 미국이 진정으로 우리에게 원하는 게 뭔지 결정도 내리지 못한다는 뜻이지. 자네는 정말로 미국에 안 가길 잘했어."

"집에 선물을 전해드릴까요?"

보좌관이 물었다. 달러화가 워낙 약세라, 왕 중장은 미국에 다녀올 때마다 아내와 정부를 위한 작은 선물을 챙겨오곤 했었다.

"아니, 쇼핑할 시간이 없었네."

"알겠습니다. 제가 알아서 처리하겠습니다."

보좌관은 왕이 군이 말하지 않아도, 그의 여자들에게 적절한 선물을 보내라는 지시를 알아들었다.

둘은 헤드라이트가 꺼진 지리(Geely) 군용 SUV 뒷좌석에 올랐다.

"펑 장군 소식은?"

왕이 물었다.

"먼저, 펑 장군은……."

보좌관이 입을 열었다.

"자세한 내용 늘어놓을 것 없어. 아직 안 죽었나?"

보좌관이 고개를 끄덕였다.

"좋아. 펑은 우리 몰래 술라웨시우타라를 장악한 짐승한테 수백 톤의 소형화기를 팔려 했어. 그것도 우리가 약속한 금액의 두 배를 받고. 인도네시아를 불안정하게 만들려는 우리의 계획은 인간의 탐욕에 기반을 둔 거지만, 펑이 탐욕을 부리면 곤란하지. 자네가 받은 서류 좀 보세."

SUV가 산사면에 위치한 동굴 같은 격납고 안의 원형 교차로에 섰다. 하이난섬 지하에는 위원회의 가장 큰 잠수함 기지와 공군기지가 숨겨져 있다.

"지하에 들어갈 때까지는 열지 말라고 하셨습니다."

보좌관이 말했다.

"그랬어?"

왕은 대꾸하며 봉투를 찢어 열었다.

"내 기준으로는 여기가 지하야. 펑 장군이 아파트를 한 채더 챙기려 해서 내가 총살을 당할 거라면 알아야 할 자격이 있지."

보좌관은 더듬더듬 작은 펜라이트를 꺼내 왕이 읽는 서류를 비추었다.

"상임 간부회 전체가? 여기 있다고?"

보좌관이 고개를 끄덕였다.

"제트기가 속속 들어오고 있습니다."

"그리고 저자들은, 저자들은 누구지?"

왕은 새로 중국에서 개조한 IL-76 수송기 여덟 대와 러시아 항공기 한 대를 보며 물었다.

"죄송합니다. 공군에서 확실한 승객 목록을 제공하지 않았습니다, 중장님."

보좌관은 왕의 해군 직위를 강조하며 대답했다. 왕은 보좌관이 보인 불만의 기색에 혀를 차며 웃었다. 오랜 비행으로 지쳐 있었지만, 불확실한 상황에 다시 아드레날린이 솟아올랐다.

SUV가 멈춰 섰고, 왕은 문을 열었다. 그리고 꼼짝 않고 앉아 있는 보좌관을 돌아보았다.

"죄송합니다. 저는 이 이상 들어와서는 안 된다고 지시를 받았습니다."

"잘 보고 배워두게. 내가 어떻게든 자네를 데리고 들어갈 테니까. 자네도 함께할 자격이 있어. 특히 그들이 날 총살할 계획이라면 말이야."

"그런 일은 없을 겁니다."

왕이 차에서 내리는 순간 보좌관이 말했다.

"우린 너무 오랫동안 짐승에게 먹이를 줬어. 어느 시점이 오면 목줄을 풀어줘야 해. 안 그랬다간 우리를 물 테니까."

왕은 기다리고 있는 전동 카트로 성큼성큼 걸어갔다. 그 옆으로 줄지어 선 덩치 큰 디젤전기 군용수송 트럭에는 눈길도 주지 않았다. 차폐벽과 방폭벽으로 감싼 지하 기지는 모든 소음을 집어삼켰다. 발자국 소리조차 울리지 않았다.

전동 카트 운전수가 말했다.

"중장님, 저는 중위 펑하이입니다. 이렇게 모시게 되어 영광입니다."

마치 외운 듯이 천천히 읊었다.

"고맙네, 중위. 하지만 난 걸어가겠네. 지난 18시간 동안 앉아 있었으니까."

"중장님?"

펑은 상황이 계획대로 흘러가지 않자 당황했다.

"이곳에서는 걷기가 아주 힘듭니다."

"한번 해보지, 뭐."

왕은 4차선 도로 가장자리의 야광 표지판을 따라 걷기 시작했다. 열 걸음 정도 걸어가자 카트가 옆에 와서 섰다. 전기 엔진이 희미하게 윙윙거렸다. 카트를 모는 임무를 맡은 젊은 장교는 도저히 카트를 두고 올 수는 없었던 모양이다. 왕은 중위를 바라보았다. 중위는 그걸 대화를 시작해도 된다는 청신호로 해석했다.

"중장님, 작년에 중장님이 쓰신 '제3도련선'을 아주 재미있게 읽었습니다. 아주 과감하고 선견지명이 있으시던데요. 그게 왜 논란이 됐는지 저는 이해가 안 됩니다."

왕은 걸음을 뗄 때마다 침묵에 대한 욕구 또한 커지는 걸 느꼈다. 하지만 그가 어떤 반응을 보이든 긴장한 중위는 계속 떠들어댈 게 뻔했다.

"듣기 좋은 평가군."

왕은 말했다. 누군가 위원회가 '한 아이 정책'을 폐기한 이유를 대라고 한다면 이 중위가 그 이유가 될 거라고 왕은 생각했다. 젊은 장교는 계속해서 지껄였다. 처음에는 어디 억양인지 분간하기 어려웠으나 이야기를 하면 할수록 출신지가 드러났다. 후베이성 출신이었다. 이 멍청한 인솔자가 메시지를 보내는 것일까? 왕의 보좌관은 데려오지 못하게 했으면서 이런 멍청이는 왜 위원회의 사실까지 들어오게 두는 것일까.

"멈추게. 카트를 타야겠어. 자네 말대로 시간 낭비야."

전동 카트가 전투기 두 대는 거뜬히 들어갈 엘리베이터에 오르자 대낮처럼 환하게 불이 켜졌다.

"중장님, 저희 여정은 여기까지입니다."

펑은 두서없이 내놓던 전략적 비전을 북부 국경에 군을 배치하는 것으로 마무리하고는 이렇게 말했다.

"고맙네. 자네 덕분에 생각할 거리가 많아졌어. 그것만으로도 이걸 받을 자격이 있지."

젊은 장교는 왕이 미국 해군 참모 총장에게 받은 챌린지 코인을 받아 들고 나서야, 마침내 말문이 막혔다.

　왕은 오랜 속담을 떠올렸다. 전쟁 때에는 바보라도 유용할
수 있다.

#하이난섬,
상임 갑부회 회의실

　왕은 엘리베이터에서 내리며 몰래 각성제 하나를 먹었다.
평소에는 집중력을 향상시키는 약물은 먹지 않았다. 감정에
도 영향을 미치기 때문이다. 하지만 오랜 비행으로 지쳐 있었
고, 가능한 한 예리하게 보여야 했다.

　그를 에스코트한 사인조 해군 특공대원은 어깨가 딱 벌어
진 체구에 방폭 유니폼을 입고 있었다. 이들의 액체 방탄복은
마치 상어 가죽으로 만든 것처럼 보였다. 왕은 그들의 존재는
아직 해군의 영향력이 남아 있다는 긍정적인 신호라고 생각
했다.

　커다란 회의실 입구에 선 왕은 안을 훑어보았다. 배의 함교
에 서서 위협적인 것이 없나 수평선을 살펴볼 때처럼. 린보치
앵 제독이 다른 고위급 해군 장교 무리와 함께 있었다. 함대
의 총사령관인 린은 위원회의 민간과 군 합동 지도부인 상임

간부회에서 가장 권력이 막강했다. 회의실의 다른 쪽에는 지상군 사령관인 웨이밍 장군 무리가 모여 있었다. 해군과 육군은 회의에서조차 교류가 없었다. 하지만 왕이 보기에 둘의 차이점은 분명했다. 웨이의 육군은 중국에 주둔해 있지만, 멀리 떨어진 적을 상대하는 왕과 그의 해군들은 정치와 권력을 더 잘 이해한다는 것이었다.

더 눈에 띄는 것은 군사령부에 있는 사복 차림의 민간인들이었다. 상임 간부회의 간부들은 직접 만나는 일이 거의 없으며, 민간인 측과 군 측은 각자 자기가 맡은 영역만 담당하는 게 원칙이었다. 원안은 상하이 폭동 당시 어느 호텔 회의실에서 급하게 만들어졌으나, 그 후로 원칙을 굳건히 지켜 왔다. 각 측이 경제와 안보 영역을 최대한 효율적으로 운영할 자율성을 보장해서 안정적인 성장을 이룩하는 것이 공동의 목표였다.

린 제독이 다가와 왕에게 엉터리 거수경례를 했다. 사관생도 시절과 달라진 게 없었다.

"갑자기 돌아오게 해서 미안하네. 하지만 보다시피 자네가 오랫동안 바라던 전체 회의가 열렸어."

"그래, 처음 호출을 받았을 때는 이 아래 내려오면 다시는 빛을 보지 못하게 될 줄 알았지, 우리 친구 펑 장군처럼."

왕은 상황을 살피기 위해 펑 장군을 넌지시 언급했다.

"펑이 딴 생각을 품은 건 통탄할 일이었지만, 남쪽을 불안정하게 만들겠다는 자네 작전은 목표를 이루었어. 이제 상임 간부회는 자네에게서 더 큰 메시지를 듣길 원해. 우리 군이야 자네의 의견에 전적으로 찬성하지만, 민간인 측은 지금부터 자네가 직접 설득해야 할 거야."

그는 보좌관에게 손짓해서 조명을 낮추라고 지시했다. 회의를 시작한다는 신호였다. 상임 간부회의 간부들은 검은 대리석으로 만든 U자형 탁자 앞에 자리를 잡고 앉았다.

소개는 간단했다. 위원회의 지휘 구조를 재편하는 데 주요 역할을 했다는 점을 강조했는데, 민간인 측에 왕이 신뢰할 수 있는 사람임을 보여주려는 의도가 명확했다. 왕이 총정치국에서 과거의 공산당 중진 인사들을 숙청한 덕에 이 자리에 올라온 건 사실이지만, 그래도 선두적인 군사 전문가이자 유능한 해군 지휘관으로 소개받고 싶었다.

"아시다시피 저는 해군 중장입니다."

왕은 프레젠테이션을 시작했다.

"하지만 오늘은 육군 장군이 한 말을 인용하며 시작해보고 싶군요. 막다른 곳에 이르렀을 때 적과 싸우라. 손자병법에 나오는 말입니다. 전국시대 직전에 쓰인 책이죠. 저는 이 책이

쓰이고 거의 2,500년이 지난 후에 이 격언을 처음으로 사용했습니다. 과거 국방대학교라 불렸던 곳에서 학위 논문을 쓸 때 손자병법을 인용했죠."

왕은 분위기 조성을 위해 일부러 중국의 고대사와 근대사를 언급했다.

왕은 오른손 검지로 상상의 방아쇠를 당겼고, 그러자 검지에 낀 스마트링이 무선 신호를 전송해 보좌관이 전송해둔 프레젠테이션 시각 자료를 띄웠다. 왕의 뒤편으로 태평양의 3D 홀로그램 지도가 나타났다. 지도를 가로지른 반짝거리는 빨간 선은 지난 1,000년 동안 중국의 무역로와 군사가 닿은 곳을 표시한 것이었다. 그 선들은 뻗어나갔다가 줄어들었다. 마지막으로 파란 원호가 나타나 지난 2세기 동안의 미국 무역로와 군사기지를 표시했다. 그 파란 선은 전 세계로 뻗어나갔다. 그런 다음 시기가 현재에 가까워질수록 빨간 선이 다시 뻗어나가며 파란 선과 교차했다. 왕이 굳이 설명할 필요가 없었다. 모두가 그것이 의미하는 바를 알았으니까.

"제가 손자병법을 먼저 꺼낸 것은, 우리가 역사적인 위대함을 되찾았다고 생각하고 싶지만 실상은 '막다른 곳'에 처했다는 사실을 상기시켜드리기 위해서입니다. 실제 미국에도 우리와 같은 상황, 즉 힘은 커지는데 선택지는 점점 제한되는 상황을 묘사하는 구절이 있습니다. '명백한 운명'입니다. 운명은 우리를 앞으로 나아가게 하지만 우리의 행동을 제한합니다. 미국의 위대한 해군 사령관인 앨프리드 사이어 머핸은 강대국으로 올라서면 선택의 여지가 없다는 점을 예언하기도 했죠. 미국의 경제와 군사가 세계 최고로 올라서자, 그는 미국인들에게 이렇게 말했습니다. 좋든 싫든 '미국인은 이제 바깥으로 눈을 돌려야 한다. 이 나라의 생산력 증대가 그것을 요구하고 있다'고요. 해야 한다, 요구한다. 이는 권력의 단어이지만, 또한 책임의 단어이기도 합니다. 우리는 우리의 운명이 요구하는 것들을 마주보아야 합니다. 미국은 운명을 따라가 땅을 찾고, 무역을 하고, 석유를 찾았으면서도 우리가 시대의 요구를 추구하는 것은 거부하고 있습니다. 미국은 외국의 에너지원이 더 이상 필요하지 않으면서도 찾아내어 손에 넣죠. 우리는 트란스요르단, 베네수엘라, 수단, 아랍에미리트, 전 인도네시아에 이르기까지 아직까지도 미국의 방해를 받고 있습니다. 가장 최근에는 동쪽의 우리 영해에서조차도 미국이 우리 일에 간섭했습니다."

지도가 남중국해를 확대했고, 미국 해군 전함이 다란 사태 직후 접경 지역에서 발생한 소규모 접전으로 피해를 입은 필리핀 해안경비선 한 척을 호송하는 이미지가 떴다.

"다들 기억하시겠지만, 당시에도 지역 문제에 개입해서 우리의 심기를 건드는 미 해군에게 어떤 반응을 보여야 할지를 두고 토론했었죠. 하지만 아무리 토론을 해도 그 상황은 손자가 말한 '막다른 길'이었습니다. 우리가 정권 이양을 겪는 와중에 그런 일이 일어났으니 묵인하는 것 말고는 다른 방법이 없었죠."

화면이 바뀌어 링컨 기념관에서 연설을 하는 달라이 라마의 이미지가 뜨고, 그 다음으로는 새 미국 대통령이 망명 후 인권 활동가로 변신한 전 공산당 외무부장관과 악수를 나누는 장면이 떴다.

"미국의 방해는 바다에서 그치지 않습니다. 미국이 우리가 처한 전략적, 국내적 현실을 이해하지 못하고 우리가 이 회의실 안에서 세운 것을 위협하고 있기에 달리 선택의 여지가 없습니다. 우리가 모여 있는 지금도, 미국 의회는 술 취한 선원처럼 경제라는 검을 휘두르며 여차하면 에너지 제재를 가하겠다고 위협하고 있습니다."

이번에는 마리아나해구 투사도가 뜨더니, COMRA의 탐사선이 발견한 부분이 빨간 점으로 표시되었다. 이어서 발견한 매장지의 규모를 세계에서 유명한 천연가스 매장지와 비교한 영상이 떴다.

"이곳에서 우리가 발견한 것은 우리 국가의 미래일 뿐만 아니라 세계 경제의 미래이며, 궁극적으로는 우리의 안보와 안정으로 이어질 겁니다. 모두가 불가능하다고 생각한 것을 우리만이 발견해냈습니다. 따라서 우리는 미래를 새로운 방식으로 생각해봐야 합니다. 우리 스스로가 미래를 만들어나가는 것입니다."

과거 공산당 주석인 시진핑의 홀로그램이 뜨고 2013년 당대회 연설 음성이 흘러나왔다. "물이 아무리 깊더라도 우리는 그 물속으로 뛰어들 것입니다. 우리에게 다른 방법은 없기 때문입니다."

오래전 사망한 주석의 모습에 회의실 안이 웅성거리기 시작했다.

"많은 분이 이 연설을 들어보셨을 겁니다. 시진핑이 '차이니즈 드림'이라 칭한 연설이죠. 과거 공산당 지도자들은 여러 가지 잘못을 저질렀지만, 이것만큼은 옳았습니다. 미국이 최고 강대국으로 부상하면서 처음에는 근해를 통제하더니, 나아가 세계경제에 존재감을 드러냈습니다. 그러자 미국은 새로운 책임을 떠맡아야 했습니다. 위협이 되는 과거의 강대국들로부터 시스템을 보호해야 했습니다. 미국의 군사 평론가인 머핸 이야기를 해드렸죠. 그가 미국이 응해야 할 새로운 요구들을 제시한 직후, 아시다시피 미국은 스페인과 전쟁을 벌였습니다. 이제 미국은 태평양 전역은 물론이고, 근해에서 수천 킬로미터 떨어진 필리핀까지 손을 뻗어 우리의 항구뿐만 아니라 강까지 순찰하고 있는 실정입니다. 머핸이 말했듯, 우리 역시 이러한 요구들에 응하는 수밖에 없습니다."

왕은 누가 자신의 말을 수긍하고, 누가 반대하는지 확인하려 회의실을 둘러보았다.

회의실 끝에 앉아 있던 민간인 한 명이 이 침묵을 발언 기회로 받아들였다. 첸시는 최근 위기 때 수십 개의 회사를 합병해서 중국의 최대 가전제품 제조업체로 성장한 벨콘의 회장이었다. 위원회 상임 간부회에서 그가 맡은 역할은 사업 전략가이자 선지자라는 명성을 발휘하는 것이었고, 이는 군과 자본주의의 효율성을 결합한 위원회에는 꼭 들어맞는 역할이었다.

"중장님이 시작하면서 손자병법을 인용하셨으니, 저도 한 수 읊어보죠. 싸워야 할 때와 물러나야 할 때를 아는 자가 승리한다."

그리고 잠시 말을 멈추었다.

"중장님의 논리가 이해되지 않습니다. 우리는 언제나 선택할 수 있어요. 무엇이든, 어디에서든 물건을 살 수 있는 세계에서 중장님의 낡은 권력 논리가 통할까요? 중장님이 말씀하신 그런 개념들은 우리가 이룩한 모든 것을 위험하게 만들 겁니다."

왕 중장은 고개를 끄덕였다.

"그렇다면 설명을 제대로 하지 못한 제 탓입니다."

왕은 지도를 바라보며, 잠시 생각을 정리했다. 회의실 벽 앞에는 해군 특공대원들이 무기를 든 채 미동도 없이 서 있었다. 왕은 그들을 보고 미소를 지으며 말을 이었다.

"처음 이 위원회를 만든 우리는 혼돈에서 질서를 찾으려고 했습니다. 우리는 행동하길 선택했어요. 하지만 우리가 행동한 것은 결국에는 다른 선택권이 없었기 때문이었죠. 결국 이것이 위원회의 목적이 아니라고 누가 주장할 수 있을까요? 수천 년의 역사가 우리를 이곳으로 데려왔습니다. 우리는 이 나라의 발전을 방해하는 당 지도자들로부터 중국을 지켰습니다. 따라서 위대한 도약을 할 순간에 움츠러들어서는 안 됩니다."

젊은 여자의 목소리가 회의실에 울려 퍼졌다.

"욕망과 능력은 별개의 것입니다, 중장님."

무이링이 말했다. 무이는 아직 서른이 채 되지 않았음에도 아버지의 부를 물려받은 덕분에 중국 최대의 제조업체인 웨이봇을 운영했다.

"손자께서는 '지나친 자만을 피하라, 재앙으로 이어질지니'라고도 말씀하지 않으셨나요?"

빌어먹을 비즈 안경 같으니. 나이 든 남자야 손자병법의 구절을 외울지도 모르지만, 이 젊은 여자는 그럴 리 만무했다. 왕은 제일 가까이에 있는 위원회 특공대원이 슬쩍 자세를 고치는 것을 알아챘다. 제복을 입고 있긴 하지만 해군 특공대원이 아닌지도 몰랐다. 상임 간부회를 보호하는 788연대에서 나온 것일까? 상임 간부회의 상당수가 이익을 보는 현 상황을 위협한 죄로 목을 매다는 건 아닐까?

"그건 항상 조심해야 할 부분이죠. 하지만 손자께서는 또한 이렇게도 말씀하셨습니다. 군사력을 사용할 경우에 생길 위험 요소들을 미리 걱정하지 말라. 군사력을 이용해 이익을 얻지 못하게 될 지니."

무이링이 미소를 지었다. 하지만 왕은 그녀가 자신이 아닌 안경을 보고 있다는 사실을 알았다. 반박할 내용을 찾는 모양이었다. 인용문을 주고받는 수준에서 벗어나 토론을 한 단계 더 끌고 나가야 했다. 왕은 간부들 전체를 바라보았다.

"물론 중국의 시대가 오지 않을 거라고 반박하는 이유도 잘 알고 있습니다. 인구 통계가 최적이 아니다. 무역로가 너무

취약하다. 외부 에너지원에 대한 의존도가 너무 크다. 이 말도 전부 사실입니다. 우리의 운명을 따르지 않는다면 앞으로도 계속 사실로 남을 겁니다. 우리가 할 수 있는 최악의 행동은 자신이 가진 잠재성을 두려워하는 것입니다."

왕이 스마트링을 낀 손가락을 마지막으로 움직였고, 공산당의 폭동 진압용 트럭을 부수는 탱크와 군이 자신의 편이라는 사실을 깨닫고 놀랐다가 환호하는 시민들의 표정이 담긴 유명한 장면이 펼쳐졌다. 몇 명이 저도 모르게 고개를 끄덕이며 지금의 중국을 만든 순간을 다시 음미했다.

"제가 시간을 너무 많이 빼앗았군요. 마지막으로 세 가지 질문을 던지는 것으로 마무리하겠습니다. 첫째로 국가 지도자에 대한 인민의 기대를 충족시키기 위해 우리가 행동했듯이, 지금은 인민이 우리에게 무엇을 기대하는지를 물어보아야 합니다. 둘째로 미국이 우리의 에너지 발견 사실을 알면 어떻게 나올 거라고 생각하십니까? 셋째이자 가장 중요한 질문은 역사의 관점에서 보면 간단한 겁니다. 지금이 아니라면 언제 할 수 있을까요? 여러분 모두는 이 질문의 답을 알고 있고, 따라서 진정한 권력을 가진 여러분에겐 다른 선택의 여지가 없다는 사실도 알고 계실 겁니다."

린 제독이 다가와 왕의 어깨에 한 손을 얹었다. 왕은 그제야 특공대원들이 둘을 둘러싸고 있다는 사실을 알아차렸다. 너무 앞서나간 것일까.

"상임 간부회 모두는 중장님의 의견에 감사드립니다."

린이 말했다.

"이 친구들이 배웅할 겁니다."

왕은 특공대원들 사이에 끼어 복도를 걸어가면서, 머릿속으로 프레젠테이션 장면을 되짚어보았다. 실수한 부분이 있지만 마음은 편했다.

엘리베이터 문 앞에서 특공대원들은 말없이 섰다. 왕은 이들이 자신을 어디로 데려갈지 궁금했다. 그러다 엘리베이터가 가까이 내려올수록 대원들이 점점 긴장한다는 사실을 알아챘다. 엘리베이터 문이 열리고 역시 무장한 집단이 나타났다. 이번 경호대는 백인이며 사복 차림이었지만, 누가 봐도 군인이 분명했다. 두 단체가 서로를 경계하는 눈으로 쳐다보는 사이, 왕은 그 가운데에 서서 구식 태블릿에서 눈을 떼지도 않는 나이 지긋한 러시아 남자를 눈여겨보았다. 그가 쓴 안경알에 빨간 다이아몬드들과 보라색 하트들이 비쳤다. 이 러시아 스파이는 나이에 비해 체격은 아주 좋았지만, 치매를 늦추기 위한 노력의 일환으로 기억력 증진 게임을 하다 아예 중독된 모양이었다. 몸은 아직 건강하지만 정신은 그렇지 않았다.

그제야 왕은 이것이 전략 회의가 아니라 오디션이었다는 사실을 깨달았다. 상임 간부회는 벌써 선택을 한 것이다.

2부

적이 무방비할 때 공격하고, 예상하지 못할 때 나타나라.

—손자병법

#워싱턴 DC,
애너코스티어-볼링 합동기지

아르만도 차베스는 처음으로 가지를 자르며 심호흡을 했다. 멘토인 히메네스 박사가 오래전 설명했듯이 정확하게 자르는 비결은 느리지만 꾸준한 속도로 날을 움직이는 것이다. 가지를 완전히 잘라낸 아르만도는 허리를 숙여 시든 장미 가지를 집어 들어 어깨에 멘 빛바랜 캔버스백 안에 넣었다.

베네수엘라 중앙대학에서 석사학위를 받은 사람이 조경 일을 한다는 것은 사회적 추락이다. 아르만도가 7년 전 난장판이 된 고국에서 빠져나와 난민 신분으로 미국에 도착한 후로 얻을 수 있는 일은 그것뿐이었다. 화를 내거나, 작은 일상에 만족하며 살거나 둘 중 하나를 선택해야 했다.

아르만도는 표지판 아래쪽의 꽃을 다듬으며 검은 대리석에 새겨진 문구를 흘끗 쳐다보았다. 국방 정보국, DIA. 그는 DIA가 무엇을 하는 곳인지 확실히 알지 못했다. 그의 상사인 하디드는 CIA 비슷한 거지만 미군 소속이라고 했다. 아무래도 상관없었다. 이곳 일은 거의 다 끝났다. 하디드는 휴식 시간이 끝난 후에는 노인 복지관 뒤편의 산울타리를 다듬으러 가야 한다고 했다.

보안 때문에 정원사들은 건물 안으로 들어갈 수가 없다. 휴식 시간이 되자 다른 정원사들은 그늘에 모였지만, 아르만도는 건물 입구에 놓인 작은 분수 옆에 가 앉았다.

주머니 속에 있던 태블릿을 꺼내 메시지를 확인했다. 카라카스에 있는 사촌이 보낸 3D 이미지가 떴다. 손녀의 사진을 더 보낸 것이다. 눈이 얼마나 사랑스러운지 몰랐다.

아르만도가 손녀를 보며 미소를 짓는 순간, 주차장에 차를 세운 앨리슨 스위그는 서두르느라 호숫가의 잔디밭을 가로질러 갔다. DIA의 영상분석관인 그녀는 타이슨스 코너에서 점심 식사를 하고 돌아오는 길에 I-295가 막히는 바람에 회의에 늦어버렸다.

이 둘은 서로를 보지도 못했지만, 앨리슨이 정원사 곁을 지나가는 순간 정원사의 태블릿이 앨리슨의 보안 배지에 심어진 RFID칩을 인식했다. 정확히 0.03초 동안 근거리 무선 네트워크가 형성되었다. 그 찰나의 순간, 카라카스에서 보낸 영상 데이터 안에 숨어 있던 맬웨어가 점프했다.

아르만도가 전날 밤 아내가 만들어 준 아이스티를 다 마셨을 무렵, 스위그는 검은색 방탄 점프 수트를 입은 경비원이 지키는 보안검색대로 다가갔다. 경비원의 가슴을 보호해주는 반들거리는 회색 세라믹 조끼에는 소형 소총 HK G48이 걸려 있었다. 그의 제복에 있는 문양은 DIA 본부를 경호하는 보안 회사의 독수리 실루엣 로고가 전부였다. 은색 회전문 위에는 '개인 전자기기는 반입 금지'라고 적혀 있었다.

"안녕하세요, 스티브."

앨리슨이 인사를 건넸다.

"작은 애는 어때요?"

"많이 좋아졌어요."

경비원이 미소를 지으며 대답했다.

"어젯밤엔 잘 자더라고요."

앨리슨은 금속 사물함 안에 아이탭 팔찌를 넣고 열쇠로 잠갔다. 하지만 배지는 그대로 차고 있었다. 앨리슨이 문을 향해 걸어가자 배지 안 소프트웨어가 기계에 무선 신호를 보내 신원을 확인해주었다. 네트워크가 연결된 순간, 입구 벽에 새겨진 '국가 안보에 있어 최고가 되라'는 글귀를 미처 다 읽지도 못할 찰나의 순간에 맬웨어가 다시 점프했다.

맬웨어를 은밀한 무선 신호에 태워 인터넷에 연결되지 않은 네트워크에 침투시킨다는 아이디어를 최초로 낸 곳은 DIA의 자매기관인 NSA(국가 안보국-옮긴이)였다. 하지만 가상 무기들이 모두 그렇듯, 일단 열린 사이버 공간에 맬웨어가 풀리는 순간 적을 포함한 모두에게 자극을 준다.

회전문이 열렸다. 앨리슨이 복도를 뛰어 내려갔다. 회의 시간에 너무 늦어 습관처럼 들르던 입구 바로 안쪽의 던킨 도넛 매점에 들를 시간도 없었다. 앨리슨이 냉전의 기념물로 로비에 서 있는 구소련 SS-20 탄도 미사일 옆을 지나갈 때쯤, 그 맬웨어는 출입문에서 또 다른 보안 경비의 비즈 안경으로 점프했다. 경비원은 평소처럼 순찰을 돌았고, 맬웨어는 파키스탄 항공 감시 작전을 지원하는 네트워크 서버룸의 환경조절 시스템으로 점프했다. 그 다음에는 무인 항공 연구개발팀의 시스템으로 들어갔다. 그렇게 조금씩, 맬웨어는 DIA의 비화 인터넷 망을 통해 다양한 서브네트워크로 잠입했다.

맬웨어가 침투하는 데도 항시 감시 중인 자동 네트워크 감시 시스템들은 단 한 번도 경보를 울리지 않았다. 방어 시스템이 아무런 해가 없는 비활성 파일이라고 판단하는 것들과 결합했기 때문이다. 하지만 맬웨어가 그 파일들을 새롭게 조정하는 순간 상황은 바로 달라질 것이다. 이곳의 시스템들은 해커의 침입을 방지하기 위해 인터넷과 연결되어 있지 않다. 하지만 이렇게 높은 방어벽의 문제점은, 누군가 아무것도 모르는 정원사를 이용해서 땅굴을 파고 들어갈 수 있다는 점이었다.

#상하이,
자오퉁대학

깡마른 10대 소녀 한 명이 워크스테이션 앞에 서 있었다. 손가락 관절마다 낀 금속 스마트링이 희미하게 빛을 발했다. 소녀의 얼굴은 무표정했고 눈은 새카만 바이저에 가려져 있었다.

강의실을 개조한 강당 안에는 비슷한 워크스테이션이 늘어서 있었다. 각 워크스테이션 앞에는 어린 공학도가 서 있었다. 이들은 모두 234정보연대, 즉 제3군 사이버 민병대의 하부 조직인 자오퉁이다.

위원회 간부 두 명이 일꾼들을 지켜보았다. 공중에서 움직이는 학생들의 손이 네온그린으로 반짝여서 어둑한 강당에 수천 마리의 반딧불이가 반짝이는 것 같았다. 자오퉁대학은 서구 기술을 이용해서 부국강병을 꾀하고자 했던 양무운동이 시작된 곳 중 한 곳이었다. 그 이후 수십 년 동안 중국 최고의 공대로 성장했고 동양의 MIT란 별명을 얻었다.

후팡은 그 별명이 싫었다. 동양의 MIT라니 미국의 원본을 조악하게 카피한 것처럼 느껴졌기 때문이다. 바로 오늘, 후팡은 시대가 바뀌었음을 보여줄 것이다.

2001년 하이난 사건 이후에 최초의 대학 사이버 민병대가 창설되었다. 하이난 사건이란 중국 전투기 조종사가 미 해군 정찰기에게 너무 가까이 다가갔다가 두 비행기가 공중에서 충돌한 사건이다. 덩치가 더 작은 중국 비행기는 지상으로 추락하고 조종사는 불길에 휩싸여 사망한 반면, 미국 비행기는 하이난 비행장에 불시착했다. 미국과 중국이 사건의 책임을 두고 상대방을 맹렬히 비난하는 동안, 공산당은 미국의 웹사이트를 공격해서 우리의 분노를 보여주자고 중국의 컴퓨터광들을 부추겼다. 어린 중국 십 대들 수천 명이 온라인으로 모여들어 사이버 반달리즘 캠페인에 참가했다. 백악관부터 미네소타의 작은 공공 도서관에 이르기까지 거의 모든 공공시설 홈페이지가 이들의 타깃이었다. 이 사건 이후 해커 민병대는 첩보활동의 중심 부서가 되어 제트 전투기 설계도부터 음료수 회사의 협상 전략에 이르는 광범위한 온라인 기밀 정보를 훔쳤다.

이 모든 일은 후팡이 태어나기 전에 벌어졌다. 후팡은 스모그 때문에 어릴 적부터 병을 앓았다. 마른기침이 심해서 밖에 나가 다른 아이들과 어울려 놀 수가 없었다. 하지만 저주라고 생각했던 그 병은 오히려 축복이 되었다. 베이징대학의 컴퓨터 공학 교수인 후팡의 아버지는 후팡이 세 살일 때부터 코드 작성법을 가르쳤다. 비좁은 아파트 안에 갇혀 있는 딸에게 집중할 거리를 주기 위해서였다. 후팡은 열한 살의 나이에 소프트웨어 만들기 대회에서 1등을 한 후 234단에 스카우트되었다.

공식적으로 민병대 활동을 하면 위원회의 군복무 의무를 이행하는 셈이었지만, 그게 아니더라도 후팡은 자원했을 것이다. 후팡은 최신 테크놀로지를 가지고 놀았고, 장교들이 주는 임무들은 대개 재미있었다. 어느 날은 반체제 인사의 스마트폰을 해킹하기도 하고, 또 어느 날은 한국 자동차 설계 업체의 IT 보안에 걸리기도 했다. 무엇보다도 재미있는 상대는 방어에 자신만만한 미국이었다. 미국을 제압하면 234단의 장교들 눈에 띌 수 있었다. 지금까지 성공적으로 잘해온 그녀가 현재 아버지와 함께 사는 아파트는 아버지의 동료들도 아직

구입하지 못한 커다란 평수였다.

하지만 후팡에게 중요한 것은 물질적 보상이 아니었다. 한때 그녀의 삶을 제한하던 물리적인 한계에서 벗어날 수 있다는 점이 중요했다. 접속하고 있을 때면 말 그대로 날아다니는 기분이었다. 사실 후팡이 사용하는 장비의 작동 원리는 J-2 전투기의 전기신호장치와 같다. 후팡이 만지는 강력한 컴퓨터들은 그녀의 전투장인 범세계 통신시스템을 3차원 세상으로 만들어낸다. 그녀는 인터넷을 진정으로 '보았다'고 말할 수 있는 몇 안 되는 사람 중 한 명이었다.

후팡은 펜타곤에 근무하는 민간인 직원의 휴대전화를 해킹한 덕분에 명성이 높아졌다. 펜타곤 안으로 개인 휴대기기를 들일 수 없다는 금지조항이 있는데도, 몇몇은 매일 가지고 다닌다. 후팡은 휴대전화의 카메라와 다른 내장 센서들을 이용해서 휴대전화 소유주의 물리적 환경과 전자적 환경을 재현해냈다. 수없는 사진과 소리, 전자기 신호를 조합해 위원회가 펜타곤의 내부와 네트워크를 완벽한 3D로 구현하는 데 일조한 것이다.

후팡은 약효가 돈다는 사실을 인지하고 기뻤다. 최신 의료기술을 이용할 수 있다는 점은 이곳에서 얻을 수 있는 또 다른 특전이었다. 배꼽 근처의 피부 아래에 심은 작은 펌프가 순환계로 메칠페니데이트 및 다른 흥분제들이 섞인 칵테일을 부었다.

원래는 주의력 결핍 아동을 위한 약으로 집중력과 행복감을 증진한다. 십여 년이 넘도록 미국의 아이들은 시험과 숙제를 하려고 이 약을 먹었고, 후팡은 그게 어이없다고 생각했다. 이런 힘을 이용해서 고작 학교 숙제나 하다니, 미국의 나약함을 나타내는 또 다른 징조였다. 후팡은 펌프를 이용해서 진정으로 중요한 일을 해낸다.

일주일 전 지금까지 수행한 것보다 더 큰 작전을 수행할 준비를 하라고 지시를 받은 그녀는 펌프의 운영 시스템을 해킹했다. 위험한 일이었지만 성과는 거두었다. 복용량을 200퍼센트까지 올렸다. 이보다 더 머릿속이 맑을 수는 없었다. 고층 빌딩에서 떨어져 땅에 떨어지기 직전에 다시 하늘로 날아오르는 듯한 기분이었다.

후팡은 지휘자처럼 양손을 움직였다. 백조처럼 우아하게 양팔을 구부렸다. 손가락 마디마디의 움직임이 스마트링 안의 자이로스코프를 통해 명령을 전달했다. 한 손가락은 보이지 않는 키보드에 코드를 입력했고, 또 한 손가락은 컴퓨터 마우스처럼 네트워크 접속을 클릭해 열었다. 아래에서 지켜보는 장교들의 눈에 후팡은 간지럼 태우기와 결합한 복잡한 발레를 추는 것처럼 보였다.

후광은 맬웨어로 DIA의 네트워크 곳곳을 넘나들며, 콧등의 땀방울을 훔치고 싶은 욕구와 싸웠다. 펜타곤의 자동 네트워크 방어 시스템이 네트워크 스트림에서 약간의 이상을 감지하고 견제공격을 하려고 했다. 하지만 여성과 기계의 결합이 단순한 '빅데이터'를 이겼다. 후광은 이미 두 단계나 앞서나가며 시스템 구성요소를 구축한 다음, DIA 컴퓨터가 그것들을 위협으로 인지할 정도로 데이터가 통합되기도 전에 해체했다. 후광의 왼팔이 움츠러들었다 튀어나가며 손가락을 쫙 펼쳤다. 그런 다음 오른팔 역시 똑같은 동작을 했다. 이번에는 방어 코드가 그 이상의 외부 접근을 차단해서 프로그램들이 불타는 집의 문을 닫는 데 집중하도록 유도했다. 화재를 진압했다고 착각하도록 작은 잉걸불을 남겨두는 것도 잊지않았다.

후광은 마지막으로 가장 중요한 임무에 착수했다. 양손을 높이 치켜 올린 다음 손가락을 가볍게 움직였다. 미국의 위성항법시스템(Global Positioning System) 위성에서 보내는 신호들을 무작위화하는 코드를 삽입하기 시작했다. 어떤 GPS 신호는 2미터 거리에서 끊길 테고, 또 어떤 신호는 200킬로미터 거리에서 끊길 것이다.

물론 신호를 아예 차단해버리는 것이 더 쉽겠지만, 큰 망치를 휘두르는 건 나중을 위해 아껴둘 작정이었다. 오늘은 의혹의 씨앗을 심고 혼란을 가중시키는 것으로 충분하다.

#지표면 위 332킬로미터

다른 때라면 웃어넘길 수도 있는 일이지만, 지금은 상황이 심각했다.

볼트 하나에 1밀리미터도 채 안 되는 금속이 더 붙은 탓에 수십억 달러어치의 소프트웨어와 하드웨어를 투자한 작전이 좌절될 판이었다.

"아직 하지 못했나?"

후안저우 중령이 날 선 목소리로 물었다.

창루가 장갑을 낀 손에 든 렌치는 지구 궤도에서 반 정도 떨어진 곳에서 파머 대령이 국제 우주정거장의 해치를 두드리던 헥스팬도를 완벽하게 모방한 제품이었다. 하지만 이 렌치는 선전시에 위치한 애국적인 해커 단체가 훔친 설계도를 바탕으로 베이징의 재인(在人)항천공정소에서 제작했다. 렌치와 달리 창이 풀려고 하는 볼트는 완벽한 카피 제품이 아니라는 게 문제였다. 렌치를 돌리고 돌렸지만 볼트는 꿈쩍도 하지 않았다.

"거의 다 됐습니다."

창이 말했다.

세 명의 우주 비행사가 다시 티엔공-3 우주정거장으로 재진입했다. 운도 좋은 녀석들이었다.

중국은 2003년에 처음으로 유인 우주선을 발사한 후로 티엔공 우주정거장 계획을 시작했다. 서구 평론가들은 초기의 선저우 우주선들이 1960년대 미국의 제미니 우주선을 카피한 어설픈 우주선에 불과하다고 조롱했다. 하지만 나사의 컴퓨터 설계 파일 상당수가 중국 공학자들의 수중에 들어온 덕분에 중국의 선저우 프로그램은 급속도로 발전했다. 선저우 우주선을 발사한 후, 2011년에는 최초의 티엔공 우주정거장을 발사했다. 길이 10미터에 8,000킬로그램의 싱글모듈 테스트베드였다. 나사가 1970년대에 발사한 스카이랩과 비슷한 수준이었다. 2015년에는 멀티모듈인 티엔공-2를 발사했는데, 길이 15미터에 무게는 2만 킬로그램이 나가며, 나사가 1990년대에 설계한 최초의 국제 우주정거장에 견줄 만한 수준이었다. 그리고 얼마 지나지 않아서 마침내 경쟁자를 따라잡았다. 서구의 평론가들은 더 이상 중국을 조롱하지 않았다. 대신 나사가 60년 걸려 이룩한 일을 중국이 15년 만에 해냈다며 감탄했다.

길이 25미터에 무게 6만 킬로그램인 티엔공-3 우주정거장은 중국의 자랑이었고, 이 정거장 발사일은 국경일로 지정되었다. T자 모양 정거장의 7개 모듈 안에는 여섯 명의 우주인을 수용할 수 있는 승무원 모듈, 37미터 확장할 수 있는 태양전지판 4개, 네 대의 우주선을 수용할 수 있는 도킹 포트가 있다. T자의 양쪽 날개 끝에는 극미중력 상태에서 다양한 실험을 수행하도록 고안된 실험실 모듈이 각각 위치하고 있다.

아니, 적어도 전 세계에서는 그런 줄로 알고 있다. 사실 좌측의 모듈은 실험실이 아닌 다른 목적을 수행하는 곳이었다. 그리고 지금은 그 덮개가 열리지 않고 있다. 단 하나의 불량 티타늄 볼트 때문이었다.

창은 볼트를 푸는 데 필요한 회전력을 얻으려면 줄을 떼야 한다는 사실을 깨달았다. 그건 규칙에 어긋나는 행동이기도 했다.

"위치를 옮기겠습니다."

창이 말했다.

"안 돼."

후안이 대답했다.

"안으로 돌아와. 다른 대원을 보내겠다."

"시간이 없습니다. 지금 줄 뗐습니다."

창이 긴 렌치를 돌리자 볼트가 풀렸다. 손쉽게 해치 커버를 제거하자 거울 같은 레이저의 렌즈 표면에 그의 모습이 비쳤다. 창은 그곳에 비친 지구의 모습과 평화롭고 푸른 지구 위로 겹쳐진 자신의 모습을 유심히 살펴보았다.

"끝났습니다."

"자네에게 그런 배짱이 있는 줄 몰랐어. 잘했네."

후안이 누그러진 목소리로 말했다.

창이 다시 우주정거장과 줄을 연결하고 메인 해치로 다가가는 동안, 후안은 티엔공-3의 무기 시스템을 활성화했다. 12시간 전 후안이 정거장의 활동을 알리는 실시간 비즈 영상 스위치를 껐을 때, 우주정거장의 대원들은 전시체제로 전환되었다는 사실을 깨달았다. 하지만 아직까지는 실감이 나지 않았다.

우주 비행사들이 전부 정거장 안으로 들어오자 후안은 무기 모듈을 작동했다. 산소-요오드 레이저는 본래 1970년대에 미국 공군이 개발했다. 개조한 747 점보제트기에 장착하여 레이저로 미사일을 격추하는 실험을 했지만, 좁은 공간에서 화학 물질을 사용하는 건 너무 위험하다는 결론을 내렸다. 그러나 위원회는 생각이 달랐다. 대원들에게서 두 모듈이 떨어져 있는 곳에서 과산화수소와 수산화칼륨 혼합물이 염소 기체 및 요오드 분자와 섞이며 유독성 물질을 내뿜었다.

드디어 시작이다. 전력 표시등이 빨간색으로 변하는 걸 보며 창은 생각했다. 일단 화학 물질들이 섞이고 활발한 산소가 무기에 에너지를 전달하기 시작하면 돌이킬 방법이 없다. 45분 후면 그 전력은 다 소진된다.

인류 전쟁 역사상 최초로 우주에서 공격을 감행하려고 사전 연습을 충분히 해두었다. 1년은 족히 넘는 시간 동안 대원들은 사격 통제장치에 표시해둔 타깃들을 확인하고 우선순위를 매기고 추적을 하는 등 엄격한 훈련을 지속했고, 결국 단순히 지구의 전쟁을 지원하려는 게 아니라는 사실을 깨달았다. 실험실에서의 오랜 시간이 마침내 성과를 낼 것이다.

"사격을 개시할 준비가 됐다."

후안이 말했다.

"확인하라."

우주 비행사들이 각자 자리에 앉았다. 창은 앞쪽 벽에 붙여놓은 사진을 바라보았다. 환하게 웃는 아내와 개구지게 웃는 여덟 살짜리 아들을 손가락으로 매만졌다. 앞니 두 개가 빠진 채 씩 웃고 있는 아들 밍은 아버지의 파란 공군 장교 모자를 쓰고 있었다.

그 사진에는 드러나지 않은 사실이 있는데, 전날 밤 창이 밍에게 보낸 모자를 받고 아내가 무척이나 화가 났다는 점이었다. 모자를 쓴 아들이 위원회 선전물에 등장하는 소품 같다고 느꼈기 때문이었다.

창은 사진에서 손을 떼고 자신이 맡은 임무를 수행하기 시작했다. 표적 시스템을 모니터하는 일이었다.

몇 년 동안 군사 기획자들은 위성 요격용 지상발사미사일 때문에 노심초사했다. 냉전 중에 미국과 소련은 바로 그 방법으로 서로의 위성 네트워크를 공격하려 했기 때문이다. 최근 들어 위원회는 직접 위성 요격용 미사일을 개발한 이후 미사일 테스트와 군비 축소협상을 오락가락하며 미국이 지상 무기에만 초점을 맞추도록 유도했다. 미국이 정말로 걱정해야 할 것은 바로 이 위에 있는데 말이다.

창은 다시금 흘끗 사진을 쳐다보고, 검지를 빨간 발사 버튼 위에 올려놓은 채 멈춘 후안을 바라보았다. 후안은 이 순간을 음미하는 것 같았다. 드디어 후안이 버튼을 눌렀다.

모듈 안에는 조용히 윙윙 소리가 울려 퍼졌다. 대포가 터지는 소리나 사람들의 비명은 들리지 않았다. 꾸준히 부르릉거리는 펌프 소리만이 지금이 전쟁 중임을 알려주었다.

첫 번째 타깃은 미국 공군의 광대역 갭 필러 위성 WGS-

4였다. 2개의 태양 전지판이 달린 상자처럼 생겼으며 무게가 3,400킬로그램이 나가는 위성은 2012년에 케이프 커내버럴 기지에서 델타 4 로켓에 실려 발사되었다.

300억 달러를 투자한 이 위성은 미군과 그 동맹국에 즉각적인 대역폭 4,875기가헤르츠를 제공하고, 막대한 양의 데이터를 옮길 수 있도록 해준다. 미국 공군 위성부터 미국 해군 잠수정에 이르는 모든 통신이 이 위성을 통해 이루어진다. 게다가 미국 우주 사령부의 주요 접속점이기도 하다. 펜타곤은 네트워크가 공격받을 위험성을 줄이기 위해 위성군을 만들 계획을 세웠지만, 비용이 예상보다 초과되어 위성의 수는 고작 6개뿐이었다.

우주정거장의 레이저가 에너지를 발사했다. 만약 그것이 적외선이 아닌 가시광선이었다면 태양보다 수백, 수천 배는 더 밝았을 것이다. 첫 번째 레이저는 520킬로미터 떨어진 곳에서 용접 토치와 비슷한 힘으로 위성을 내리쳤다. WGS-4의 외부 차폐제가 녹으며 구멍이 하나 나더니 내부의 전자 장비들도 타들어갔다.

후안이 빨간 펜 하나를 달칵 눌러서 옆 벽에 선을 하나 그었다. 마치 1차 세계대전 당시 전투기 조종사가 복엽기에 사상자 숫자를 표시하는 것 같았다. 이 순간만큼은 이번 작전을 담은 다큐멘터리의 주요 장면으로, 수십억 명이 지켜보게 될 것이다.

"그러면 다음 차례로 이동해볼까? 창, 자네가 제대로 맞춰서 다행이야."

후안은 이렇게 말하며 과장된 동작으로 펜을 딸깍 눌러 닫았다.

"그러게 말입니다."

창은 미소를 지으며 덧붙였다.

"제가 에어 로크 바깥으로 나가 2번 타깃을 재조정한 덕분이죠."

X-37이라 알려져 있는 USA-226은 미군의 무인 우주선이다. 옛날 우주 왕복선의 8분의 1 정도 크기인 이 자그마한 우주선은 과거와 마찬가지로 우주에서 다양한 잡무를 처리하고 수리 업무를 담당한다. 위성과 랑데부하여 연료를 보급하기도 하고, 로봇 팔을 이용해 어긋난 태양 전지판을 재조정하기도 하는 등 다양한 위성 유지관리 업무를 수행한다.

하지만 티엔공의 승무원들과 전 세계의 군대는 알고 있었다. 미군이 USA-226을 우주 정찰기로도 사용한다는 사실을. USA-226은 군사정찰 위성이 움직이는 고도에서 같은 장소를 반복해서 비행했다. 한 번에 서너 주 동안 파키스탄 위를 비행하다가 다음에는 예멘과 케냐를, 그리고 좀 더 최근에는 시베리아 국경 위를 날았다.

WGS-4를 통한 주요 통제통신이 마비되자 이 작은 미국 우주선은 자율운행 모드로 들어갔고, 내장 컴퓨터는 헛되이 다른 안내 신호를 찾고 있었다. 안내 신호를 찾을 때까지 USA-226은 충돌을 피하기 위해 가속을 중단하고 표준 궤도를 운행하는 것이 원칙이었다. 실제로 이 무인 우주선은 안전을 위해 멈춰서서 쉬운 타깃이 되었다.

이제 티엔공의 우주 비행사들은 다음 목록으로 넘어갔다. 이번에는 다른 위성을 감시하는 지구 정지궤도 우주 상황인식 시스템이었다. 이미 미국의 통신망은 폐쇄되었지만, 이 위성마저 처리하고 나면 미국이 통신망을 복구한다 해도 우주에서는 장님 신세가 될 것이다. 그 다음 타깃은 휴대전화 통신 시스템과 유사한 미군의 위성통신 시스템을 제공하는 5개의 위성이었다. 다섯 번의 레이저 펄스로 미군의 공군과 해군, 지상차량, 가상현실 훈련을 받는 군인들과 연결된 협대역 통신망이 파괴됐다. 그 다음 타깃은 해군의 모든 전함과 연결된, 미 해군의 차기 극초단파 위성통신(Ultra High Frequency Follow-On, 줄여서 UFO) 시스템이었다. 이 정도는 시시한 타깃이었다. 티엔공의 우주 비행사들은 내장된 표적 시스템에 따라 차근 차근 공격했고, 같은 고도에 위치한 위성군을 하나씩 처리해야 하는 순간에만 속도를 조금 늦췄을 뿐이었다.

마지막으로 '처리'한 곳은 하전입자 탐지위성이었다. 후쿠시마 핵발전소 폭발 사건이 나고 이삼 년이 지난 후 나사와 에너지국이 방사선 방출을 탐지하려고 발사한 위성이었다. 티엔공-3이 발사한 레이저가 이 탐지위성의 연료원을 폭파했다.

마침내 후안이 펜을 주머니 안에 넣었을 때 벽에는 47개의 선이 그어져 있었다.

상부에서 우주정거장은 '다른 수단으로' 보호할 거라고 했다. 지구의 반대편에서는 버려진 보조 로켓들이 몇 달 동안의 동면에서 깨어났고, '가미가제'로 변신해서 미국 정부 통신위성, 상업 통신위성, 영상 탐사위성으로 날아가 충돌했다. 미국의 지상 통제관들은 위에서 벌어지는 혼란을 무력하게 지켜볼 뿐이었다. 소중한 자산들이 파괴되어도 아무것도 할 수가 없었다.

"진단 프로그램을 돌려 레이저 시스템을 정리하겠습니다."

창은 지금 지구에서 무슨 일이 벌어지고 있는지 생각하지 않으려고 바쁘게 움직였다.

"좋아."

후안이 대답했다.

"그런 다음에 공격 영상을 추출할 수 있는지 알아봐. 나중에 다시 보고 싶으니까."

별다른 대답은 하지 않은 창은 속으로 '어련하시겠어'라고 생각했다.

#하와이, 히컴-진주만 합동기지,
코로나도호.

그 커피는 일곱 살 때 아버지가 처음 마시게 해준 커피 맛과 같았다. 설탕도, 크림도 넣지 않은 커피. 엄마가 좋아하던 바닐라라떼와는 달리 쓰고 맛없는 커피였다.

"해군에서는 커피에 그런 쓰레기를 넣을 시간이 없어."

아버지는 툭하면 아이들에게 설교를 늘어놓았다.

코로나도호에서 커피를 담당하는 갑판장 역시 바리스타는 아니었고, 함교의 승무원들은 다들 맛없는 커피를 마시며 진주만이 깨어나는 모습을 지켜보았다. 위생병이 주는 각성제와 다른 약이 효과는 더 좋지만, 모닝커피는 해군의 전통이다. 일출 때 오전 당직을 서는 승무원들은 항상 쓰디쓴 커피를 마신다.

시먼스는 커피 잔을 내려놓고 코로나도의 갑판을 비추는 햇살을 바라보았다. 막 열 번째 생일을 맞이한 LCS는 뾰족한 삼동선이라 스타워즈 영화에 나오는 미래의 우주 탐사선 같아 보였다. 시먼스의 아버지는 그 옛날 영화를 좋아했다. 얼마나 좋아했는지 스타워즈 리메이크 영화가 나오자 아직 영화를 이해하지도 못할 정도로 어린 자신과 여동생 매켄지를 데려가기도 했다. 이 사실을 알고 어머니는 굉장히 화를 냈다. 하지만 그건 좋은 추억이었다. 매켄지는 텅 빈 팝콘 종이 바구니를 집으로 가지고 와서 보통 어린아이들이 아주 흔한 물건들을 기념품으로 모으는 것처럼 바구니를 소중하게 간직했다. 아버지가 떠나기 전, 그리고 매켄지가 죽기 전 몇 안 되는 행복한 기억 중 하나였다.

시먼스는 25센트짜리 동전보다도 작은 흠집을 발견하고 함교의 어느 한 곳으로 다가갔다. 에폭시로 메운 부분을 손가락으로 만져보았다. 마지막으로 해적 단속 순찰을 돌 때 해적이 발사한 기관총의 탄환이 이 창문과 알루미늄 선루 두 군데를 관통해 수리했다. 다행히 다친 사람은 아무도 없었으나 이 사건을 겪은 승무원들은 LCS가 전투용이 아닌 속도용이라는 사실을 새삼 깨달았다. 그 후에 몇몇 승무원이 '방탄'을 해주겠다며 라일리 선장의 의자를 알루미늄 포일로 감쌌는데, 라일리 선장에게 그런 장난은 먹히지 않았다.

시먼스는 아침 햇살에 오렌지 빛으로 물든 진주만의 다른 전함들을 바라보면서 이 순간을 만끽했다. 앞으로 함교를 지휘할 날이 얼마 남지 않았기 때문이다. 라일리에게는 샌디에이고에 도착하면 자신의 결정을 알리겠다고 해두었다.

젊은 선원인 랜들 제퍼슨 상병이 다가왔다가 부함장이 생각에 잠긴 걸 보고 당황했다.

"방해해서 죄송합니다만, 뭔가 발견하면 알리라고 하셔서요. 수중 음파 탐지기에 움직임이 포착되었습니다. 배 바로 옆에서 나타났다 사라집니다. 물고기나 돌고래일지도 모르지만……."

"항구에 들어왔다고 경계심을 늦추지 않은 건 잘한 일이야. 레무스를 보내 살펴봐."

부함장은 어뢰같이 생긴 형광 노란색 물체를 바닷속으로 내리라고 명령을 내렸다. 레무스는 원격 환경감시 잠수정으로 처음에는 상업 부문에서 시작되었으며, 고속 페리인 모함과 생김새가 상당히 비슷하다. 무인 수중 시스템, 즉 자동 미니어처 잠수정으로 매사추세츠의 우즈홀 해양 연구소에서 개발되었는데, 주된 용도는 항만시설 점검과 오염 측정, 수중 검사였다. 디스커버리 채널과 여행 채널의 대들보와 같은 존재

이기도 했다. 그리고 상어 영상을 캡처할 수 있는 수준이라면 수중 감시도 가능한 법이다.

시먼스는 함교로 들어가 1세대 플레이스테이션 같은 조종기로 소형 잠수함을 조종하는 제퍼슨 뒤에 섰다. 소형 비디오 게임기처럼 생긴 조종기는 대원들이 사용하기 쉽도록 고안된 것이지만, 이제는 3D에 주도권을 빼앗긴 과거 세대의 유물 같았다. 레무스가 보낸 영상이 실시간 위성 영상과 나란히 떴다. 위성이 보낸 영상에는 코로나도호 주변의 지상과 공중의 그래픽을 분석한 패턴 분석도와 코로나도호의 대원들과 배의 시스템 현황을 나타낸 알록달록한 구체 도표가 담겨 있었다.

"열 감지에는 아무것도 잡히지 않습니다."

제퍼슨이 말했다.

"영상에는 뭐가 잡히는지 보겠습니다."

"전체 화면을 보여줘."

시먼스가 말했다.

카메라가 회전하자 스크린 위에 회색 그림자 덩어리가 떴다. 시먼스는 흙탕물 사이로 비밀이 드러나길 기다리는 듯 미간을 모았다.

"저기 있네요."

제퍼슨이 배의 고물 아래서 천천히 맴도는 검은 형체를 확대했다. 카메라가 그 형체에 초점을 맞추기 시작했다.

잘못 본 게 아니었다. 컴컴한 바닷물을 배경으로 다이버의 형체가 희미하게 드러났다.

"민간인이 뭣 모르고 들어와 얼쩡거리고 있나봅니다."

제퍼슨이 말했다.

하지만 그 다음 순간 다이버가 멈추더니 LCS의 선체 아래서 기도라도 하듯 머리 위로 두 팔을 들어올렸다.

"손에 뭔가를 들고 있습니다."

제퍼슨이 말했다. 다이버의 손에 든 것은 쓰레기통 뚜껑 비슷하게 생긴 것이었다. 다이버가 살짝 발을 차서 코로나도의 선체에 조금 더 가까이 다가갔다.

시먼스는 목으로 올라오는 커피를 억지로 내리눌렀다.

"대방호 경보를 울려! 테러 공격일 가능성이 있다. 부대 방호 1급 경보!"

시먼스가 외쳤다.

"함장님을 깨워서 어떤 다이버가 우리 배에 폭탄으로 보이는 것을 부착하고 있다고 보고해."

시먼스는 헤드셋을 들고 목소리를 가다듬었다. 불안한 기색을 내비치면 불안감이 승무원 전원에게 전염될 수 있다.

"부함장이다. 부대 방호팀은 좌현으로 가라. 키를 회전하고

105

수중음파탐지기를 활성화하라. 대응태세를 갖춰라. 부대 방호팀, 다이버 한 명이 선체에 폭탄을 부착하려 한다. 그자를 제거하라. 발포 준비. 발포!"

승무원들이 좌현으로 달려가 다이버의 위치를 파악하려 하면서 일대 혼란이 일어났다. 함교의 열린 해치 사이로 점점 절박해져가는 고함이 들렸다.

"저기 있다."

"아니야, 저쪽이야!"

"저기 비켜!"

앤턴 호로비츠 하사관이 외쳤다. 그는 우현 통로에서 보초를 서고 있다가 선원들 사이를 헤치고 좌현으로 나아갔다.

호로비츠가 난간 밖으로 몸을 내밀고 M4 카빈을 바닷속으로 발사하자, 이물에서 고물까지 물방울이 튀며 동그란 파문이 일었다. 테러 공격을 받는 와중에 이런 생각을 한다는 게 이상하긴 했지만, 호로비츠는 이 상황이 즐거웠다. 바로 이런 일을 하고 싶어서 함장에게 네이비실에 지원해도 된다는 약속을 받고, 두 달 전 재입대를 했다. 벌써 네이비실 선발에 필요한 DNA와 혈액 샘플도 제출해두었고, 근육량도 최대한으로 늘려놓았다.

다시 함교로 나간 제퍼슨은 스크린으로 호로비츠가 발사

한 총알들을 보았다. 하얀 선으로 나타난 총알들은 60에서 90센티미터 정도 날아가다 멈췄다. 열 영상으로 전환하자 총알은 물속으로 꽂히는 노란 바늘 같아 보였다. 물속에 들어가자마자 열이 식어 화면에서 사라졌다. 많은 총알이 아슬아슬하게 레무스 곁을 스쳐 지나갔지만, 다이버 근처로 간 총알은 거의 없었다.

"총알이 다이버를 맞히지 못하고 있습니다."

제퍼슨이 보고했다.

"레무스의 방향을 돌려서 200미터 멀리 떨어뜨렸다가 전속력으로 우리 쪽으로 이동시켜."

시먼스가 지시하자 당황한 제퍼슨은 그저 되물을 수밖에 없었다.

"네?"

#일본, 도쿄 위 250미터

도쿄가 크다고들 말하지만, 실제로 가까이서 보면 단순히 큰 게 아니라 무한히 펼쳐지는 것 같다.

러시아 공군 소령 알렉세이 데니소프의 미그-35K 전투 폭격기는 시속 875킬로미터로 비행하고 있었다. 음속 폭음이 일어나면 들킬 수 있기에 음속 장벽에 조금 미치지 못하는 속도였다. 아래의 빽빽한 건물은 끝이 없는 것 같았다. 계획이 효과가 있는지 오른쪽 스크린의 위협 탐지 아이콘에 불이 들어오지 않았다. 그의 손가락은 다기능 자체방호 전파방해기의 토글스위치에 올라가 있었지만, 아직까지 그의 전투기를 위협하는 존재는 나타나지 않았다.

그 이유는 간단했다. 미일 합동 공중방어 네트워크는 서쪽에 있는 중국의 위협을 감지하도록 고안된 것이기 때문이었다. 데니소프와 그의 지위 아래 있는 스물두 대의 전투 폭격기가 출발한 쿠즈네초프 항공모함의 위치는 동쪽이었다. 그 항공모함은 중국의 공습 반경에서 벗어난 북태평양에서 훈련을 하기로 되어 있었다. 사실 그 항공모함은 위성감시에 틈이 생기길 기다렸다가 8시간 동안 30노트의 속도로 남쪽을 향해 쏜살같이 달려 막 공습전술 반경 내에 들어왔다. 미그기들은 낮고 빠르게 비행하다가 일본 상공에 도달하자, 고도를 높여 나리타 공항에서 출발한 통근용 제트기의 비행경로를 따라갔다.

나리타 근처에서 발사된 조기경보레이더에 데니소프가 탄 미그기의 레이더 경보 수신기가 울렸다. 이번에는 비행기가 발각당할 정도로 가까웠다. 데니소프의 무전에 항공 관제사의 다급한 목소리가 울리자, 데니소프는 버튼을 눌러 디지털 녹음을 틀었다. 그가 듣기엔 횡설수설하는 소리 같았지만 쿠즈네초프 항공모함의 러시아 연방보안국 장교는 바로 이 순간에 그 녹음 내용을 틀어야 한다고 강조했다.

지상의 항공 관제사에게 그 녹음 내용은 소니의 임원용 제트기를 조종하는 파일럿이 심장마비를 일으켰다는 소리로 들렸다.

미그기들이 미야자키를 지나 다시 류큐섬으로 방향을 틀자, 마침내 공중방어 네트워크가 그들을 탐지했다. 데니소프의 레이더 스코프에 전속력으로 쫓아오는 네 대의 일본 항공자위대 F-15가 잡혔다. 하지만 그들은 제때 도착하지 못할 것이다. 데니소프에게는 이삼 분밖에 남지 않았지만 그거면 충분했다.

전투기가 더 오지 않는지 앞쪽 하늘을 훑어본 데니소프는 부하들과 조국을 위해 짧은 기도를 올렸다. 자신을 위한 기도는 필요 없었다. 지휘관은 오로지 확신을 가지고 작전을 수행해야 한다. 두려움 따위는 없어야 한다. 오늘 작전에서는 사상자가 발생하겠지만 성공할 거라고 그는 예상했다. 타깃 중 한 곳의 최신 이미지를 확인하니 강화 격납고 안에 딱 열한 대의 미국 항공기가 보관되어 있었다. 평소처럼 수십 대의 나머지 비행기는 야외에 주차되어 있었다.

미그기들은 급강하해 고도를 낮추고 음속을 훨씬 넘는 시속 1,500킬로미터로, 전속력으로 날았다. 신형 미그-35K는 미국에서 4세대 플러스 전투기라 불린다. 완전한 스텔스기는 아니지만, 레이더망에 거의 포착되지 않는다. 이제부터는 매 초가 중요하다. 오키나와에 가까워지자, 데니소프의 레이더 경보 수신기에 빨간 불이 들어왔다. 일본이 미국에서 구매한 패트리어트 4 미사일 포대가 저고도로 비행하는 데니소프의 전투기를 추적하고 있었다. 데니소프의 전투기는 미사일 요격 반경 안에 들어가 있었고 언제라도 격추될 수 있었다.

바로 이 순간이 계획에서 가장 중요했다. 데니소프는 심호흡을 하고 기다렸다. 이 미사일은 누군가 발사 버튼을 누를 때만 위협이 된다. 일본 항공자위대는 그 나라의 문민 지도자의 허가를 받지 않은 채 타깃에 발사할 권한이 없다. 데니소프는 관련 허가가 제때에 떨어지지 않을 거라는 데 도박을 걸었다. 20년간 거의 매일같이 중국 항공기가 영공을 침범한 탓에 일본은 이런 일에 무감각해진 데다가 사이버 공격으로 통신 네트워크가 차단되었을 것이다. 적어도 그럴 계획이었다.

실수는 절대 용납할 수 없었다. 비행을 하기 전 데니소프 소령은 부하들에게 이렇게 말했다.

"너희들은 일생에 가장 중요한 발포를 하게 될 것이고, 그 발포가 너희의 마지막 발포가 될지도 모른다. 그러니 제대로 해라."

비행을 시작한 후로 데니소프와 부하들 사이에는 아무런 무전도 오가지 않았다. 이번에 무전기에서 난 유일한 소리라고는 하와이에서 매년 열리는 환태평양 해군 합동훈련을 모니터한 감시선에서 녹음한 미국 F-22 랩터 조종사들의 목소리뿐이었다. 무슨 수를 써서든 상황을 불확실하게 만들어서 일본과 미국의 대응을 단 이삼 초라도 늦춰야 했다.

데니소프의 위쪽 스크린에 아이콘 하나가 조용히 떴다. 목적지인 카데나 공군기지에 도착했다는 걸 알리는 아이콘이었다. 데니소프의 전쟁은 이곳에서 시작된다. 4개의 검은 회색이 그의 비행중대 앞으로 쏜살같이 날아갔다. 소콜스(팰콘) 미사일이었다. 이는 소형 크루즈 미사일의 일종으로, 레이저를 이용해 방공망과 통신 시스템을 파괴하는 전자 무기다. 팰콘 미사일들은 미리 프로그램된 진로에 따라 각각 흩어졌다. 미사일이 지나간 자리에는 전기가 통하지 않는, 이른바 전기 데드존이 형성되었다.

첫 공격이 고요했다면, 다음 공격은 귀청이 터질 듯 요란했다. 데니소프는 기지의 3.5킬로미터 길이의 활주로 근처에 주차된 무방비 상태의 미 공군 비행기에 4개의 RBK-500 클러스터 폭탄을 투하했다. 미그기를 비스듬히 기울이는 순간, 그를 막기 위해 격납고에서 나오는 F-35A 라이트닝 2의 모습이 얼핏 보였다. 데니소프의 미그기는 F-35에 대항하기 위해 만들어진 것이었으며, 두 전투기의 조종사들은 둘이 붙으면 어떤 결과가 나올지 항상 궁금했다. 하지만 결투는 다음으로 미뤄야 했다. 데니소프의 전투기 뒤편에서 RBK 폭탄 투하구가 열리며, 맥주 캔만 한 클러스터 폭탄 수백 개가 떨어졌다. 작은 낙하산들이 펴졌고 그 캔들은 지상을 향해 떠내려갔다.

지상에서 10미터 정도 높이에 도달하자, 목표에 도달한 것을 탐지한 폭탄들이 연달아 터졌다. 수백 번의 폭발음이 공군 기지에 울려 퍼지며 미 공군의 최첨단 전투기 수십 대를 날려 버렸다.

데니소프의 대장 호위기가 다음 차례로 나서서 대활주로 폭탄을 3개 투하했다. 거대한 폭탄의 단단한 끝이 콘크리트를 거의 5미터 깊이로 파고 들어가더니 1,500킬로그램의 폭발물이 폭발했다. 격납고에 보관된 몇 대는 데니소프의 폭탄을 피할 수 있을지 몰라도 앞으로 며칠, 아니 몇 주 동안 이 기지에서 이륙하지 못할 것이다.

6킬로미터 떨어진 곳에서 뒤를 따라오던 미그-35K 두 대가 서로 갈라졌다가 가상의 X지점을 향해 질주하며 비행기를 비스듬하게 기울였다. 그 X지점은 일본 최대의 미 해군기지 중앙이었다. 그곳에 거주하는 9,000명의 해군은 5년 전 괌으로 이주할 예정이었지만, 미 의회와 일본 정부가 해군 이주비용인 86억 달러를 놓고 정치적 논쟁을 벌이느라 지연되었다. 이제는 완전히 늦어버렸다.

두 대의 비행기는 100미터도 채 되지 않는 거리를 두고 서로를 스쳐 지나갔다. 서로 교차하면서 가상의 지점에 4개의 KAB-1500S 열압력 폭탄을 투하했다. 각 폭탄의 무게는 1,300킬로그램을 조금 넘었다. 그 폭탄이 열리며 폭발성 증기를 방출했고, 그 거대한 수증기 구름에 불이 붙었다. 나가사키 이래 가장 규모가 큰 폭발이었고, 제트기들이 날아간 후 공군기지 위에는 나가사키 때와 비슷한 버섯구름이 피어올랐다.

마침내 데니소프는 틀어놨던 오디오 녹음을 끄고, 부하들에게 보고하라고 지시했다. 공군기지, 육군기지, 해안에 정박한 미 해군 항공모함 공격까지 모두 성공했다. 뒤늦게 방어에 나선 방공 미사일에 고작 제트기 다섯 대를 잃은 게 전부였다. 기적 같았다.

미국이 자신이 80년 전 일본을 공격했던 계획에 거꾸로 자신이 당했다는 아이러니를 받아들일지는 의문이었지만, 두리

틀 공습은 확실히 효과가 있었다. 데니소프는 안도감을 애써 숨기며, 남은 전투기들에게 중국 해안으로 선회하라고 지시를 내렸다.

이것 역시 미국이 전쟁 초기에 태평양에서 행했던 공습 작전을 모방한 것이었다. 예상하지 못한 곳에서 출격해서 한 방향으로 비행을 함으로써 적군이 생각한 것보다 두 배는 넓은 범위를 공격할 수 있었다. 러시아 해군이 맡은 바를 훌륭히 수행해주었다. 이제는 중국의 공중 연료 급유기가 약속대로 대기하고 있기만 하면 된다.

이번 공습은 데니소프의 아이디어가 아니었지만, 2차 세계대전 당시 공습 또한 지미 두리틀의 아이디어가 아니었다. 어쩌면 이번에도 지휘관의 이름이 역사에 남게 될지도 몰랐다.

데니소프 공습이라, 꽤 괜찮지 않은가.

\#하와이, 히컴-진주만 합동기지,
코로나도호

코로나도의 갑판에 있던 호로비츠는 레무스가 방향을 튼 곳에서 갑자기 잔물결이 이는 것을 보았다. 플라이 낚시꾼이라면 물고기가 왔다고 낚싯대를 들어 올렸겠지만, 호로비츠는 멈추었다가 다시 위협사격을 가했다. 탄피가 갑판 위로 떨어지고 바닷속으로도 떨어졌다. 바닷속으로 떨어진 탄피는 지글거리는 소리를 내며 잠시 떠 있다가 가라앉았다.

"레무스가 돌아오고 있습니다."

제퍼슨이 함교에서 말했다.

"이제 어떻게 할까요?"

"그 다이버 녀석을 들이박아."

시먼스가 지시했다.

"예, 알겠습니다!"

제퍼슨은 조이스틱을 부드럽게 오른쪽으로 밀었다 다시 왼쪽으로 밀어, 다이버를 화면 중앙에 놓았다. 그런 다음 전속력으로 밀어붙였다.

갑판 위에서는 호로비츠의 M4가 딸깍거렸다. 탄창이 빈 것이다. 그는 보지도 않고 벨트 주머니에 손을 뻗어 탄창을 꺼낸 뒤 소총에 꽂으려 했지만, 마지막 탄창이 손에서 미끄러지며 물속으로 빠졌다. 다이버를 맞출 수도 있었던 30발의 총알을 잃어버렸다.

호로비츠는 바닷물을 바라보며 해군만이 할 수 있는 욕설을 퍼부었지만, 배를 향해 빠르게 다가오는 형체를 발견하고 입을 다물었다.

'하다하다 이제는 어뢰까지!'

레무스 조종기에 수중 영상이 떴다. 다이버가 선체에 지뢰를 부착하던 중 뭔가를 감지했는지 고개를 돌려 뒤를 바라보았다. 제퍼슨의 비디오 스크린에 뜬 마지막 장면은 레무스가 그의 왼쪽 턱을 들이받고 선체까지 파고들기 직전, 고글 너머로 보이는 다이버의 놀란 표정이었다.

갑판 위에 있던 호로비츠는 레무스가 선체에 충돌하는 것을 느끼고, 뒤이어 덮쳐 오는 하얀 파도를 보았다. 그런 다음 모든 것이 고요해졌다.

#파나마운하,
가툰호, 루비 엠프레스호

아넬 리스는 키프로스 깃발이 달린 유조선, 루비 엠프레스호의 난간에서 검은 페인트 조각 하나를 집어 들었다.

"난 오후 하늘처럼 파란색이 좋아. 그리고 남자애니까 파란색을 좋아할걸."

그의 아내는 이렇게 말했다. 아넬은 갓 태어난 신생아나 성인 남자나 벽 색깔에는 별 관심이 없다고 말하고 싶었다. 하지만 아내는 마닐라의 집에 있고 자신은 파나마운하의 배 위에 있다는 점을 감안할 때, 최대한 아내의 기분을 맞춰주는 게 최선이었다.

"당연히 파란색으로 해야지. 2주 후에 내가 도착하면 같이 칠하자. 시간은 많잖아."

"당신이 집에 없으니까 시간이 많은 것도 아니지. 할 일이 얼마나 많은데. 아직 우리 아기 이름도 안 지었잖아."

안나 마리아가 전화기에 대고 말했다.

"여보, 어머님이……."

그 순간 전화가 끊겼다.

아내가 자신이 전화를 끊은 거라 오해할까봐 걱정했지만, 다시 아내에게 전화를 걸어도 연결이 되지 않았다. 아넬은 전화기를 주머니에 넣고 뜨거운 갑판 난간에서 물러났다. 수문을 통과하려면 차례로 줄을 서서 기다려야 하기에, 어쩌면 파나마운하가 이번 항해 중 가장 시간이 오래 걸리는 지역이 될지도 모른다.

아넬이 다시 사다리를 타고 올라가는데 루비 엠프레스호의 함교에서 소란스러운 소리가 들렸다. 배는 정지되었으나 무전만큼은 살아 있었다. 루비 엠프레스호 앞에서 세 번째로 서 있던 중국 화물선 시앙후먼호가 엔진을 켰다. 이건 미친 짓이었다. 수문 앞에서 속도를 내다니 시앙후먼호의 선장은 도대체 무슨 생각인지 모르겠다. 수문장이 무전에 대고 시앙후먼호는 당장 멈추라며 고함을 질러댔다. 하지만 대답이 없었다.

아넬은 상황을 확인하려고 갑판으로 달려갔다. 마치 슬로모션으로 벌어지는 철도 사고를 보는 것 같았다. 시앙후먼호는 조깅 속도보다 느린 4노트로 움직이고 있었다. 하지만 12만 톤의 무게 때문에 그 배는 천천히 수문을 밀고 앞으로 나아갔다.

파나마운하를 운영하는 중국 기업들이 이 혼란을 정리할 때까지 얼마나 걸릴지 짐작도 할 수 없었지만, 그들이 투자금을 날린 것만은 분명했다.

"1,800억 달러가 내 돈도 아닌데 뭘."

아넬이 동료 선원에게 이렇게 말하자 그는 낄낄거리며 웃었다.

어찌 되든 바다의 고속도로인 운하 수문이 당분간은 폐쇄될 가능성이 높았다. 아넬은 주머니에 손을 넣었다. 다시 아내에게 전화해봐야 할 것 같았다.

#하와이, 히캠-진주만 합동기지,
코로나도호.

호로비츠가 정신을 차렸을 때, 그는 바닷물 속에 떠 있었다. 이삼 미터 거리에 노란 금속 파편 하나가 떠 있었고, 그 너머에는 다이버의 시신이 얼굴을 숙인 채 떠 있었다.

호로비츠는 코로나도호를 올려다보며 어쩌다 이렇게 된 건지 기억을 떠올리려고 했다. 양쪽 귀가 울리고 머리가 쑤셔댔다. 상륙 허가 때 술을 진탕 마시고 숙취로 고생하던 때보다 더 심한 고통이었다. 함교에서 부함장이 자신을 내려다보고 있었다. 호로비츠가 물 위에 뜬 채 경례를 하자 부함장이 빙그레 웃으며 경례했다.

연락정 한 대가 와 호로비츠와 검은 잠수복을 입은 시신을 건졌다. 선원들은 호로비츠를 끌어올릴 때는 미소를 지었고, 시신을 끌어올릴 때는 두려운 표정을 지었다.

연락정이 코로나도호 옆에서 멈췄고, 다이버의 시신을 선미의 헬리콥터 갑판으로 끌어올렸다. 호로비츠는 그 다음 순서로 배 위에 올라가 시신 주변에 벌써 모여 있는 작은 인파 곁으로 다가갔다. 다들 죽은 다이버 곁에 서서 속닥거렸다. 마치 큰소리를 냈다가 다이버가 다시 일어날까봐 염려하는 듯이.

"밀치지 좀 마."

한 선원이 말했다.

"이걸 비즈로 찍어야 해."

"그건 안 돼."

다른 선원이 속닥거렸다.

"저자는 죽었어. 규칙 알잖아."

"부함장 온다."

한 명이 속삭이자, 다들 뒤로 물러나 시먼스가 지나갈 자리를 마련해주었다.

"아침 수영만큼 좋은 게 없지, 호로비츠."

시먼스가 미소를 지으며 한마디 했다.

"괜찮나?"

"예, 괜찮습니다. 불행히도 함께 수영한 친구는 괜찮지 않지만 말입니다."

한 선원이 다이버가 쓴 마스크를 벗기자 툭 튀어나온 눈이 드러났다. 호로비츠는 속이 메스꺼웠다. 다이버의 왼쪽 턱은 피투성이에 함몰되어 있었지만, 나머지 부분은 멀쩡했다.

짧은 금발 때문인지 잠을 자는 바이킹처럼 보였다.

"저희가 제대로 잡은 거 맞습니까?"

선원 하나가 물었다.

"전에 본 지하디와는 다른데요."

누군가 시먼스에게 부서진 다이버의 마스크를 건넸다. 시먼스는 플라스틱 파편에 베이지 않도록 조심하며 마스크를 뒤집은 다음, 시신을 좀 더 자세히 살펴보기 위해 무릎을 꿇고 앉았다. 뺨과 코에 남은 희미한 흉터를 보니 권투선수처럼 주기적으로 부러진 것 같았다.

"시신을 뒤집어봐."

시먼스가 지시했다.

선원들이 다이버의 몸을 뒤집는 순간, 호로비츠는 다이버의 수트가 네오프렌이 아니란 사실을 알아챘다. 네오프렌보다 더 두꺼운 재질이었다. 그리고 다이버는 전통적인 스쿠버 장비를 갖추고 있지 않았다.

"저건 수중호흡기예요."

호로비츠가 말했다.

"네이비실이 물거품을 내지 않고 수영할 때 사용하죠. 이 잠수복에는 체열을 감추는 기능이 있고요."

시먼스는 고개를 끄덕이며 시신에서 벗겨낸 장비를 살펴보았다. 죽은 남자가 손목에 찬 잠수 시계는 날렵한 생김새며 어느 모로 보나 확실히 군용이었다. 또한 보호 덮개에는 중국어가 새겨져 있었다.

부함장이 아무 말 없이 다시 함교로 뛰어가자 선원들은 당황한 얼굴로 서로 쳐다보았다.

큰 배가 아니라서 시먼스는 25초 만에 함교에 도착했다. 아직 잠옷 차림이지만 테 위에 금실로 꽃잎 휘장을 수놓은 파란 코로나도호 야구 모자를 쓴 라일리가 그곳에 있었다. 제퍼슨이 그에게 레무스 영상을 다시 보여주고 있었다. 시먼스가 안으로 벌컥 들어서자 라일리가 고개를 들었다. 시먼스가 비켜가지 않고 곧장 그 스크린 앞을 지나가자 영상이 흔들렸다.

"그자를 잡았나?"

라일리가 물었다.

시먼스는 그의 말을 무시한 채 통신 장교를 바라보았다.

"태평양 지구 사령부와 연결해, 당장! 작전상황보고 긴급 메시지를 준비해."

긴급 메시지는 해군 지휘체계뿐 아니라 합동참모 및 대통령이 지휘하는 국가군사 지휘본부에도 즉각 전달된다.

"다이버 하나한테 좀 과한 조치야, 부함장. 순찰선에 먼저 알려서 더 나온 게 있나 확인해보도록 해."

라일리가 말했다.

"그러면 늦습니다. 당장 보내야 합니다."

시먼스가 반박했다.

통신 장교가 시먼스와 라일리를 번갈아 보았다.

"통신이 작동되지 않습니다. 제 휴대전화도 네트워크에 연결이 되지 않습니다. 시스템 전체가 먹통인 것 같습니다."

아래쪽 주갑판에 있는 호로비츠는 뻐근한 목덜미를 문질렀다. 동료에게서 구걸하듯 얻어낸 탄창 하나를 M4에 끼웠다. 갑판 위에 널브러져 있던 총을 동료들이 발견해 가져다준 것이다. 호로비츠는 멍하니 혀로 입술을 핥다가, 바닷물에 흠뻑 젖었는데도 목이 마르다는 사실을 깨달았다. 쇼크 상태에 빠지면 이런 일이 벌어진다고 읽은 적이 있지만, 이 사실을 말할 생각은 조금도 없었다. 배에서 떨어져서 겁을 먹었다고 떠벌렸다가는 네이비실에 들어갈 기회가 날아가버릴 테니까.

호로비츠는 항구에 정박한 미국 해군의 강철 전함들을 둘러보았다. 빨리 바다로 나가 이런 짓을 저지른 놈에게 복수하고 싶었다.

그 순간 항구 저쪽에 정박해 있던 핵추진 항공모함 에이브러햄 링컨호가 마법처럼 60에서 90센티미터 정도 위로 솟아오르는 것 같았다. 그 충격파에 호로비츠는 격벽에 부딪혔다.

자리에서 일어선 호로비츠는 입을 떡 벌린 채, 니미츠급 항공모함이 주황색 화염에 휩싸이며 바닷속으로 내려앉고 갑판에서 검은 연기가 솟는 광경을 쳐다보았다. 항공모함의 선체가 선수에서 3분의 2지점부터 갈라지기 시작했다.

"이런 젠장. 원자로."

호로비츠는 중얼거렸다.

#하와이, 호놀룰루 항,
29번 부두

"도대체 뭐지? 하루 정도는 하역 작업은 하지 않는 것으로 알고 있는데."

램프가 내려오는 걸 보고 제이컵 샌더스는 태블릿을 꺼내 화물 목록을 확인했다. 골든 웨이브호, 선체 길이 220미터, 국적 라이베리아, 상하이에서 자동차를 운반하는 로로선.

화물 목록에는 그렇게 적혀 있었지만, 그건 24시간 전이었다. 이제 또 다른 일이 그의 하루를 망치고 있었다.

근처 주차장의 경비초소에 서 있는데도, 부두에 쿵 하고 내려앉는 두 폭짜리 금속 램프의 울림이 느껴졌다. 샌더스는 커다란 로로선을 볼 때마다 배 위에 올라가 있는 코스트코 같다고 생각했다. 하지만 그건 그의 생각일 뿐이었다. 로로선은 550대의 차량을 실을 수 있고, 차량을 몰고 곧장 배에서 내려 주차장에 댈 수 있다. 그런 다음 자동차는 그곳에 앉아, 섬 전역의 다양한 대리점에서 오기를 기다리는 것이다.

샌더스는 무전으로 상사를 부르려 했으나 들리는 건 잡음뿐이었다. 샌더스는 고개를 설레설레 저으며 카시오 지라이드 손목시계로 시간과 날짜를 확인했다. 그의 생각이 옳았다. 아직 화물을 내릴 때가 아니었다. 게다가 인터넷이 가능한 이 손목시계에 최근 업데이트된 날씨 예보에 따르면, 연안 부표를 확인한 결과 머리 높이의 너울이 덮쳐올 가능성이 높았다. 앞으로 5시간만 더 버티면 경비초소에서 벗어나 케왈로스의 바다로 돌아갈 수 있다. 예보대로 좋은 서핑을 할 수 있다면, 학교에 가거나 검은 폴리에스테르 제복을 입는 것쯤은 얼마든지 참을 수 있다.

연속으로 들려오는 희미한 쾅쾅 소리에 샌더스는 시계에서 눈을 뗐다. 허술한 경비초소의 금속벽이 흔들리자 양손으로 머리를 감싸고 바닥에 엎드렸다. 몇 초 후, 무릎으로 일어나 열린 문틈으로 29번 부두 옆의 연료탱크 보관소를 바라보았다. 불이 난 건 아니었다. 파란 하늘을 보니 천둥도 아니었다. 다음 순간 부두가 다시 낮은 소리로 우르르 진동하기 시작했다. 마치 지진이 난 것 같았다.

'젠장, 쓰나미가 올지도 모르니 당장 여기에서 벗어나야 한다.'

희미한 쿵쿵 소리가 언덕 사이에서 울려 퍼졌지만, 그 소음은 골든 웨이브호에서 내리기 시작한 수백 대의 자동차 소리에 묻혔다. 도대체 뭐 하는 짓이지? 지진을 느끼지 못한 건가? 여진이 발생할지도 모르는데.

샌더스는 어린 시절 보았던 공익 광고를 떠올렸다. 지진이 났을 때는 출입구에 서 있어야 한다는 내용이었지만, 허술한 경비초소를 흘끗 본 다음 밖으로 기어 나왔다. 더 많은 진동이 느껴지고 골든 웨이브호 뒤편에서 솟아오르는 연기도 보였지만, 거대한 배에 가려 항구 저편에서 무슨 일이 일어나는지는 알 수가 없었다.

그 다음 신형 지리 SUV들이 램프를 따라 내려오기 시작했다. 다시 지진이 일어나기 전에 자동차를 내리려고 하는 것일지도 몰랐다. 하지만 어디다 주차한단 말인가. 차라리 배에 신고 있는 편이 나을 텐데 말이다.

샌더스가 지켜보는 사이 SUV가 한 대씩 램프에서 내려와 주차를 했다. 지리 SUV는 레인지로버 데필레이드를 카피한 것 같지만, 워낙 가격이 저렴해 샌더스도 한 대 살 수 있을 정도였다. 물론 색은 확실히 별로다. 처음 열두 대 차량은 은색이나 파란색이라 썩 괜찮았지만, 나머지는 죄다 흐릿한 무광 녹색이었다.

그러다 무언가 배의 강제 갑판을 찌르는 듯, 날카롭게 찢어지는 소리가 났다. 마지막 SUV 뒤편으로 전신주같이 생긴 것이 점차 모습을 드러내며 램프 아래로 내려왔다. 그 전신주 뒤에서 거대한 녹색 덩어리가 천천히 앞으로 나와 램프 꼭대기에 서더니 아래로 내려왔다.

맙소사, 탱크였다! 그리고 또 다른 탱크가 램프 아래로 내려왔고, 그 뒤로 미니 탱크같이 생긴 바퀴 8개 달린 차량 한 대가 따라 나왔다.

샌더스는 탱크에 박힌 빨간 별을 보았다.

'중국 탱크가 왜 여기 있는 거지?'

화물 목록에 이런 건 적혀 있지 않았다.

'도대체 누가 저런 걸 산 거지? 캠프 스코필드의 군사 훈련 용인가?'

샌더스는 주위를 둘러보았다. 사람이라고는 단 한 명도 보이지 않았다.

샌더스는 휴대전화를 꺼내 영상을 찍기 시작했다. 맥주 두 잔 값은 벌 수 있을지도 모른다. 아니면 비즈넷에 팔 수 있을지도 모른다.

그 순간 맥주통처럼 생긴 것 6개가 공중으로 날아오르더니 시내 쪽으로 질주했다.

"드론인가?"

샌더스는 중얼거렸다.

땅딸막한 피존 감시 드론은 딱 14갤런 맥주통 만한 크기였고, 바닥에는 작은 회전날개가 달려 있었다. 그 드론들은 호놀룰루의 가장 높은 지점을 찾아 흩어졌다. 각자 지점에 착륙한 피존 드론은 전자기 신호와 디지털 신호를 흡수한 다음, 섬 전역에 방해 전파를 쏠 것이다.

바로 그 순간 부두에서 또다시 쾅 하는 소리가 들렸다. 하이디 매너호의 램프가 내려오는 소리였다. 골든 웨이브호 뒤편에 정박한 또 다른 로로선이었다. 허가를 받지 않은 일들이 벌어지고 있었다. 다들 화물적재 서류도 내지 않았고, 주차장은 벌써 꽉 찰 지경이었다. 한 척도 아니고 두 척에서 나온 자동차를 보관할 방도는 없었다. 탱크 무리는 둘째 치더라도 말이다.

샌더스는 구시렁구시렁하면서 휴대전화를 든 손을 쭉 뻗었다. 비즈 안경을 살 돈이 없어서 이런 바보 같은 짓을 또 해야 한다니.

"저는 호놀룰루 29번 부두에서 근무하는 제이컵 샌더스입니다."

그는 작은 카메라를 바라보며 말했다.

"보시다시피 허가를 받지 않은 화물이 도착했습니다. 트럭 몇 대와 지리 자동차 그리고 탱크까지요! 중국 탱크예요. 오늘 무슨 훈련을 하는지 모르겠지만, 곧 알게 되겠죠. 다들 이런 건 생전 처음 볼 겁니다. 저도 마찬가지예요. 채널 고정하세요.”

샌더스는 경비초소 창턱에 휴대전화를 올려 녹화 설정한 다음, 골든 웨이브호를 향해 과감하게 다가갔다.

‘멍청한 선원들 같으니. 다 정리될 때까지 부두에 남아 있었어야지.’

샌더스가 부두에서 주차장으로 연결된 램프에 도착했을 때, 탱크의 엔진이 가슴으로 느껴졌다. 탱크는 한 번에 60에서 90센티미터씩 천천히 전진하며 조심스럽게 램프를 내려오고 있었다.

그 순간 무언가 번쩍하고 움직이며 귀가 찢어지는 듯한 소리가 나자 샌더스는 고개를 홱 돌렸다. 이브닝 리졸브호-다롄에 등록된 146미터짜리 화물 컨테이너선-의 측면에서 부두 아래로 커다란 금속판들이 떨어지더니, 이브닝 리졸브호 상공에서 미니어처 공군이 대형을 갖추기 시작했다. 샌더스가 보기에 그 쿼드콥터들은 아직까지도 멍청하게 야외 결혼식을 올리는 할리우드 스타를 촬영하려고 파파라치가 사용하는 스파이 드론과 비슷하게 생긴 것 같았다. 위원회의 V1000

드론은 스파이 드론과 뿌리는 같지만, 민첩함과 스텔스 기능이 더해져 중국이 아프리카와 전 인도네시아 공화국에서 은밀하게 '위험을 제거'할 때 사용했다.

탱크들이 다시 속도를 높이며 부르릉거리는 소리에 샌더스는 다시 그쪽을 바라보았다. 멈추라는 의미로 오른손을 들어올렸다.

"중지! 여긴 사유지입니다. 당장 멈추세요."

맨 앞에 선 탱크가 속력을 늦추더니 램프 아래에 멈춰 섰다. 샌더스에게서 고작 3미터 떨어진 거리였다. 샌더스는 자신이 이곳의 책임자라는 데 한층 더 자신감을 가지고 목소리를 높였다.

"좋습니다. 자, 무슨 일인지는 모르겠지만 유턴해서 다시 배로 돌아가세요······. 당장이요."

탱크 엔진이 연기를 뿜더니 갑자기 앞으로 튀어나왔다.

샌더스의 휴대전화 화면에 담긴 그 장면은 천안문 사태 때 홀로 탱크 앞을 막던 청년처럼 용맹하게 보였지만, 사실 그의 머릿속에는 오로지 이 60톤짜리 괴물의 앞길에서 피해야겠다는 생각뿐이었다. 다만 발이 움직이지 않았다.

찰스 칼라일 대위는 정비사 때문에 인내심의 한계를 느끼고 있었다. 여느 때와 다름없는 낙원에서의 하루였지만, 제트기는 약혼녀보다 훨씬 더 까다로웠다.

헬리콥터처럼 수직 착륙을 할 때마다 F-35B 라이트닝 2 전투기의 25밀리미터 기관포가 작동하지 않았다. 이번 주에만 벌써 네 번째인데도 아무도 이유를 알아내지 못했다. 이 비행기의 자동 관리 시스템이 문제점을 짚어내야 했지만, 2,400만 개의 소프트웨어 코드에 무언가를 더해봐야 성능이 좋아지기는커녕 문제만 더 생길 뿐이었다.

"뭐라고 할 말이 없네, 웜(Worm)."

민간 정비사인 밀러가 말했다. 웜이란 찰스가 조종사 훈련 중 생존 도피 단계에서 휴대용 식량을 잃어버리고 지렁이로 허기를 달랜 후 생긴 별명이었다.

"내가 이 전투기를 설계한 게 아니잖아. 난 그냥 수리할 뿐이지."

찰스는 고개를 설레설레 저었다. 해군이 세계 최고의 조종사들을 세계에서 가장 비싼 무기 시스템의 조종실에 앉혀 놓고, 왜 유지보수는 최저 입찰자에게 맡기는지 이해가 되지 않았다.

찰스는 1조 5,000억 달러로 사야 하는 것-이를 테면 작동하는 기관포 같은-에 관해 한바탕 늘어놓으려다가 숨을 멈추고 귀를 기울였다. 이상했다. 베이스 소리처럼 낮은 쿵쿵 소리가 들렸다. 뒤이어 회전날개 소리가 들렸다. 그 소리는 진주만 쪽에서 났고, 모카푸 반도에 있는 항공기지 쪽으로 움직이는 것 같았다. 헬리콥터들과 작은 쿼드콥터들이 다가오는 걸 본 순간, 찰스의 얼굴에서 핏기가 싹 가셨다.

"연료선 빼요, 당장!"

찰스가 외쳤다.

찰스의 말에 반박하려던 정비사도 뒤늦게 하늘에 뜬 비행 편대를 발견했다. 밀러는 나이가 많았지만, 첫 번째로 쏟아진 로켓포가 이삼 킬로미터에 달하는 활주로 맞은편에 위치한 격납고를 치기도 전에 땅바닥에 납작 엎드렸다.

"밀러, 일어나요! 일어나!"

찰스가 외쳤다.

바닥에 엎드린 밀러는 쿼드콥터 네 대가 급강하하더니 활주로 끝에 선 통신탑을 공격하는 것을 보았다. V1000들은 X자로 대형을 이루더니 마이크로 로켓들을 발사했다.

"연료선 제거할게!"

밀러가 말했다. 능력은 의심스럽지만 용기만큼은 흠잡을 데 없다고 찰스는 생각했다.

밀러는 F-35에서 연료선을 잡아당기면서 헐떡거리는 숨 사이로 물었다.

"중국인가?"

"그게 중요해요? 내 비행기가 날게만 해줘요. 그러면 이리로 사람을 보내라고 할게요."

드론 헬리콥터들이 기지의 격납고 건물 사이를 체계적으로 움직이며 비행기를 하나씩 공격했다. 그러는 내내 X자 대형을 유지한다는 점이 더욱 위협적으로 느껴졌다. 해군 몇몇이 드론을 향해 소총을 발사했지만, 드론이 발사한 로켓에 바로 쓰러졌다. 다행히 찰스의 F-35B는 전 모델인 해리어기와 마찬가지로, 굳이 킬링필드가 되어버린 활주로에 접근할 필요가 없다. 이 전투기의 동체 중앙에는 축 구동 팬이 있어, 헬리콥터처럼 수직으로 공중에 뜰 수 있기 때문이다. 그리고 일단 공중에 뜨면 주 제트 엔진이 4만 파운드의 추진력을 발휘해 앞으로 나아간다.

대신 제2엔진이 전투기 한가운데 자리 잡고 있어 무기를 많이 실을 수 없다. 어차피 이 상황에서는 무기를 실을 여유따윈 없었다. 다행인 건 그동안 한 훈련이 바로 실사격 훈련이라는 점이었다. 하지만 근접항공을 지원하는 작전훈련이라 전투기에 실린 것은 모조 공대공 미사일과 작동할지 알 수 없는 기관포 하나뿐이었다.

찰스는 조종석에 간신히 올라탄 후 밀러를 내려다보았다. 밀러는 헤드업 디스플레이 바이저와 헬멧이 결합한 것을 쓰고 있어, 위에서 내려다보니 마치 벌레 껍데기 같았다. 찰스는 제트기의 기체를 가리키며 외쳤다.

"포는요? 기관포는요?"

밀러가 사다리를 타고 조종석으로 올라와 찰스에게 가까이 몸을 숙이자, 제트기의 연료 냄새와 함께 톡 쏘는 땀 냄새가 올라왔다.

"또 말썽 부리기 전에 100발은 쏠 수 있을 거야."

밀러가 외쳤다. 젠장. 기관포의 발사 속도를 감안하면, 3초밖에 버틸 수 없을 것이다.

찰스는 재빨리 비행기의 조종석 스크린을 보고 비행 전 점검을 했다. 적어도 제대로 돌아가고 있는 게 있긴 했다.

그 다음으로 찰스는 약혼녀를 떠올렸다. 지금쯤이면 서핑을 하며, 뒤숭숭한 꿈자리가 남긴 어두운 기운을 떨쳐버리고 있을 것이다. 둘은 그날 밤 모아나 서프라이더 호텔에서 만나 한잔하기로 약속했다. 약혼녀는 어느 바에서 마시고 있을 건지는 얘기해주지 않았다. 항상 그랬다. 찰스는 그녀를 찾아낸 다음, 함께 마이타이 칵테일을 마시며 그곳에서 올릴 결혼식을 상상할 작정이었다. 동화 속 같은 결말을 맞이하게 해주겠다고 약속했으니까.

조종석 덮개가 닫히면서 약혼녀와 미래의 꿈은 사라졌다. 찰스는 아래에 있는 정비사에게 엄지손가락을 들어 올리며 딱 한 마디만 했다.

"갚아주겠어."

#하와이, 히컴-진주만 합동기지,
코로나도호.

근처 화물선에서 발사한 대전차 로켓이 가까운 곳에 정박해 있던 가브리엘 기퍼즈호를 맞혔다. 불필요한 공격이었다. 항구의 다른 미군 전함과 마찬가지로 기퍼즈호 역시 흘수선 아래쪽에서 일어난 폭발로 인해 이미 바닷속으로 가라앉고 있었다.

"아직 아테나 연결 안 됐나?"

라일리 함장이 외쳐 물었다.

아테나는 자동 위협 감지 네트워크 프로그램으로 이 배의 신경계 같아서, 여러 센서와 네트워크를 전함에 설치된 인공지능에 가까운 소프트웨어와 연결해준다. 이 체계 덕분에 코로나도호처럼 일손이 부족한 배도 신속하게 타깃을 추적하고 다른 기관들과 협동할 수 있다.

"거의 다 됐습니다."

승무원 한 명이 말했다.

"아직 부팅 중입니다."

"빨리빨리 연결해! 타깃을 찾아. 이 배를 보호해야 해!"

라일리 함장이 다급하게 지시했다.

"연결된다 하더라도 아테나가 문제를 일으킬 겁니다."

시먼스가 말했다.

"문제는 이미 일어났어."

라일리 함장이 대꾸했다.

"아테나가 데이터 흐름을 감당하지 못할 수도 있습니다. 만약 아테나가 무너지면, 배의 나머지 시스템도 다운될 수 있고, 현 상황을 감안하면 아군에게 공격받을 가능성도 배제할 수 없습니다."

시먼스가 말했다.

"승무원들에게 맡기세요. 승무원들을 믿으십시오."

라일리 함장은 다른 사람이 옳은 말을 할 때면 항상 그러듯 눈을 가늘게 찡그렸다.

"좋아, 부함장. 아테나가 연결되면 감시 모드를 유지해."

덕분에 라일리 함장은 여전히 잠옷 차림이긴 했지만 평생 열망하던 명령을 내릴 수 있었다.

"주포, 발사 준비! 우리에게 발포한 적의 군함과 교전을 시작한다."

코로나도호의 57밀리미터 주포가 살아 움직였다. 포탑이 회전해 좌현을 조준한 다음, 로켓 연기가 아직 피어오르고 있는 항구 건너편의 위원회 화물선에 발포했다.

일곱 발을 발사한 후 주포가 사격을 멈추었다. 그제야 함교의 승무원들은 현실을 깨달았다. 작은 대포의 5파운드짜리 포탄은 2차 세계대전 전함의 두 배에 달하는 10만 톤 화물선에 타격을 입히기에는 역부족이었다. LCS의 주포는 해적을 쫓는 용도일 뿐 그 이상은 아니었다.

코로나도호를 향해 예광탄이 날아오기 시작했다. 화물선과 항구에 있는 다른 두 척의 배에서 노란 선들이 뻗어 나왔다. 코로나도호가 발사한 포탄은 별다른 타격을 입히지 못했지만, 그래도 적의 이목을 끄는 데는 성공한 모양이었다. 코로나도호의 선루로 기관총이 무수히 발사되었다. 부두의 밧줄 고리에 매인 밧줄을 풀려고 고군분투하던 선원 한 명이 피투성이가 되어 쓰러졌다.

시먼스는 열린 함교의 해치 사이로 머리를 내밀고 쌍안경으로 재빨리 항구 주변을 살펴보다 눈살을 찌푸렸다. 곳곳의 화물선이 작은 보트들을 물에 띄우고 있었다. 적어도 아홉 척의 해군함이 침몰하고 있었고, 다른 네 척은 공격조로 보이는 자들의 습격을 받고 있었다. 헬리콥터처럼 생긴 빠르게 움직이는 검은 비행물체 하나가 핀크니호의 함교에 로켓포 세례를 쏟아부었다. 멀리서 녹색 궤도 차량들이 해안선 도로를 따라 내려가고 있었다. 적군의 차량인 것 같았다. 시먼스는 헤드셋에서 들리는 라일리 함장의 다급한 목소리에 쌍안경을 내렸다.

"누가 저 빌어먹을 계류용 밧줄 좀 끊어!"

코로나도호의 앞 갑판은 비어 있었다. 밧줄을 끊으려던 선원 두 명이 서 있던 자리에는 핏자국만이 남아 있었다. 시먼스는 미간을 찌푸렸다. 이 지옥에서 빠져나가려다 선원 모두가 목숨을 잃을 판이었다.

코로나도호의 선수 근처에 있던 호로비츠는 함교를 올려다보았다. M4의 5.56밀리미터 탄환이 다 떨어져, 근처 화물선을 향해 M249 기관총을 발사하는 선원에게 탄약을 건네고 있었다.

"제가 가겠습니다!"

호로비츠가 외쳤다. 그는 근처 통로 안으로 뛰어 들어가 소방 도끼를 꺼냈다. 밧줄을 향해 뛰어가다가 피웅덩이에 미끄러지고 도끼날에 손바닥을 베였다. 호로비츠는 저도 모르게 웃음이 나왔다. 총격전이 한창인 가운데 도끼를 들고 넘어지다니 이 무슨 터무니없는 실수란 말인가.

호로비츠는 날아오는 총알을 피하기 위해 바짝 엎드린 채 계류용 밧줄로 기어갔다. 밧줄 앞에 도달한 그는 자리에서 벌떡 일어나 도끼를 머리 위로 치켜든 다음, 코로나도호를 부두에 묶어두고 있는 두꺼운 케블라 밧줄을 내리쳤다.

별 효과가 없었다. 몇 가닥 끊어진 게 전부였다. 호로비츠는 도끼를 내리치고, 또 내리쳤다. 숨이 차고 팔이 타는 듯 아팠고 귀가 윙윙 울리는 소리밖에 들리지 않았다. 어느 순간, 총알 하나가 도끼의 머리를 쳤지만, 호로비츠는 손에 느껴지는 통증에도 도끼를 놓지 않았다.

애벌레처럼 생긴 소방 로봇 하나가 근처 갑판으로 기어 나왔다가 즉시 총에 맞았다. 어린아이 크기만 한 그 로봇은 갑판 온 사방에 화학 약품을 뿌린 다음 바닷속으로 빠졌다.

"마지막으로 한 번만 더."

호로비츠는 이를 악물고 스스로에게 다짐했다.

"그러면 우리 다 여기서 빠져나갈 수 있어."

호로비츠는 모퉁이를 돌아 부두로 다가오는 위원회의 PGZ-07 대공 탱크를 미처 보지 못했다. 하늘에 아무런 타깃이 보이지 않자, PGZ는 2총열 35밀리미터 포를 항구에 정박한 미 군함으로 돌렸고, 가장 가까이에 있는 것이 코로나도호였다.

"젠장."

시먼스는 호로비츠의 몸이 산산조각 난 채 바닷속으로 빠지는 걸 보며 욕설을 내뱉었다.

"우현에 타깃이 있다. 저놈을 쏴라! 방금 우리를 쏜 녀석이 저 녀석이다."

라일리 선장이 외쳤다.

코로나도호의 57밀리미터 Mk110 주포가 화물선을 지나 위원회 탱크를 향해 빠르게 날아갔다. 주포는 10만 톤의 배에는 별다른 타격을 입히지 못했지만, 22톤의 경장갑 차량은 찢어지고 폭발했다. 불타는 파편이 뒤쪽 건물로 날아갔다.

시먼스는 명령 모드로 들어가서 지시를 내리는 동시에 헤드셋을 통해 승무원들 목소리에 귀를 기울였다. 한순간 고함 소리가 들리는가 싶으면, 그 다음 순간에는 불에 타거나 손상된 기기에서 나는 파열음이 뒤따랐다. 승무원들은 급박한 상황에서 실력을 발휘해야 했고 그동안 승무원들을 가혹하게 훈련시킨 것은 다 이 순간을 위해서였다.

"지금 출발해야 합니다, 함장님. 밧줄이 거의 다 끊어졌습니다."

시먼스가 말했다.

"부함장 말 들었지, 여기서 빠져나간다."

라일리 함장이 말했다.

시먼스는 함장이 일부러 자신만만한 말투로 말한다는 사실을 알아챘다. 불타는 항구에서 빠져나가려면 이보다 더 치열한 전투를 벌여야 한다는 것을 둘 다 잘 알고 있었다.

그때 갑작스럽게 들리는 윙윙거리는 소음에 함교에 있는 모두가 몸을 숙였다. 쿼드콥터 한 대가 함교 창문 바로 앞에 나타나, 안으로 들어오려고 버둥대는 말벌처럼 정신 사납게 서성거렸다.

Mk110 주포가 V1000에게 발포하려 움직였지만, 쿼드콥터는 주포의 사격반경 내에서 맴돌며 회전하는 주포의 움직임을 요리조리 잘도 피했다.

함교 승무원들이 철갑탄 세례가 쏟아질 걸 예상하고 얼어붙었다. 하지만 V1000은 후진하더니 로켓 포드가 텅 빈 걸 확인하고는 하늘로 곧장 올라가 시야에서 사라졌다.

승무원들은 아슬아슬하게 번개를 피한 사람들처럼 서로를 쳐다보았다. 그 다음 순간 축구장 길이 정도 떨어진 곳에 쿼드콥터가 다시 나타나 긴 창고 사이로 급강하했다. 다시 공중으로 솟아오른 쿼드콥터는 항구에서 가스폭발이 일어났다는 보고를 받고 영상을 찍으러 온 KITV 채널4의 뉴스 헬기 쪽으로 다가갔다. V1000이 TY-90 공대공 미사일을 발사했고, 미사일이 최대 속도인 2마하에 도달하기도 훨씬 전에 뉴스 헬기가 격추되었다.

헬기에서 떨어진 프로펠러가 코로나도호를 부두 바깥으로 천천히 밀어냈고, 주 추진기관을 담당하는 스테이플턴이 천천히 조이스틱을 앞으로 움직였다. 코로나도호의 엔진에 시동이 걸리면서 굉음이 났고, 워터제트가 바닷물을 빨아들였다가 내뱉었다. 마지막 남은 케블라 밧줄이 스르르 풀리다 툭 끊어졌다. 코로나도호가 속력을 내기 시작할 때, 또 다른 대전차 미사일이 화물선에서 호를 그리며 날아와 헬리콥터 격납고 안에서 터졌다. 쓰레기차 한 대가 선루 옆구리를 들이박은 것 같은 느낌이었지만 코로나도호는 계속 움직였다.

시먼스가 통신 스테이션을 바라보고 있는데, 중기관포 포탄이 알루미늄 선체를 찢고 그곳에 앉아 있던 선원을 산산조각 냈다. 순식간에 불꽃과 피가 튀었다. 함교로 더 많은 포탄이 쏟아져 거친 파도에도 버티던 튼튼한 창문들이 깨졌다. 시먼스는 갑판에 납작 엎드려 머리를 감싸 쏟아지는 파편을 피하려 했다.

시먼스가 눈을 뜨자 옆에 있는 라일리 함장이 보였다. 찢어진 함장 의자에 등을 기댄 채 똑바로 앉아 있었다. 셔츠가 피에 흠뻑 젖고 주변 바닥에 피웅덩이가 고여 있었다.

또다시 쏟아진 포탄이 함장의 의자에 명중했다. 시먼스는 다급하게 주위를 둘러보았다. 배를 운전하는 사람이 아무도 없었다. 스테이플턴은 의자 옆에 널브러져 있었고, 배는 천천히 항구 맞은편을 향해 표류하고 있었다. 3D 전투 스크린 하나만이 작동했고, 그 화면에는 아비규환이 된 함교의 모습을 담은 영상이 떠 있었다.

"키! 빨리 키를 잡아."

시먼스가 외쳤다.

제퍼슨이 달려가 조이스틱을 앞으로 밀었다. 시먼스는 만일에 대비해서 함교 승무원 모두가 다른 사람의 직무를 수행할 수 있도록 훈련시켰다. 승무원들이 제일 싫어하는 훈련 중 하나였다.

라일리가 팔꿈치로 딛고 몸을 일으키려 하다가 다시 주저앉았다. 시먼스는 그의 옆에 무릎을 꿇고 앉아 셔츠를 벗겼지만, 어디부터 손을 대야 할지 무엇을 해야 할지 알 수가 없었다. 라일리의 가슴은 온통 피투성이였고, 심장이 한 번 뛸 때마다 회색 갑판 위로 피가 한 움큼씩 쏟아졌다. 라일리가 쿨럭거리며 피를 토했다.

"어서 이 배를 지휘해………. 시먼스 함장."

라일리가 희미한 미소를 지었다.

코로나도호의 위생병인 딜런 코트가 함교로 뛰어 들어오다가 발밑의 피웅덩이에 미끄러졌다. 그는 기어서 선장 곁으로 다가와 시먼스를 옆으로 밀어냈다.

코트가 지혈을 하려고 애쓰는 사이, 시먼스는 천천히 자리에서 일어나 키를 잡은 제퍼슨 뒤에 섰다. 함장 의자는 너덜너덜하게 구멍이 나 있었고, 시먼스는 아직 그 자리에 앉을 준비가 되지 않았다.

#하와이, 카네오헤만,
해병대 기지

찰스는 이륙 직후 F-35B를 왼쪽으로 급격히 기울였다. 제트기는 순조롭게 순항비행 모드로 전환되었고, 그는 비행 학교에서 배운 대로 먼저 상황을 파악하려 했다.

AN/AAQ-37 전자광학 전방위 감시시스템이 제트기 곳곳에 위치한 시각 센서와 적외선 센서로 수집한 데이터를 그의 헬멧에 전송해줘서 제트기 아래쪽 상황을 '볼' 수 있었다. 그가 본 것은 한마디로 아비규환이었다. 훈련받을 때 불이 난 캘리포니아의 시에라네바다산을 비행한 적이 있는데, 그때보다 상황이 더 심각했다. 화창한 하늘 곳곳에 연기와 잔해들이 검게 소용돌이쳤다. 중국군의 드론이 낮은 고도로 연기 사이를 들락날락했고, 갑판 위로는 미 해군 헬리콥터의 잔해와 함께 비행중대 전투기들이 퍼즐 조각처럼 흩어져 있었다. 하늘과 주변을 훑어본 그는 우려하던 바를 확신했다. 공중에 떠 있는 미군 제트기는 그 뿐이었다.

찰스는 제트기의 다른 시스템들을 확인하기 시작했다. 무전기에서는 아무런 소리도 나지 않았다. GPS와 결합한 관성항법장치는 오류가 나서 오아후 바로 위에 있는데도 마우이로 날아가고 있는 것으로 떴다. 수평 상황 표시 화면에는 허위 표적 발생기가 깜빡거리다가 사라졌다. 최신 소프트웨어 시스템과 수백만 개의 코드로 이루어진 이 전투기는 과거의 전투기와 달리 자동화와 분석이 가능해 부조종사 노릇을 하도록 고안된 것이다. 하지만 지금 이 순간에 아무짝에도 쓸모없는 골칫거리에 불과했다.

해병대 조종사들은 대대로 총과 배짱만 가지고 하늘을 날았었다고, 찰스는 스스로를 다독였다. 자신도 그렇게 할 수 있다고.

비행장 한쪽 구석에서 작은 중국 쿼드콥터 한 대가 주차되어 있는 오스프레이 틸트로터 항공기에게 기관포를 퍼붓는 게 보였다. 먼저 우현 날개가 찌그러지더니 MV-22 오스프레이의 거대한 엔진이 바닥으로 떨어졌고, 마침내 기체가 삐걱거리며 옆으로 쓰러졌다.

찰스는 한 손으로 제트기의 속도를 늦추고, 다른 한 손으로는 앞에 있는 터치스크린에 뜬 쿼드콥터를 조준했다. 바로 그 순간 여자를 발견했다.

멀리에서도 그 여자가 맞서 싸우는 것을 알 수 있었다. 헬멧 디스플레이의 이미지를 확대하자, 조종석 스크린 위에 또 하나의 이미지가 떴다. 그 해군이 오스프레이에 로켓포를 발사한 드론을 향해 권총을 쐈다. 두 발을 딱 벌리고 서서 아직 연기가 나는 비행기 엔진 위에 총을 든 손을 올려놓았다. 그녀는 탄창을 다 소진한 다음, 몸을 숙여 장전했다.

그녀가 비행복 주머니에서 탄창을 꺼내는 순간 쿼드콥터가 지상에서 5에서 7센티미터 높이로 하강하더니 그녀 주변을 맴돌았다. 여자 역시 홱 돌아보았다. 그녀가 권총을 들어

올리며 탄창을 끼우는 게 보였다. 찰스는 기관포 발사 속도를 높였다.

여자가 총을 쏜 다음 잔해의 맞은편으로 내달렸다. 쿼드콥터가 조준하지 못하도록 잔해 뒤에 몸을 숨기며 아슬아슬하게 달렸다. 그러다 내장을 드러낸 오스프레이에서 흘러나온 기름 웅덩이 위에서 미끄러져 왼발이 꺾이더니 풀썩 주저앉았다. 권총이 60에서 90센티미터 거리에 떨어졌다.

"젠장!"

찰스가 외쳤다.

기관포에 빨간 불이 들어왔다. 지금이다.

찰스가 F-35의 기관포를 조준하려 하자 제트기의 자세가 살짝 바뀌었다. 그 순간 쿼드콥터 드론이 갑자기 하늘 위로 솟아올랐다. 목표물을 확인하고, 넘어진 해군의 머리 위에 포탄을 쏟아부으려는 것이다.

찰스가 추력벡터제어기를 이용해 제트기를 조금 상승시키자, 제트기가 공중에서 허우적거렸다. 기관포를 조준하려고 애쓰는 사이 헬멧 디스플레이에 권총을 잡으러 기어가는 여해군의 모습이 떴다. 권총은 근처에 놓인 F-35 잔해의 검게 그을린 날개 밑에 있었다. 배짱이 보통이 아니었다.

찰스는 이미 방아쇠에 올라가 있던 손가락을 살짝 눌렀다.

제트기에서 탄환이 쏟아져 나왔다. 드론이 사격을 개시하는 순간, 찰스의 제트기에서 쏟아져 나온 훈련용 탄환들이 활주로를 따라 쿼드콥터로 향했다. 헬멧 디스플레이에 연기와 함께 화염이 폭발하는 장면이 떴고, 드론은 빙글빙글 돌며 불타는 오스프레이의 잔해 위로 떨어졌다.

'여자는 어디 있지?'

헤드셋에서 갑자기 그르렁거리는 소리가 나더니, 디스플레이에 한 줄기 선이 스쳐 지나갔다. 레이더 위협 탐지 시스템이 보내는 경고였다. 방공시스템이 그를 추적하고 있었다.

판독 결과 그의 비행기를 탐지한 레이더는 미국의 방공시스템이 아니라 위원회의 이동식 지대공 미사일의 H-250 위상배열레이더였다.

"젠장, 말도 안 돼."

비행복 안으로 식은땀이 흘렀지만, 그건 격추될 위험 때문이 아니었다. 그보다 더 상황이 심각했다. 중국이 이미 지상에 상당한 부대를 배치했다는 뜻이었다.

골든 웨이브호와 하이디 매너호에서 내린 위원회의 장갑차 부대는 주차장에 주차된 차들을 불도저처럼 밀어버리며 29번 부두를 떠났다. 그런 다음 부대는 반씩 나뉘어 서로 다른 방향으로 향했다. 타입 99 탱크 부대와 지원 차량들은 막

호놀룰루 국제공항에 착륙한 에어버스 A380 세 대에서 내린 위원회 공수부대와 합류하러 갔다. 나머지 탱크 부대는 노스 니미츠 고속도로를 따라갔다.

찰스는 그 부대가 어디로 향하는지 알았다.

진주만을 장악하는 건 역사적인 가치가 있지만, 진정한 보물은 캠프 H. M. 스미스다. 이곳은 태평양 사령부의 본부로, 적군에 맞서 싸울 병력이 주둔하는 곳이 아니라 군의 평시 작전 본부가 있는 곳이다. 그곳의 해군들이 마지막까지 맞서 싸우겠지만 탱크 부대를 막을 방법은 없을 것이다. 그렇다면 태평양 전체를 지휘하고 통제하는 곳은 어떻게 되는 것일까. 적의 손에 넘어가는 것일까? 그건 말도 안 된다.

찰스는 무기 상태를 재점검했다. 71발이 남았다.

고도를 낮추어 활주로를 저공비행했다. 오스프레이의 잔해와 그 뒤에서 튀어나온 사람 한 명이 보였다. 여자가 손을 흔들었다. 대단한 전사였다.

"여기서 빠져나가도록 도와줘야겠어."

찰스는 저도 모르게 전투기에게 말을 걸었다. 두려움을 참고 눌러야 할 때면 종종 나오는 버릇이었다.

제트기의 수평 상황 표시 화면에 중국제 Z-10 공격 헬기가 활주로 쪽으로 다가오는 게 보였다. 머지않아 Z-10이 여자를 발견할 테고 그 여자는 맞서서 총을 쏠 게 뻔했다. 동료에겐 도움이 필요했고, 찰스는 훈련병 시절부터 절대로 동료를 버리지 말라고 배웠다.

하지만 탱크 부대가 캠프 스미스로 향하고 있었다. 그 부대를 전멸시킬 만큼의 탄환은 없지만, 몇 번 저공비행을 해 시간을 지연시킬 수 있을지도 모른다. 어쩌면 지휘 차량이나 앞서가는 탱크를 맞힐 수 있을지도 모른다.

찰스는 하늘을 향해 제트기를 몰아 500피트를 더 올라가며, 다음 공중폭격을 어디에 쏟아부어야 할지 고민했다.

선택지는 분명했지만, 그중 무얼 선택해야 할지는 분명하지 않았다.

#태평양,
미 해군 P-8

"전파 방해가 너무 심해, 영상을 꺼."

빌 달링 중령이 지시했다.

"폭스글로브2에만 집중해. 전쟁 전체에 신경 쓰지 말고."

달링은 '전쟁'이란 단어를 아무렇지 않게 내뱉었다는 사실이 믿기지 않았다. 하지만 현실이 그랬다. 미국은 태평양에서 전쟁 중이었고, 아마 다른 곳에서도 마찬가지일 것이다. 전쟁에 돌입한 지 몇 분도 채 지나지 않아 발견된 가장 큰 문제점은 소방 호스의 물줄기처럼 쏟아져 나오는 데이터 중에 유용한 데이터를 골라내는 것이란 사실을 깨달았다.

"알겠습니다."

비행기의 통신을 담당하는 해군 비행 장교인 해머가 대답했다.

"전파 방해가 멈추면 다시 켜겠습니다."

달링의 P-8은 미국 함대로부터 150킬로미터 떨어진 곳에서 수색 중이었다. 폭스글로브2의 후미에 붙어 있던 A타입 93A 잠수정이 근처 어딘가에 숨어 있다. 진주만이 공격을 받는 상황이지만, 달링과 그의 대원들은 평소처럼 순찰을 해야 했다. 찾아내 처리하는 것이다. 이 잠수정은 이틀 동안 조지 H. W. 부시호의 꽁무니를 쫓아다녔다. 어제만 해도 성가신 골칫거리에 불과했으나 오늘은 당장 처리해야 할 즉각적인 위협이었다. 그 잠수정을 처리하지 못한다면 4,000명이 넘는 승무원이 탄 항공모함을 지키지 못했다는 죄책감을 평생 안고 가게 될 것이다.

다행히 달링의 대원들이 위원회의 잠수정 추적을 도왔다. 버지니아급 핵추진 잠수함인 존 워너호가 항모 타격단에 있던 그 잠수정을 음향 탐지 부표인 P-8의 소노부이 안으로 몰아넣었다. 그 안에만 들어오면 폭스글로브2는 끝이다.

전투 네트워크 시스템이 전파 방해를 받아 왜곡된 영상을 헤드셋에 전송했다.

"젠장, 해머, 그것 좀……."

달링이 말하는 찰나 다른 목소리가 끼어들었다.

"소노부이가 막 폭스글로브2의 위치를 잡았습니다."

음향 방출 센서를 담당하는 두 대원 중 하나인 하이드가 말했다.

"항모 타격단에서 벗어나 12노트로 달리고 있습니다."

달링은 P-8을 급강하해서 바다 가까이로 다가갔고, 앞의 스크린에 뜬 요격 지점을 향해 전속력으로 날아갔다. 대원들이 잠수정에 발사하기 위해 카운트다운을 할 때 P-8의 속력은 거의 500노트에 달했다.

"150미터 거리에서 마크54 발사하라."

달링은 부조종사 트리혼에게 지시했다.

"미사일이 날아오고 있습니다. 스톤피시가 부시호를 향해 날아오고 있습니다."

전투기의 다른 센서 담당자인 지킬이 끼어들었다.

"NSA 해커들은 도대체 뭘 한 겁니까. 저런 것들은 작동도 못하게 만들어놨어야죠!"

수평선 근처에서 하얀 줄기들 같은 것이 부시호 주변에서 하늘로 올라갔다. 함대의 방어 시스템이 수십 발의 RIM-161 SM-3 미사일을 발사하기 시작했다. 대기권 안으로 진입하는 스톤피시 탄도 미사일을 막기 위한 것이었다.

"부시호의 아테나에 따르면 26발이 날아오고 있습니다. 우리 미사일 시스템은 계산 중입니다."

지킬이 공중전을 실황중계했다.

"마크54 발사합니다."

트리혼이 말했다. 마크54를 발사하자 P-8이 살짝 떠올랐고, 어뢰는 아래의 바닷속으로 풍덩 들어가자마자 프로펠러를 돌려 잠수정을 향해 돌진했다.

헤드폰으로 전송되던 시스템 화면이 갑자기 깨끗해졌다가 또다시 일그러졌다. 트리혼이 쌍안경을 들고, 포물선을 그리며 항공모함과 그 호위함들로 떨어지는 탄두를 맞추려는 수십 개의 대공 미사일을 확인하려 했다.

"어디서 발사하는 거죠?"

트리혼이 물었다.

"중국."

달링이 대답했다.

153

"그야 당연하죠."

트리혼이 대꾸했다.

"기습은 한 번으로 끝나지 않을 것입니다. 혹시 핵탄두일 까요?"

"아니. 핵탄두였다면 한 방만 쐈겠지."

"15초 후에 스톤피시 미사일이 도착합니다."

지킬이 압박감을 숨기려 느릿하게 말했다.

"마크54가 폭스글로브2를 처리했습니다."

하이드가 말했다.

"10초."

지킬이 말했다.

"소노부이 계속 작동해, 하이드."

달링이 말했다. 그 잠수정을 처리해도 전혀 만족스럽지가 않았다. 타입93은 결국 주요 위협은 아니었으니까. 쓸모없다는 기분마저 들었다. 그의 비행기와 대원들은 이 순간에 아무런 도움이 되지 않았다.

"잠깐, 미사일 하나가 더 날아옵니다! 저희와 너무 가깝습니다."

트리혼이 쌍안경을 보며 말했다.

"미사일이 착수합니다."

"150킬로미터나 빗나갔잖아. 너무 많이 빗나갔는데."

달링이 말했다.

"어쩌면 스톤피시는 우릴 공격하려는 게 아닌지도 몰라."

트리혼은 계속해서 쌍안경을 들여다보았다.

"트리혼?"

수평선에서 번쩍하는 섬광이 대신 대답해주었다.

"충돌, 충돌했습니다."

지킬이 말했다.

달링은 폭발 현장에서 멀리 떨어져 있어 다행이라며 가슴을 쓸어내리다 문득 죄책감에 휩싸였다.

"존 워너호와 연결해서 어떤 도움이 필요한지 알아봐. 기동부대 주변에 소노부이를 설치해야겠어."

"스톡데일호의 아테나에서 새로운 정보가 들어왔습니다."

지킬이 말한 것은 호위함 중 하나였다.

"저희가 본 것을 확인했습니다. 적어도 세 발의 스톤피시가 부시호를 타격했습니다. 현재 부시호는…… 연락 두절입니다."

"존 워너호와 연결이 되지 않습니다."

해머가 말했다.

"GPS 연결이 또 끊겼습니다."

155

"워너호의 마지막 위치를 확인해."

달링이 말했다. 트리혼은 헬멧을 만지작거리며 남몰래 눈물을 훔쳤고, 달링은 그런 트리혼을 못 본 척했다.

P-8가 선회하는 순간 달링은 아래쪽 바다에서 무언가를 보았다. 그는 미간을 찌푸리며 좀 더 자세히 보려고 제트기의 고도를 낮추었다. 디스플레이 스크린에 바다에 뜬 잔해들이 자세히 보이는데도 트리혼은 다시 쌍안경을 들었다.

"부시호나 호위함 잔해라고 보기엔 거리가 너무 멀어."

달링이 말했다.

"저게 뭐지? 위원회 잠수함인가?"

"아닙니다. 폭스글로브2의 마지막 위치는 저 위쪽이었습니다."

트리혼이 조종실 스크린을 손가락으로 가리켰다.

"젠장."

지킬이 신경질적으로 무릎을 내리쳤다.

"여긴 우리가 본 스톤피시 착지점이에요. 명중한 겁니다. 저건 존 워너호의 잔해입니다."

F-35의 기수를 올려 회전하는 순간, 찰스는 마지막으로 비행기 아래쪽 하늘을 내려다보았다.

71발. 타깃을 지정하자 제트기가 살짝 움직였다.

포물선을 그리며 오스프레이의 잔해 쪽으로 다시 내려가자 용맹한 여 해군이 튀어나와 달리는 게 보였다.

71발뿐이다.

Z-10이 그녀에게서 100미터 떨어진 격납고에 폭격을 쏟아붓고 있었다. 쿼드콥터 한 대가 그녀를 발견하고 그쪽으로 쏜살같이 날아가더니, 제자리에 맴돌며 헬리콥터를 불렀다. 찰스는 기수를 내리고 앞으로 나아갔다. 헬멧에 달린 가늠쇠로 Z-10을 조준했다. 타깃을 놓치지 않으려 손아귀의 힘을 뺐다가 방아쇠를 잡아당겼다.

F-35에서 발사된 탄환이 높이 날아가 Z-10을 지나 그 너머의 활주로를 가리가리 찢어놓았다.

이제 47발 남았다. 여자는 뒤쪽에서 나는 굉음에도 멈칫거리지 않고 더 빨리 뛰었다. 더 길게 포격을 쏟아붓자 전투기 전체가 소리굽쇠처럼 진동했다. Z-10이 비틀거리더니 반으로 부서지며 완벽한 원형에 가까운 화염과 잔해를 내뿜었다.

다시 고도를 높이려 조종대를 잡아당기자 기체가 항의하는 것처럼 신음했다.

여자는 보이지 않았다. 무사히 빠져나간 것이다. 찰스는 첫 번째 임무를 완수했다. 그는 동료 해병을 버리지 않았다.

찰스는 캠프 H. M. 스미스로 최대한 빨리 날아가기 위해 전투기의 속도를 줄이고 탄환을 버렸다. 미 공군이 머리 위를 날아간다면 위원회의 장갑차 부대가 다시 생각할지도 모르고, 어쩌면 다른 타깃으로 방향을 돌릴지도 모른다. 그 외에 다른 방법은 없었다. 포는 텅 비었다. 재무장을 위해 착륙하는 건 불가능하다. 가능한 한 오랫동안 위원회의 장갑차 부대를 괴롭히다가 북쪽에 있는 공원 어딘가에 착륙하는 것이 최선이었다.

찰스의 F-35가 속도를 내어 날아가자, 쿼드콥터 한 대가 방향을 돌려서 공대공 미사일 하나를 발사했다. 그런 다음 아무렇지 않게 활주로 위의 오스프레이를 파괴하는 일을 계속했다.

찰스가 경보음을 듣기도 전에 AN/ASQ-239 바라쿠다 시스템이 자동으로 활성화되었다. F-35 날개 끝에 심어놓은 작은 안테나 10개가 적의 미사일을 레이더로 탐지하기 시작했다. 찰스가 쓴 바이저에 뜬 건 TY-90, 자체유도미사일이었다.

따라서 주인이 딴 데 정신을 팔고 있더라도 위협적인 존재일 수밖에 없었다. 찰스는 미사일을 꽁무니에 단 채로 기지 끝에 있는 울루파우 분화구를 향해 전속력으로 날았다. 약간의 운만 따라준다면 늙은 휴화산 뒤로 사라질 수 있을 것도 같았다. 드론에게 격추당한 최초의 해군 조종사가 되는 불명예는 사양하고 싶었다.

하지만 찰스의 운명은 서너 달 전에 이미 결정되었다. 당시 전투기를 정비하던 중에 마이크로칩 일부가 교체되었다. 항공 전자 시스템부터 건 카메라까지 모든 것을 작동시키는 수천 개의 칩으로 가득 찬 비행기에서 칩을 교체하는 건 흔한 일이었다.

초기 컴퓨터부터 1960년대 제트기에 사용되던 최초의 마이크로칩은 구성 요소들을 육안으로 확인할 수 있었다. 하지만 21세기에 접어들면서 마이크로칩은 평방밀리미터 단위의 트랜지스터 수백만 개로 채워지게 되었다. 그리고 또 각각의 칩은 블록이라 불리는 여러 개의 하부 단위로 나뉘어져 있으며 각기 다른 기능을 수행한다. 스마트폰에 들어가는 칩과 유사한 F-35의 건 카메라 프로세서에는 영상 프레임을 저장하는 것부터 파일 변환까지 모든 기능을 수행하는 블록들이 있다.

마이크로칩 산업이 인기를 누리면서 몇 개 안 되던 회사가 2,000개 이상으로 늘어났는데, 그중 대부분은 중국에서 생겨났다. 그 회사들이 매년 각자 5,000개의 새로운 칩을 만들어 냈다. 칩을 설계하는 데 다양한 지역에 사는 수천 명의 사람들이 참여했으며, 블록마다 다른 팀이 작업을 하기도 하고, 때로는 외부의 도움 없이 직접 만들기도 했다. 또 가끔은 외주를 주기도 하고, 제3의 전문가에게 구매하기도 했다. 서로 다른 곳에서 만들어진 블록들이 수백만 개의 칩 안에 들어갔으며, 그 칩들은 토스터부터 토마호크 미사일에 이르는 거의 모든 것에 사용되었다.

그 결과는 위험하기 짝이 없었다. 칩들은 너무 복잡해서 한 명의 기술자나 한 팀의 기술자가 부품들이 어떻게 작동하는지 이해할 수 없을 정도가 되었다. 설계 과정이 워낙 세분화되어, 참여한 사람들을 일일이 조사할 수도 없다. 그리고 대량으로 제조되고 수입되다보니 테스트를 하는 양도 지극히 소량이었고, 미국의 대형 방위산업체를 포함한 그 어떤 바이어도 굳이 칩을 테스트해보려 하지 않았다. 언제나 보안보다 효율성이 먼저였다.

오랫동안 국방 전문가들은 '킬 스위치'에 대한 우려를 표명했다. 킬 스위치란 명령을 내리면 컴퓨터 시스템 전체를 폐쇄

할 수 있는 하나의 칩이다. 하지만 찰스의 전투기에서는 그와 정반대의 일이 일어났다. 단 12개의 마이크로칩 안에서 하나의 블록 안에 보관된 하나의 기술만이 활성화된 것이다.

F-35B의 주요 특징은 그 모양과 레이더 반사면적을 주먹만 한 크기로 줄이는 스텔스 기능이다. 하지만 위원회의 미사일 레이더가 F-35B를 훑는 순간, 헬멧 디스플레이 시스템을 비행 조종 시스템과 연결하는 12개의 마이크로칩 중에서 아홉 번째 블록에 숨겨져 있던 작은 안테나가 활성화되었다. 헬멧 제조업체가 마이크로칩을 구매하고 보안 스캔을 했더라도, 그 안테나를 탐지하지 못했을 것이다. 안테나는 아주 미세한 크기로 1평방밀리미터 안에 숨어 있으며, 날아오는 미사일의 특정 주파수에 의해서만 활성화되기 때문이다. 이 안테나 안에 담긴 에너지는 아주 소량이나 이 에너지들이 합쳐지면 신호를 보낼 수 있다.

찰스가 속도를 내며 날아가는 순간 미사일이 그 신호를 포착하고 뒤를 쫓았다.

찰스는 미사일 레이더를 피하려 울루파우산의 분화구 쪽으로 급강하했다. 관성력 때문에 몸이 홱 젖혀졌지만, 곧이어 방향을 급격히 틀었다. 따돌릴 수 있을 줄 알았다. 하지만 아무리 방향을 바꿔도 소용이 없었다. 미사일은 빈틈없이 따라

붙었다.

마지막으로 찰스는 서른한 살 생일에 약혼녀로부터 받은 손목시계를 흘깃 내려다보았다. 브라이틀링 어그레서 디지털 크로노그래프였다. 죽음의 순간을 함께한 것은 그의 약혼녀였다.

미사일은 기차처럼 요란한 소리를 내며 F-35의 옆구리를 박았고, F-35는 두 동강이 난 채 태평양으로 곤두박질쳤다.

#하와이, 히컴-진주만 합동기지, 코로나도호

시먼스는 둘 중 하나를 선택해야만 한다는 사실을 알고 있었다.

이기느냐 지느냐. 사느냐 죽느냐.

코로나도호가 부두에서 떠나자, 깨진 유리창과 알루미늄 갑판에 난 총구멍 사이로 바깥바람이 불어왔다. 하늘에는 위원회의 헬리콥터와 드론만이 날아다녔다. 그 헬리콥터 중 한 대가 막 복서호의 격납고 갑판에 급강하 폭격을 했다. 제15해병원정부대가 탄 강습상륙함 복서호는 화염에 휩싸였고, 뒤편에 정박된 배까지 불길이 옮겨붙었다. 그 배가 어떤 배인지 시먼스는 알 수 없었다.

전기톱 같은 소리가 나더니 뒤이어 날아오는 노란 예광탄 줄기에 시먼스는 정신이 번쩍 들었다. 코로나도호의 MK110포가 사선 안으로 날아든 작은 감시용 드론 하나와 교전을 벌였다.

시먼스의 눈에 정박지에서 움직이는 다른 미군함은 전혀 보이지 않았다. 그렇다면 코로나도호는 더 눈에 띄는 타깃이 될 것이다.

"전속력으로 전진. 25노트로 항해한다."

시먼스는 지시를 내렸다.

"애리조나 메모리얼호를 지날 때는 40노트로 올린 다음, 전속력으로 해협을 빠져나간다. 어떠한 경우든 최대한 속도를 높인다."

"예, 선장님."

제퍼슨이 즉각 답했다. 그는 좋은 승무원이다. 평소라면 항구 안에서 127미터의 배를 그런 말도 안 되는 속도로 모는 건 다른 배와 충돌을 하거나 좌초될 위험이 있을 뿐더러 군법 회의에 회부될 만한 일이었다. 하지만 지금 중요한 건 이 위험에서 벗어나는 것이었다.

코로나도호가 덜컥 하며 갑자기 앞으로 나아갔고, 그 순간 선체가 위의 선루와 다른 속도로 움직이는 느낌이 들었다. 시먼스는 이 배가 부서지지 않기만을 바랐다. 로켓포에 맞기 전에는 레무스와 충돌했으며, 이들에게 얼마나 타격을 입었는지 알 수 없었다. 엔진을 가동하자 천수효과로 인해 앞바퀴를 들고 자전거를 타는 것처럼 선수가 선미보다 더 높이 올라갔지만, 불타는 태평양 함대의 선체들과 애리조나호, 그리고 미주리 메모리얼호를 지나면서 속도를 높이고 안정을 찾았다. 애리조나호는 이미 바닷속으로 가라앉고 있었고, 미주리호는 겉보기에는 멀쩡했다. 코로나도호가 위원회 화물선 하나를 완벽히 조준했지만, 시먼스는 굳이 그 화물선을 공격하지 않았다. LCS는 빠르지만 고속으로 달릴 때는 주포가 너무 심하게 흔들려서 쏴봐야 명중할 수 없다는 게 문제였다.

코로나도호가 진주만 안에서 선회하며 속도를 높이는 순간, 불에 타던 타이콘데로가급 이지스 순양함인 레이크 이리호의 무기고가 폭발했다. 그 충격파가 코로나도호를 강타해 하마터면 배가 고꾸라질 뻔했지만, 다행히 주행 컨트롤 시스템이 자동으로 선체를 바로잡았다. 워터제트가 속도를 내며 48노트로 항구를 빠져나갈 때 위원회가 마지막으로 투하한 로켓추진식 수류탄이 코로나도호에서 30미터도 채 안 되는 거리에 떨어졌다.

"아테나, 피해 현황과 승무원들 상황은?"

시먼스가 헤드셋에 대고 외쳤다.

"시스……배……사상자……."

통신이 제대로 이어지지 않았다.

"전, 전술……오, 오프라인……."

"대체 무슨 소리야? 코르테즈, 피해 상황과 승무원들 상황
보고해."

시먼스는 함교로 밀려오는 바람 때문에 양손으로 입을 가
리고 말했다.

이제 부함장이 된 전술 장교 호레이쇼 코르테즈 중위가 시
먼스를 바라보며 고개를 끄덕였다. 그러더니 해군 아카데미
시절 수구 선수로 활약했던 코르테즈는 상관을 빤히 쳐다보
는 것 같았다. 두려움에 얼어붙었거나 불손한 태도를 보이려
는 게 아니었다. 오클리 비즈 안경에 뜬 이미지에 집중하고
있었다. 왼쪽 렌즈에는 피가 얼룩진 손자국이 나 있었지만, 렌
즈 안쪽에는 다행히 배의 데이터 이미지가 떴다.

"아테나가 아직 배를 모니터링하고 있긴 하나, 통신 하드
웨어가 손상됐습니다. 선루는…… 보시다시피 그렇습니다.
디젤 엔진에서 냉각수가 새고 있어서 곧 속도를 늦추어야 합
니다. 선수 쪽에 30센티미터 높이의 물이 차 있지만 그건 처

리할 수 있습니다. 주포의 포탄은 15발 남았고, 사격 통제체계가 불안정합니다. 통신은 여전히 먹통입니다."

"사상자는?"

시먼스가 함장의 의자를 바라보며 물었다. 코로나도호는 애초부터 승선 인원이 적었다. 효율성 때문이었다. 평시에 승무원이 모자란다면 골치 아픈 일 정도로 끝나지만, 전쟁 중에는 배와 전 승무원에게 치명적인 일일 수 있다.

"아테나에 뜬 결과는 전사자가 열두 명이고 부상자가 열한 명입니다."

"빌어먹을."

시먼스가 중얼거리다 헤드셋의 마이크를 켜둔 것을 알고 서둘러 껐다.

"이제 어디로 갈까요, 함장님?"

제퍼슨이 물었다. 시먼스는 제퍼슨의 정수리에 묻은 검은 얼룩을 보았지만 그게 제퍼슨의 피인지 아니면 다른 사람의 것인지 알 수가 없었다.

"함장님?"

다른 누군가가 조용히 그를 불렀다.

이제 어디로 가나. 아버지는 지휘관이란 이런 거라고, 끝없는 질문에 답하는 거라고 했다. 시먼스는 몸을 휙 돌렸다. 위생병 코트였다. 젠장, 어떻게 함장 일을 까맣게 잊을 수가 있지? 하지만 코트의 얼굴을 보자 더는 그 일이 중요하지 않다는 사실을 깨달았다.

"잠시만요, 함장님. 셔츠를 벗어보세요."

코트가 말했다.

시먼스는 분노와 당혹감이 뒤섞인 눈으로 코트를 바라보았다.

"지금은 아니야."

"함장님, 제 일입니다."

시먼스는 제복 상의를 벗는 순간 오른쪽 어깨뼈에서 날카로운 통증을 느꼈다. 어딘가에 베인 것 같은데 그런 줄도 모르고 있었다.

코트가 허리 가방에서 작은 은색 에어로졸 통을 꺼내 상처에 뿌렸다. 순식간에 통증이 가시더니 어깨를 움직이기가 한결 편해졌다.

"좋아, 코르테즈. 코트가 일을 마치면 같이 가서 라일리 함장님의 시신을 아래로 옮겨. 이대로 둘 순 없지. 제퍼슨은 예인 소나를 바다에 넣어 어떤 상황인지 확인해. 나는 태평양 사령부에 연락해서 저들이 우리한테서 도대체 무얼 원하는지 알아보겠다. 다들 각자 위치로."

시먼스가 셔츠를 바지 속으로 집어넣는 동안 코트는 새 함장을 관찰했다. 코트는 아무 말 없이 벨트에 달린 플라스틱 상자를 떼어내 그 안에 든 알록달록한 알약 수십 개를 살펴보았다. 마치 작은 성경책을 든 것처럼 경건하게 상자를 들고 있었다.

"받으세요, 함장님. 여기……."

"그냥 이리 내."

시먼스는 알약 3개를 삼켰다. 색으로 어떤 약인지 알았다. 녹색 모다피닐은 끈기와 집중력을 향상시키고, 주황색 베타 차단제는 신경을 안정시키며, 노란 데스모프레신은 기억력을 증진시키면서 중간에 오줌을 누러 함교를 떠나는 일이 없도록 요의를 느끼지 못하게 한다.

코트와 코르테즈는 시신을 들고 해치로 향하다가 전술 상황을 알리는 스크린에서 경보가 울리자 둘 다 걸음을 멈추었다. 라일리의 시신을 해치 문틀에 내려놓고 각자 위치로 뛰어갔다.

제퍼슨이 소나가 탐지한 정보를 확인하고 보고했다.

"선장님, 바닷속에 어뢰가 있습니다. 방위 045도고 가깝습니다. 2,750미터 거리입니다."

그 순간 시먼스는 처음 맡은 배의 함장 자리도 오래 가지 못할 거란 사실을 깨달았다. 위원회가 단 한 척이라도 내버려 둘 리가 없다. 타입93 잠수정 몇 대가 숨어 진주만을 빠져나가려는 생존자들을 기다리고 있을지도 모른다. 겨우 코로나도호를 항구에서 빼냈지만 또 다른 함정에 걸려든 것이다.

시먼스는 냉정을 유지하려 애썼다.

"다시 최대 속도로 올린다. 가만히 앉아 당할 수는 없지."

3부

전쟁은 적을 기만하는 데서 시작된다.
—손자병법

그 여자는 여신이었다.

샤오정은 고향 우한에서는 이런 여자를 만날 기회가 결코 없다는 걸 알고 있었다. 초등학교에 다닐 때는 남자 아이들과 어울리는 게 좋은 줄 알았다. 하지만 열여덟 살이 되고 보니 제일 못생긴 새끼 오리도 아무 남자나 만나지 않았다. 그리고 자신은 그 아무나 중 하나였다. 샤오는 두꺼운 검은색 대나무 테 안경을 썼다. 샤오의 부대에서 의무적으로 시행한 시력 개선 수술이 효과가 없었던 것은 그가 유일했기 때문이다.

여신은 스르륵 흘러내리는 파란 치마에 딱 붙는 하얀 탱크톱 차림이었다. 어깨에는 가죽으로 된 배낭 스타일의 핸드백이 걸려 있었다. 그녀는 들어서면서 콧등에 걸린 하얀 테의 선글라스를 살짝 추켜올리고 흑단 같은 머리카락을 풀어헤쳤다. 샤오는 넋을 잃은 나머지 숨 쉬는 것마저 잊었다. 호놀룰루에 파견된 지 이제 세 달이 되었지만 아직도 같은 부대의 여자 동료들에게 말을 걸지 못할 정도로 소심했다.

여자가 바 안을 지나가자 한 해군 무리가 엉터리 영어로 같이 한잔하자고 외쳤다. 여자는 그들을 무시했고 샤오의 심장은 벌렁거렸다.

여자는 북적거리는 바를 가로질러 가며 위원회 군인들과 테이블에 앉아 보드카 샷이나 화이트와인을 마시는 다른 아가씨들에게 미소를 지었다. 이 아가씨들은 창녀로, 대부분 일을 하러 고향을 떠나온 이들이다. 하지만 이 여자는 확실히 뭔가 달랐다. 젊은 위원회 해군인 샤오는 자신이 그 여자를 빤히 쳐다보고 있다는 사실을 알았으나 어쩔 수가 없었다. 여자는 바에서 멈춰서서 선글라스를 머리 위로 올려 썼다. 여자가 서 있는 모습을 보면 사지 않을 도리가 없다. 반드시 저 여자를 사야만 한다.

한 시간 동안 샤오는 여자를 지켜보았다. 저렇게 아름다운 여자라면 때로는 지켜보는 것만으로도 충분하다.

"한 잔 더!"

샤오의 옆자리에 앉은 보다이가 팔꿈치로 갈비뼈를 쿡 찌르며 외쳤다. 보다이의 목에 걸린 디지털 인식표 안의 마이크로칩 하나가 허리에 찬 벨트의 작은 번역기에 명령을 전송했다. 카드 크기만 한 기기가 치직거리다 잠시 후 작은 영어가 흘러나왔다. 보다이는 분대의 선임으로 샤오를 동생처럼 챙겼다.

바텐더가 주문을 예상하고 있었던 듯, 곧바로 찰랑거리는 잔 9개가 나왔다.

"마셔, 이 계집애 같은 녀석아."

보다이가 고래고래 소리를 지르더니 샤오에게 장난스럽게 헤드록을 걸었다. 번역기가 그 욕설을 번역하기 전에 보다이는 손으로 쳐서 기기를 꺼버렸다.

샤오는 움츠린 채 술잔을 들이켰다. 따뜻한 테킬라였는데, 보다이가 소리를 지르는 바람에 술이 목에 턱 걸렸다.

"좋아, 창녀들을 보면서 침만 흘리는 건 그만둬. 내 기관총 사수가 여자들한테 겁을 먹지는 않나 확인해야겠어. 나중에 캘리포니아에서 가슴에 커다란 통을 단 미국인들이 우리한테 달려들 때 놀라서 도망치면 안 되잖아?"

보다이는 손으로 커다란 가슴을 그렸다.

덩치 큰 병장 보다이는 샤오를 여신 앞으로 끌고 가더니 제물을 바치듯 옆자리에 앉혔다. 샤오는 다시 자리에서 일어났다. 무릎이 와들와들 떨렸다. 여기서 나가야 한다. 정말 있고 싶은 곳은 이곳이지만 피해야 한다.

　다리가 떨리는 탓에 돌아서다가 의자를 넘어뜨렸다. 샤오 역시 넘어지려던 찰나 나긋나긋하고 까무잡잡한 팔이 다가와 그의 어깨를 잡아주었다.

　"진정해요, 군인 아저씨."

　여자가 말했다.

　샤오는 그녀가 날 만졌다고 소리치고 싶었다.

　'뭐라고 말하지? 하와이 말로 안녕하세요가 뭐였더라? 올 랄라? 아니…….'

　무슨 말을 해야 할지 모르지만 중국어로 말하고 싶었다. 하지만 샤오가 여신에게 무슨 말을 해보기도 전에 여자의 선글라스가 바닥으로 떨어졌다. 여자가 의자에서 내려와 허리를 숙여 선글라스를 집어 들며 샤오에게 잊지 못할 광경을 선사했다.

　"선글라스를 씻어야겠어요. 그 후에 당신이 한잔 살래요?"

　여자가 물었다.

　샤오는 아무 말 없이 고개를 끄덕였고, 여자는 미소를 남긴 채 북적대는 바 뒤편으로 사라졌다. 샤오는 여자를 위해 와인을 한 잔 더 주문하려고 주머니를 뒤졌다.

"젠장!"

그는 큰소리로 욕설을 내뱉었다. 비틀거리며 앉아 있던 테이블로 돌아갔다. 지갑이 그곳에 있는 게 분명했다.

샤오가 사람들이 모두 보고 있는 가운데 바닥에 엎드려 지갑을 찾아 헤매자, 분대 동료들이 모두 눈살을 찌푸렸다. 저기 있다. 과자 봉지 아래에 지갑이 놓여 있었다. 맥주에 젖어 축축했다. 샤오는 뒷주머니에 지갑을 쑤셔 넣고 자리에서 일어났다.

다른 해군들이 그를 보고 웃고 있었다. 몇몇은 개 흉내를 내며 멍멍 짓기도 했다.

"친구, 콘돔이 필요하면 나한테 말해."

보다이가 말했다.

샤오는 손으로 야한 제스처를 취하는 보다이를 뒤로하고 인파를 헤치며 다시 바로 돌아갔다. 발이 꼬이기도 하고 각종 술과 맥주에 미끄러지기도 했지만, 다행히 넘어지지 않고 컴컴한 화장실 입구에 섰다. 여기서 기다리는 게 맞는 건가. 이곳이 더 조용했다. 동료들이 또다시 놀리는 건 아닌지 어깨 너머를 흘끗 쳐다보았다.

이상 무. 샤오가 다시 고개를 돌렸을 때 그녀가 눈앞에 서 있었다. 용기만 있으면 키스할 수 있을 만큼 가까운 거리였다.

"내 술은 안 가져왔어요?"

여자가 물었다.

샤오가 얼굴이 벌게져 발끝을 내려다보는데, 다시 그녀의 가슴이 눈에 들어왔다. 여자가 한 손으로 샤오의 벨트 버클을 잡고 살짝 끌어당겼다. 샤오가 당황해 뒤로 물러나자 여자가 조금 더 세게 잡아당겼다.

"좋아요. 술은 필요 없어요. 나랑 같이 가요."

여자가 이렇게 말하며 샤오를 이끌었다.

"좀 더 조용한 곳으로."

"네, 좋죠."

샤오가 중얼거렸지만, 번역기가 포착하지 못할 정도로 작은 소리였다. 그는 여자를 따라 눅눅한 계단을 내려갔다. 아래층은 캄캄한 창고였다.

계단을 다 내려오고 나서야 샤오는 여자가 자신보다 키가 크다는 사실을 깨달았다. 하지만 여자는 그의 얼굴을 자신의 가슴으로 끌어당겼고, 샤오는 이 정도가 딱 좋다고 생각했다.

라벤더와 탤크 냄새가 났다. 얼굴로 몰려들었던 모든 피가 이제는 사타구니로 몰려드는 기분이었다. 없던 용기가 솟아나는 것 같았다.

'보다이 말이 맞았어! 혹시 모르니까 콘돔을 챙겨야 했어.'

여자는 숨을 내쉬며 샤오를 더 세게 끌어안았다. 뾰족하게 갈아놓은 선글라스의 다리가 샤오의 턱뼈 바로 뒤편을 찌르고 들어가 내경동맥을 잘랐다. 샤오의 몸이 뻣뻣하게 굳었다가 경련을 일으켰다.

#매디슨,
위스콘신대학

회색 양복을 입은 남자 두 명이 나란히 강의실 뒤편으로 들어왔을 때, 버넬리스 리는 어머니 말을 들을 걸 후회했다.

버넬리스는 어머니한테 위키피디아는 그만 읽으라고, 1940년대에 재미일본인들에게 일어난 일이 21세기에 일어날 리 없다고 일축했다. 그때보다는 더 나은 세상이었다. 아니, 그런 줄 알았다.

버넬리스는 강의를 계속하며, 무의식적으로 남부 캘리포니아 억양을 더 강하게 구사했다.

"이것으로부터 랙마운트형 전력 시스템에 한계가 있다는 사실을 알 수 있습니다."

베이징에서 태어난 게 뭐 어쨌단 말인가. 자란 곳은 산타모

니카인데.

"하지만 이점도 있습니다. 그게 뭘까요? 밀도입니다. 유체 에너지 저장 시스템을 이용해서 적합한 설계를 더하면, 산업용 펄스 전력을 처리할 수 있습니다."

버넬리스는 고등학교 때 비치발리볼을 했다. 그것도 대표팀 선수로!

"현재 변환에 걸리는 시간은 4밀리세컨드고, 출력 밀도를 높이기 위해 연구하고 있습니다. 그렇다면 그 에너지를 어떻게 저장하느냐는 질문으로 되돌아가게 되죠. 문제는 언제나 밀도고, 그 답은 유체입니다."

버넬리스는 두 남자가 자리에 앉는 모습을 지켜보았다. 양복은 싸구려였으나 그건 중요하지 않았다. 눈에 띄고 싶지 않았다면 졸업식도 아닌데 굳이 양복과 넥타이 차림으로 와야 했을까 싶었다. 그러다 남자들이 비즈 안경을 쓰지 않았다는 사실을 알아챘다. 이 강의를 녹화하고 있지도 않은 것이다. 학생들이 수업에 들어왔는지 확인하려는 것일지도 몰랐다. 놀랄 일도 아니었다. 징병제가 곧 시작될 거란 소문이 캠퍼스 내에 자자했으니까.

"다른 문제는 변환할 때 발생하는 문제를 처리하는 겁니다. 이건 항상, 항상 소수캐리어의 수명을 더 짧게 만드니까요. 게다가 첨두전력을 다시 최대로 하면 광 스위치 성능 저하의 주요 원인이 됩니다."

그렇다면 저들의 용건이 무엇이란 말인가. 재미로 펄스 전력 시스템의 수리 역학 수업을 듣는 사람은 없다.

"좋습니다."

버넬리스는 수업을 마무리했다.

"질문은 어디에 올리면 되는지 알고 있죠?"

"학생들이 허락한다면 하나만 묻고 싶습니다."

강의실 앞줄에 앉아 있던 레오노프스키 교수가 말문을 열었다. 그는 대머리 위에 비즈 안경을 걸쳐놓고 임기에 대한 압박감 따위는 이미 오래전 잊어버린 사람처럼 편안한 미소를 짓고 있었다.

"여러분, 아직 끝나지 않았습니다. 몇 분 정도는 다들 괜찮죠? 물론 괜찮겠죠."

레오노프스키는 자신이 던진 질문에 답까지 했다.

"물론이죠."

버넬리스는 떨리는 두 손을 등 뒤로 감추며 대답했다. 범죄자로 지목될 거라고 생각하니 왜 죄책감이 느껴지는 건지 몰랐다. 분명 아무런 죄를 짓지 않았는데도. 버넬리스는 중국어는 거의 하지 못했고, 그나마 몇 마디 하는 것도 어머니의 지적처럼 미국 억양이 섞여 엉망이었다.

"실현 가능성을 따져봅시다. 단기 저장 능력밖에 없는 집채만 한 유체 배터리로 무얼 할 수 있을까요?"

레오노프스키가 물었다.

"제가 아는 바로는 그걸 원하는 시장이 없는데요. 안 그런가요?"

그는 전임교수 임용 위원회 소속으로 이따금씩 조교수의 강의를 참관하고 날카로운 질문을 던져서 교수로서 경력을 쌓으려면 자신을 거쳐야 한다는 점을 주지시켰다.

"알 수 없죠, 아직은."

버넬리스는 솟아오르는 불안을 애써 억눌렀다.

"제 말은 아무도 미래에 뭐가 필요한지 예측할 수 없다는 뜻입니다. 더 큰 시뮬레이션이 필요할 수도 있고 아니면……."

강의실 뒤편에 앉은 남자들이 유심히 그녀를 처다보았다. 심지어 눈도 깜빡이지 않고.

"확신할 수 없습니다. 하지만 지금 그 적용법을 모른다고 해서 나중에라도 발견하지 못하리라고 단정 지을 순 없습니다. 처음 컴퓨터가 개발되었을 때, IBM의 CEO는 전 세계 시장에서 수요가 총 다섯 대뿐일 거라 생각했으니까요. 그런데 어떻게 되었는지는 다들 아시죠?"

"그렇죠. 하지만 모든 발명품을 컴퓨터와 비교할 수는 없어요."

레오노프스키 교수가 반박했다.

'전임교수 따위 다 집어치우라지.'

버넬리스는 그저 강의실에서, 저 남자들에게서 벗어나고 싶은 마음뿐이었다. 버넬리스는 샌들을 내려다보다가 다시 미래를 올려다보았다.

"다음에 더 나은 대답을 들려드리죠."

버넬리스가 대답했다.

"그러는 게 좋겠군요."

레오노프스키가 대답했다.

학생들이 강의실을 우르르 빠져나갔다. 버넬리스는 제대로 대답하지 못한 게 부끄러웠지만, 적어도 그 두 남자가 사라졌다는 데 안심했다.

레오노프스키 교수는 대학원 1학년생 두 명과 이야기를 나누고 있었다. 빨리 움직인다면 아무와도 이야기하지 않고 빠져나갈 수 있다. 지금 당장 필요한 것은 먹을 것과 열대 지방에서 30분 동안 다이빙을 하는 것이다. 터크스 케이커스 시뮬레이션 정도면 되려나.

버넬리스가 가방을 집어 들고 버클을 끼우려 애쓸 때, FBI
라는 글자가 코앞에 나타났다.

버넬리스는 고개를 들었다. 양복 입은 남자 중 한 명이 앞
에 서 있었다. 남자는 배지와 신분증이 든 낡은 검은 가죽 지
갑을 들어 보였다. 다른 남자는 강의실의 유일한 출구 앞에
서 있었다.

"버넬리스 리 씨죠? 저희와 함께 가주셨으면 합니다."

'리 박사예요'라고 버넬리스는 생각했다. 하지만 굳이 정정
하지는 않았다.

"수갑은 안 채우시나요?"

버넬리스는 매섭게 쏘아붙였다.

"몸수색은 안 하실 건가요? 교내 신문에는 대문짝만하게
실리겠네요. '우리 가운데 숨은 중국 스파이 발견!'이라고요."

요원이 고개를 저으며 버넬리스의 어깨에 손을 올렸다. 요
원이 작은 소리로 말했다. 그의 태도는 다정했으나 평소에 다
른 사람의 생각까지는 별 신경 쓰지 않던 버릇 때문인지 무척
이나 어색했다.

"리 씨, 그런 게 아닙니다. 전혀 아니에요. 저희는 리 씨를
보호하러 온 겁니다. 오늘 리 씨가 한 말은 생각하는 것보다
훨씬 중요하니까요."

#샌프란시스코,
포트 메이슨

제이미 시먼스 함장은 이마에서 땀을 훔쳤다. 아홉 달을 바다에서 보내고 귀환하는 해군 장교가 버스를 타고 정류장에서 내려 언덕길을 오르게 될 줄은 상상도 하지 못했다.

집이란 샌프란시스코 마리나지구의 포트 메이슨에 위치한 장교 숙소를 뜻했다. 해군이 바다만 들쑤시고 다니는 줄 알았더니 육지에서도 제멋대로인 게 분명했다. 해군들이 검문소를 지키면서 민간인 차량은 베이 가에 진입하지 못하도록 차단하고 있었다. 방공 미사일을 잔뜩 실은 황갈색 험비 두 대가 라구나 가와 베이 가 구석에 주차되어 있었다. 험비에 탑재된 4개의 AIM-120 중거리 공대공 미사일 끝이 서쪽을 향하고 있었다. 바다 건너 마린의 호크힐 꼭대기에는 더 많은 미사일 포대가 있었고 레이더 시설도 건설 중이었다. 위원회가 소위 동태평양 휴전선을 침범하려는 움직임을 보이지 않았기에, 이동식 포대를 담당하는 주방위군이 할 수 있는 일이라고는 오후마다 동네 아이들과 축구를 하는 것뿐이었다.

제이미의 집 앞 인도에 사람들이 모여 있었다. 대부분은 그가 모르는 사람이었다. 제이미는 어깨를 펴고 억지로 미소를 지으며 그들에게 다가갔다. 그들은 선장 휘장을 확인하고, 오

185

른쪽 눈 위의 흉터를 보고 멈췄다. 그들은 악수를 청했고, 어떤 사람들은 포옹을 하기도 했다. 제이미는 진주만에서 치열하게 싸워 살아남은 유일한 배를 지휘한 영웅이었다. 사람들에겐 희망이 필요하고, 제이미를 만지는 데서 희망을 얻는 것 같았다. 그날 이후로 모든 상황이 점점 악화되고 있다는 사실은 아예 무시하기로 한 모양이었다.

현관문이 열리더니 아이들이 뛰어나와 아빠 다리에 매달리며 어리광을 피웠다.

"클레어, 마틴. 아빠도 너희들이 너무 보고 싶었어. 언제 이렇게 다 컸지?"

제이미는 양팔에 아이를 하나씩 끌어안았다. 인도에 모였던 인파가 그를 위해 뒤로 물러났다. 오랜만에 가족을 만난다는 게 어떤 건지 잘 알기 때문이다.

마틴이 제이미 귀에 속삭였다.

"아빠 주려고 그림 그렸어요. 우리 선물 가져왔어요?"

제이미가 슬픈 미소를 지었다.

"미안, 오늘은 없어. 아빠한테 그림 보여 줄래?"

"내가 먼저 만들었어요."

클레어가 아빠의 관심을 받으려고 끼어들었다.

제이미는 아이들을 내려놓았다. 린지가 다가오고 있었다.

린지의 짙은 갈색 머리카락은 기억한 것보다 짧았다. 린지가 까치발로 서자, 제이미는 그녀에게 키스하며 뺨에 닿는 머리카락의 감촉을 음미했다. 그 감촉은 시뮬레이션으로도 포착할 수 없는 것이었다.

또 린지는 기억보다 더 말랐다. 자신을 걱정한 탓도 있으리라. 비 오는 봄날 아침, 워싱턴대학 근처의 버크 길먼 자전거 도로를 달리다 처음 만난 그 순간보다도 더 말라 있었다. 하지만 미소만큼은 여전했다. 제이미는 해병대 훈련으로 이미 지친 상태였는데도 린지 때문에 6킬로미터를 더 달렸고, 결국 분수대 앞에서 멈추었을 때 이름을 물었다.

"들어와요."

클레어가 그의 손을 잡아당겼다.

"와서 우리가 그린 그림 봐요."

마틴이 아빠의 제복을 유심히 살펴보았다.

"리본이 멋있어요. 아빠, 시리얼 먹을래요?"

"나중에 먹자. 지금은 그림부터 보고 싶은데."

마틴과 클레어가 썰렁한 거실로 아빠를 끌고 들어갔다. 카펫도 없고 소파 하나와 의자 하나가 전부였다.

"너무 휑하지? 나머지 짐은 아직 샌디에이고에 있어."

린지가 말했다.

"파티 열긴 좋겠네."

제이미는 손님들이 들어오기 시작하는 거실을 둘러보며 말했다. 해군 예복을 입은 사람들과 양복이나 칵테일 드레스를 입은 배우자들, 그리고 아이들로 바글거렸다. 전쟁 전에는 파티장에서 이렇게 많은 아이들을 볼 수 없었는데, 이제는 모두가 아이들을 곁에 두려 했다.

"다들 이 순간만 기다렸어. 나도 그렇고. 해군의 삶이 이런 거지. 안 그래요, 함장님?"

린지가 남편의 새 계급장을 만졌다.

제이미는 아내의 미소를 바라보다 가까이 끌어당겨졌다. 진급식 때는 아내가 참여하는 게 보통이지만, 꽝 구호 임무를 준비하느라 정신이 없던 와중에 진급이 되었다.

"아빠, 여기 와봐요!"

마틴이 외쳤다.

"뽀뽀하지 말고요!"

제이미는 연이어 포옹을 하고 악수를 나눠가며, 마침내 가로 1미터 세로 1.5미터짜리 그림 앞에 도착했다. '아빠, 집에 온 걸 환영해요!'라는 문구가 적혀 있었다. 그림 전체가 아이들이 각자 좋아하는 색인 보라색과 녹색 크레용으로 칠해져 있었는데, 그건 다른 사람의 손길은 전혀 닿지 않았다는 뜻이었다.

"와, 이거 정말 멋진데."

제이미는 무릎을 꿇고 앉아 아이 둘을 꽉 껴안으며 차오르는 눈물을 참았다.

그 순간 어디선가 매캐한 냄새가 났다. 강철 배와 크레오소트로 코팅된 목재 부두, 녹슬고 썩는 걸 막으려는 헛된 노력에 모든 걸 바친 삶이 만들어낸 특유의 냄새였다. 제이미는 무릎을 꿇은 채로 천천히 고개를 돌렸다. 검은 가죽 부츠가 눈에 들어왔다. 오래되고 낡고 주름진 부츠였다. 그래도 아직 반들반들 윤이 났고, 금속으로 덧댄 부츠 앞코는 번쩍거렸다. 부츠가 살짝 방향을 틀었다. 왼발은 10도, 오른발은 14도쯤 되었다. 땅이 당장이라도 솟구치거나 꺼지기라도 할 듯한 준비 자세였다. 제이미의 눈이 먼저 그 부츠를 알아보았고, 뇌가 아버지의 존재를 인지하기도 전에 혈관에서 얼음 같은 아드레날린이 솟구쳤다.

"아버지?"

제이미가 자리에서 천천히 일어서며 물었다.

"여긴 어쩐 일이세요?"

대답이 나오기 전에 린지가 끼어들었다.

"우리가 여기 도착한 후로 아버님이 주말마다 오셔서 마틴

189

자전거 페달도 고쳐주시고 아이들이랑 놀아주셨어. 얼마나 큰 도움이 됐나 몰라."

마이크가 막 오른손을 내밀었다. 반갑다는 표시였지만, 손이 워낙 크다보니 무시무시하고 폭력적으로 느껴졌다. 깨끗하게 씻은 손이지만 손등의 모공에서는 아직까지도 크레오소트와 녹, 기름이 새 나오는 것 같았다. 잘려나간 새끼손가락 끝은 그 손이 도구라는 또 다른 증거였다.

"오랜만이구나, 제임스."

마이크는 하고 싶은 말을 어디 해보라는 듯 제이미를 빤히 쳐다보았다.

"아버님이 집안일을 많이 도와주셨어."

린지는 분위기를 풀어보려 애썼다.

"그림 그리는 건 내가 한 일이 없지만, 집안일은 좀 도왔지. 위원회가 사이버 공격을 하는 바람에 냉장고는 휴대전화와 연결이 안 되고, 베이징의 주인님들이 내리는 지시가 없으니 변기는 물을 내려야 하는지 말아야 하는지 감을 못 잡더구나. 디지털 기기는 못 고치지만, 임시변통으로 해결해놓는 것 정도는 할 수 있지."

제이미는 두 아이를 내려놓고 그 손을 잡았다. 자신감 있게 잡아야지 생각했던 것도 잊어버렸다.

"애들아, 친구들에게 할아버지가 만든 모래 놀이통 보여주러 가자."

린지가 말했다.

그 후로 한 시간 동안 린지는 제이미 곁에 붙어 있었다. 린지는 이런 종류의 일, 그러니까 의미 없는 잡담이나 공허한 안부 인사를 나누는 데 능했고, 제이미의 머릿속에는 콜라 캔을 들고 마당 주변을 거닐며 아이들을 지켜보고 있을 아버지 생각뿐이었다.

머지않아 더 머물면 안 된다고 생각한 손님들이 하나둘씩 떠나며 파티가 끝났다.

린지가 정리를 하러 안으로 들어가자, 제이미는 더는 아버지와의 대화를 피할 수가 없었다. 뒷마당 테라스에 서서 음료수를 마시는 두 남자의 실루엣은 구분할 수 없을 정도로 닮아 있었다. 둘은 포트 메이슨 그린을 내려다보았다. 한때 재즈 콘서트와 와인 시음회가 자주 열리던 부두 쪽이었다. 구멍이 숭숭 난 연안전투함 두 척과 마크VI 고속 순찰정 네 척이 부두에 정박해 있었다. 자그마한 실루엣 때문에 원래 그곳에 있어야 할 대형 전함들의 부재가 더 크게 다가왔다.

"집이 아주 멋지구나."

마이크가 말했다.

"해군 제독들을 이웃으로 두다니 진급이 좋긴 좋아."

"여긴 어쩐 일이세요?"

제이미는 아버지와 소소한 이야기를 나누고 싶지 않았다.

"린지한테 도움이 될까 해서."

"그래요? 린지랑 애들을 본 적도 없으시잖아요. 결혼식에도 오지 않으셨고요."

"전쟁을 겪으면 사람이 달라지기 마련이야."

"그렇겠죠."

제이미는 돌처럼 단단하고 호두처럼 큰 아버지의 손가락 관절들을 바라보았다.

"제 평생 아버지가 음료수를 마시는 걸 볼 줄은 몰랐네요."

두 남자는 번갈아 음료수를 홀짝이며 상대가 이야기하길 기다렸다. 아이들의 웃음소리와 왁자지껄한 말소리가 이따금씩 침묵을 깼다.

"해군 훈장을 받다니 대단한 일을 했구나, 제임스."

마이크가 말을 돌렸다.

"코로나도호를 빼내서 받은 거예요. 라일리가 제 눈앞에서 죽었다고요."

"어떻게 LCS로 그런 일을 해냈는지 모르겠구나."

마이크는 LCS를 무시하는 투였다.

"더 나은 배들도 해내지 못했는데 말이야."

"그쯤 하시죠. 코로나도는 아직 제 배예요. 적어도 남은 부분은요."

"그래, 코로나도 덕분에 네가 함장이 되었지. 그 빚은 평생 갚아야 할 거다. 그 배를 어떻게 한다든?"

"전쟁이 끝나면 박물관을 만들거나 기념으로 삼겠죠. 아니면 인식표를 만들거나요. 필요한 금속을 어딘가에서 가져와야 하잖아요……. 진주만에서 맞은 부분은 수리할 수 있을 것 같은데 괌 구호 작전 중에 미사일에 맞아서 기관실이 완전히 날아갔어요."

"넌 여기 있으면 안 돼. 넌 바다에 있어야 해."

"아버지한테는 그런 말 듣고 싶지 않아요."

제이미가 중얼거렸다.

"또 시작하자는 거냐? 좋아, 난 그런 말 들어도 싸. 내가 가정에 소홀했어."

"좀 더 신경 쓰실 수 있었잖아요. 애들을 돌보는 일에 조금이라도 더 신경을 썼어야죠. 둘 다요."

"맙소사, 내 탓으로 돌리지 마. 내가 집에 있었더라도 그 애를 구할 순 없었을 거야."

"매켄지예요. 이름을 말하세요."

193

제이미가 이를 악물었다.

둘이 아무 말 없이 서로를 노려보는 동안, 마틴과 클레어가 마당에서 술래잡기를 했다.

"그래, 함대는 어떻게 돼 가냐?"

마이크가 다시 한 번 좀 더 쉬운 이야기로 방향을 바꾸려 했다.

"같은 질문을 계속해서 반복하면 다른 대답이 나올 거라고 생각하세요? 분명히 들으셨잖아요. 포드호와 빈슨호가 침몰했다고요. 우리가 동태평양 휴전선을 건너는 바로 그 순간에, 경고를 받은 대로요. 항공모함과 잠수정까지 모두요. 우린 그 후에도 계속 앞으로 나아갔고 사태는 더 악화됐죠."

"도대체 무슨 일이 벌어지고 있는 거냐? 그렇게 쉽게 갈가리 찢길 배들이 아니잖아."

"공군의 비행기가 모두 해킹을 당해서 이륙하지 못하는 사이에 위원회가 하늘을 독차지했어요. 위성과 우주정거장까지 전부요. 그들은 우리의 일거수일투족을 모조리 볼 수 있어요. 수상함이야 뭐 그럴 수 있을 거라 생각했지만, 이제는 잠수함까지도 숨을 수가 없는 상황입니다. 그리고 잠수함이 숨지 못하면……."

"상어가 아니라 미끼지."

"이제 위원회의 표적이 되지 않는 건 핵잠뿐이에요."

제이미가 말하는 핵잠이란 핵미사일을 발사할 수 있는 핵전략 잠수함이다.

"그걸 공격하진 않을 거다. 인구를 반으로 줄이고 싶다면 모를까. 진주만에 처음 중국군이 나타났을 때 그렇게 했어야 했어. 공습으로 하와이 제25보병사단과 오아후의 그 많던 해군들이 다 어떻게 됐니? 잔인한 놈들 같으니. 핵미사일을 맞아도 싸지. 난 지금이라도 늦지 않았다고 생각한다."

"저는 그런 일은 정말 벌어지지 않았으면 좋겠어요."

"그렇게 될 거다, 분명해. 남쪽에서 일이 터진 그 순간 핵폭탄을 날려야 했어. 그래도 총사령관이란 자가 꽁무니를 빼고 도망갔을 때 합참의장은 사임하는 명예라도 지켰지."

"사임이 아니라 해고당한 거죠. 국가통수기구가 상황을 인지했을 때는 이미 일이 터진 후였어요. 그 후에 전략적 계산이 바뀌었죠. 핵폭탄을 투하하는 건 자살 행위나 마찬가지가 될 거라고요. 중국이 우리 통신망 깊숙이 침투해 있다는 걸 고려하면 핵폭탄을 투하하라고 지시를 내린들 그게 제대로 되리란 보장이 어딨겠어요. 괜히 우리를 선제공격할 빌미만 주게 될 수도 있고요."

"그래도 해야 해. 지금 당장. 베이징과 상하이에 핵폭탄을 투하하고, 하이난에도 투하해야지. TV에서 외교니 재구상이니 떠드는 건 다 헛소리야. 중국을 불태워야 한다."

"그럼 모스크바는요? 거기에도 핵폭탄을 던질까요? 바다 건너에서 이미 끝나버린 전쟁에 참여하지 않은 파리와 로마, 베를린에도 던질까요? 친절하게도 기지 정리를 도와준 다음에 철수해달라고 부탁한 도쿄는요? 그 계획대로 한다면 전 세계가 다 불탈 겁니다. 여기까지도요."

제이미는 고갯짓으로 아직 술래잡기를 하고 있는 아이들을 가리켰다.

마이크는 콜라 캔으로 불이 꺼진 금문교를 가리켰다. 그 검은 다리가 샌프란시스코와 마린을 잇고 있었다.

"그 탐욕스러운 놈들이 금문교도 사들일지도 몰라."

"벌써 샀을걸요. 4년 전에."

"아니, 그건 카퀴네즈 다리야. 유료도로인지 뭔지 하는 거."

"아직 끝난 게 아니에요. 하와이도 포기하지 않을 겁니다. 그곳에서 저항이 거세지고 있어요. 이라크와 아프가니스탄에서 싸워 살아남은 군인들이 많아요. 반란군을 가까이에서 목격했고, 이제는 직접 반란군을 조직하고 있다고 들었어요."

"복수란 건 못할 짓이지."

두 남자는 어둠 속을 달리는 아이들의 웃음소리에 잠시 귀를 기울였다.

"린지가 아주 잘 버티더구나. 어떤 사람들은 운전법을 아예 잊어버리는 바람에 중국이 GPS를 끊어버린 순간부터 옴짝달싹 못하게 됐어. 자동 운전도 안 되니까 자동차를 몰지도 못하고 집에만 틀어박혀 있는 거야. 나라꼴이랑 똑같지. 하지만 네 아내는 다르더구나. 이 나라에 그런 사람이 더 많았으면 좋겠구나."

제이미는 음료수를 마시다 말고 아무 말 없이 아버지를 쳐다보았다.

'왜 아버지가 이곳에 있는 거지? 어째서 내 아내가 어떻게 지내고 있는지를 나보다 더 잘 알 수 있는 거지?'

"이 파티를 봐라. 어딜 봐서 얼마 전만 해도 남편 배가 공격을 받고 산산조각 나서 사망한 줄로만 알았던 여자인 줄 알겠니. 저렇게 강하고 훌륭한 여자는 어디서도 못 찾을 게다. 내가 그걸 어떻게 아는 줄 아니?"

"어떻게요?"

"날 집 안으로 들여보내줬으니까."

"그건 린지가 아버지를 잘 모르니까 그렇죠."

"제임스, 나도 노력했다. 마지막으로 널 만난 게 벌써 14년 전이야. 나는 달라졌어. 네 엄마 때문에, 그리고 네 누나의 죽

197

음 때문에, 그리고 많은 일들이 있었기 때문에."

"그리고 여기 이렇게 계시네요. 내가 모든 걸 다 잊어야 하는 것처럼."

둘은 아무 말 없이 서로를 바라보았다.

"좋아, 그렇다면 네 마음대로 해. 난 노력했다. 어쨌든 이만 가봐야 해. 내일 일찍부터 나가봐야 하니까."

"요새 안 그런 사람도 있습니까? 멘토 승무원 됐다면서요?"

전쟁 초의 인명 손실로 최전선의 함대뿐만 아니라 군대 내부에도 인원이 부족해졌다. 멘토 프로그램은 퇴역한 군인들의 전문 지식을 활용하기 위해 시작되었다. 나이 들어 퇴역한 장교들을 함대에 파견해서 신입 승무원들의 훈련을 맡기자는 것이다.

"나도 현역으로 참전했어야 하는데."

"그래서 어디서 근무하시는데요?"

"지금 당장은 말할 수가 없어. 너한테도."

"그런 건 여전하시네요."

제이미는 날이 바짝 선 목소리로 대꾸했다.

"너도 곧 알게 될 거다. 기밀로 할 만한 이유가 있어."

마이크는 이렇게 말하고 돌아서서 마당으로 내려가 아이들에게 작별 인사를 했다.

나는 더없이 황량하고 외로운 곳에 살며

나의 마지막을 기다린다네.

   '푸시킨은 군사 정보부에 들어왔어야 해.' 블라디미르 안드레예비치 마르코프 대령은 생각했다. 러시아 스페츠나츠 특수부대 장교인 그는 뜨거운 차를 한 잔 더 따르고 계속해서 책을 읽었다. 유지라이 장군의 사무실에서 온 메모 더미가 싫어 시의 세계로 도피했다. 푸시킨 시집은 그와 함께 체첸 공화국과 조지아, 우크라이나, 타지키스탄, 수단, 베네수엘라를 여행했다. 거기에 한 번 더 전쟁의 습기와 더께가 묻으면서 책등이 한결 부드러워졌다.

   사무실 문이 벌컥 열렸다. 허술한 책상이 흔들리고 찻잔의 차가 쏟아졌다. 마르코프는 책이 더 젖기 전에 소맷자락으로 찻물을 닦았다.

   "무슨 일이야!"

마르코프는 공동 언어인 영어로 외쳤다.

   보좌관인 지안 친퉁 중위가 그의 앞에 차렷한 자세로 섰다.

   "위원회 해군 한 명이 사망했습니다. 164여단 소속의 이등

병입니다."

"전쟁 중이야. 사람이 죽는 건 당연하지."

마르코프가 과거 인기 휴양지였던 이 섬에 도착한 지 3주가 되었다. 동맹협약의 일환으로 파견된 것이다. 그는 위원회와 연락을 취하며 러시아의 존재를 알리는 한편, 어렵게 터득한 반란 진압 기술을 전파하는 임무를 맡았다. 하지만 지금까지 마르코프의 말에 귀 기울이는 건 지안뿐이었고, 지안이 그의 말에 귀를 기울인 건 그를 염탐하는 임무를 맡았기 때문이었다.

유 장군 앞에서 첫 번째 브리핑을 할 때 마르코프는 반란을 진압하려면 무자비한 진압 대신 상대방의 입장을 이해하는 것이 무엇보다 중요하다고 강조했다. 하지만 번역의 오류 때문인지 장군이 멍청해서 이해를 못하는 것인지 모르겠으나, 유 장군은 그 조언을 나약한 처신이라 치부했고 회의는 그 순간부터 엉망이 되었다. 유 장군은 누군가의 조언을 받으면 자신이 실수를 할 가능성이 있다는 사실을 받아들이는 것인 양 분노했다. 회의가 끝나자 유 장군은 정중하게 감사를 표하면서도, 티베트에서 일어난 마지막 반란을 진압해봤으므로 점령지의 시민을 통제하는 능력은 자신에게도 차고 넘친다고 쐐기를 박았다. 마르코프는 이렇게 대꾸했다.

"유 장군은 달라이 라마의 마지막 지지자들을 진압하는 것과 하와이의 반란군을 진압하는 게 전혀 다르다는 사실을 언제쯤 깨닫게 될까요?"

이 대화를 나눈 후, 마르코프는 툭 하면 파견 임무를 맡아 바쁘게 돌아다녀야 했고 사령부 회의에 다시는 참가할 수가 없었다. 도청 장치가 되어 있지 않은 곳으로 갈 때는 어김없이 지안이 그림자처럼 따라붙었다. 마르코프가 문제에 휩싸이지 않도록 도울 뿐 아니라, 마르코프가 문제를 일으키지 않도록 하기 위해서였다.

"반란군에 의한 암살 사건이라고 합니다."

지안이 말했다. 마르코프는 눈썹을 들어올렸다.

"사병을 암살한다고? 중위를 암살하는 것만큼이나 비효율적인 짓이군."

마르코프는 유 장군이 그에게 넘긴 짐을 선물로 바꾸어놓았다. 지안을 놀리는 건 이곳에서 가장 재밌는 소일거리 중 하나였다.

"해군 동료들이 약한 녀석을 제거한 것일 수도 있지. 어느 무리에나 제일 약한 녀석이 있기 마련이고, 이런 힘든 파견 생활에서 제대로 적응하지 못했을 거야."

"부대에서는 그렇지 않다고 주장하고 있고, 부대원을 전부

조사해보았습니다.”

"병장 몇 놈의 뇌를 스캔한다고 해서 무슨 일이 있었는지 알 수 있는 건 아니야. 병장들은 그동안 장교를 속이는 법만 배운 녀석들이니까. 가지."

지안이 위의 지시가 없으면 나갈 수 없다고 엄포를 놓았지만, 마르코프는 그를 밀치고 사무실을 나섰다.

둘은 5분도 채 지나지 않아 울프 장갑전투차량을 타고 사건 현장인 듀크 술집에 도착했다. 유 장군은 반란군이 언제 공격할지 모르니, 호놀룰루에 나가는 고위 장교들은 반드시 이 울프 장갑전투차량을 타라고 지시했다. 유 장군이 마르코프의 말에 귀를 기울였더라면, 부대방호보다는 상황인식이 우선이라고 말해주었을 것이다.

마르코프는 위원회의 감시병들을 성큼성큼 지나 텅 빈 술집 안으로 들어갔고, 지안은 그 뒤를 따라갔다. 계단에 도착하자 마르코프는 눈을 감고 온몸의 감각을 이용해 모든 걸 흡수했다. 안은 축축하고 눅눅했으며, 거의 다 마른 피의 달콤 짭짤한 냄새가 오래된 맥주 냄새와 섞여 있었다. 마르코프는 눈을 뜨고 현장을 바라보았다. 시신은 벽에 기대 앉아 있었는데, 마치 술 취한 사람이 앉아 쉬는 것 같은 모양새였다. 젊은 해병의 목에서 흘러내린 핏줄기가 검게 말라붙어 있었고, 얼굴에는 경악한 표정이 고스란히 남아 있었다.

마르코프는 지안이 이걸 어떻게 생각할까 궁금한 마음에 미소를 지으며 의도적으로 천천히 시신을 살펴보았다. 목 외에 찔린 자국은 전혀 없었고, 몸싸움의 흔적도 없었다. 성폭행으로 인한 외상도 없었다.

"그래, 중위."

마르코프는 그의 그림자에게 물었다.

"전쟁 지역에서 위원회 해군 사병의 목에 구멍을 내어 죽일 사람이 몇이나 될까?"

마르코프가 기다리는 건 계획대로 진행되지 않는 모든 일이 반란군의 탓이라는 기계적인 대답이 아니었다. 어쩌면 이번에는 중위의 말이 맞는지도 모른다. 해군 동료의 짓이라면 의식을 잃을 때까지 때린 후 바다에 던졌을 테니까. 그런 시신을 본 적도 있다.

하지만 반란군의 짓이라고 보기에도 묘한 구석이 있었다. 지나치게 근접해서 살인을 저질렀다는 점이 그러했다.

마르코프는 끈적거리는 바닥을 뚫어져라 보았다. 이 사병을 아는 사람이 이렇게 가까이 다가와 자국을 남기거나 몸싸움도 벌이지 않고 그를 살해한 것일까? 잔혹한 살인이었지만, 섬세한 무기를 사용했다. 어쩌면 과도일지도 몰랐다. 범인은 분명 사병이 술집 뒤편의 컴컴한 계단에서 아주 가까이 다가가고 싶어 한 사람이었을 것이다. 그럼 여자인가? 지역 주민? 아니면 남자? 비밀이 새 나갈 것을 우려한 동료가 그를 죽인 것일까?

전쟁은 답을 주지 않고 질문만을 남긴다. 그래서 마르코프는 전쟁이 좋았다.

#펜타곤,
지하철 블루라인 펜타곤역

펜타곤에서는 누구나 기다려야 한다. 지하철역에서 에스컬레이터를 기다리고, 배지를 받으러 보안선 앞에서 기다리고, 보안문 앞에서 또 기다려야 한다. 드디어 건물 안으로 들어간다고 해도 오각형 건물의 반진고리 같은 복도를 통과하려면 보안 검색대에서 기다려야 한다. 또, 푸드코트와 화장실에 들어갈 때도 기다려야 한다.

대니얼 어보이는 그게 짜증스러웠다. 이곳에서 기다리는 사람들은 죄다 패배감에 절어 침울한 표정을 한 사람들뿐이었다.

그는 새로 발급받아 아직도 따끈따끈한 ID 배지를 기관단

총을 맨 경비에게 건넸다.

"고맙습니다. 조금만 기다려주시면 곧 끝날 겁니다."

어보이는 고개를 홱 치켜들고 경비의 눈을 바라보았다. 남수단의 딩카족 방언을 들은 게 몇 년 만인가. 어보이는 미소를 지으며 오랫동안 쓰지 않았던 언어로 대답했다.

"고마워요, 형제. 집에서 멀리 떠나왔네요?"

"집이요? 이제는 여기가 집이죠."

경비가 같은 언어로 대답했다.

"그쪽도 마찬가진가 봅니다."

어보이는 고향 사람을 만난 게 반가워 고개를 끄덕였다. 좋은 징조인지도 몰랐다. 그는 검색대를 지나 다음 줄에 섰다. 어보이는 부모님이 잔자위드 민병대의 총에 맞고 돌아가신 후로 굶주린 채 발에 피가 나도록 걷고 또 걸었다. 오프라 윈프리는 그와 같은 전쟁고아들을 '잃어버린 소년들'이라 불렀지만, 그 명칭은 적절치 않았다. 대니얼은 자신을 '잃어버린 소년'이라 생각하지 않았다. 그런 슬픔을 겪고서 이렇게 근사한 삶을 살 수 있게 되었다는 것이 도무지 믿기지가 않아, 설명할 수 없는 더 큰 존재의 도움이 있었을 것만 같았다. 그 때문에 스탠퍼드에서 공학을 전공했다. 쉬운 선택이었다. 그때까지의 삶과 정반대의 삶이었으니까. 실리콘밸리의 벤처 투자 기업들을 통해 승승장구한 것은 노력과 운을 구분할 수 있는 능력 덕분이었다. 그는 어느 벤처 기업에 투자할 것인지, 어디에 투자하지 말아야 할 것인지를 알았다.

마침내 어보이가 보안 검색대의 전신 스캐너와 DNA 검사를 통과하자, 빨간 머리에 밝은 회색 바지 정장을 입은 자그마한 젊은 여자가 앞으로 다가왔다. 여자가 그의 앞에 멈춰서자 구두의 고무창이 삐걱거렸다.

"어보이 씨, 저는 린 하인즈라고 합니다. 인수와 장비, 병참을 담당하는 국방부 차관의 특별 보좌관입니다."

여자는 마치 귀한 보물을 소개하는 경매업자처럼 자신의 직위를 줄줄 늘어놓았다.

"제 사무실에서 얘기하시죠."

여자는 그의 대답을 기다리지도 않았다.

"따라오세요."

둘은 317계단을 걸었고-어보이는 일일이 셌다- 그동안 창문은 단 하나도 보지 못했다.

사무실로 들어간 둘은 자리에 앉았는데 여자는 설명해보라는 듯 그를 쳐다보았다.

"클레이번 장관님을 만날 수 있는 거죠? 보안 검색 줄이 워낙 길어서 오래 기다리시게 한 건 아닌지 모르겠네요."

어보이가 말했다.

"오해가 있었나 보네요, 어보이 씨. 오늘은 저와 만나시는 거예요. 국방부 장관께서는 오늘 이곳에 계시지도 않아요."

어보이는 즉시 195센티미터의 몸을 펴며 자리에서 불쑥 일어나, 먼지 쌓인 섬유판과 죽 늘어선 LED 불빛을 올려다보았다. 그렇게 잠시 가만히 있다 눈길을 내려 여자를 쏘아보았다.

"클레이번 장관님을 만나는 게 아니라면 내가 여기 왜 온 거죠?"

"클레이번 장관님께서는 어보이 씨에게 역할을 맡기라는 상원 의원님의 메모를 읽고 기뻐하셨지만, 약속은 할 수 없으셨답니다. 여기서 항상 실리콘밸리의 상황을 봐줄 수는 없어요. 전쟁 중이잖아요."

"내가 전쟁에 관해 아무것도 모르는 것처럼 말하지 말아요."

"기분 나쁘셨다면 죄송합니다. 제 말은 선생님께서 전쟁에 기여하고 싶다는 마음은 고맙게 생각하지만, 좋든 싫든 따라야 할 절차들이 있어요. 여기 벨트웨이에 있는 대형 방산업체 두 곳 중 하나와 얘기해보시죠. 파트너십을 맺는 형식이면 관심을 받으실 수 있을지도 몰라요. 또한 그 회사들이 이 펜타곤의 다양한 사무실들은 물론이고 관련 국회 위원회에서 수행되는 프로젝트를 맡고 있죠. 미리 경고 드리지만, 전과 같은 이유를 남기진 못하실 거예요."

"계약이니 돈벌이니 하는 얘기를 하러 온 것이 아니란 말입니다."

어보이의 목소리가 높아졌다.

"여기 온 건 제게 많은 것을 준 이 나라에게 빚을 갚을 방법을 찾기 위해섭니다."

"아, 그런 이유로 오신 거라면 주방위군에 시민 참여단이 있어요. 그쪽에 문의해보세요. 아니면 상원 의원님과 의논해서 특별 연구 위원회에 들어가보시든지요."

여자는 손목시계를 빠르지만 분명한 눈길로 쳐다보더니 눈을 크게 뜨고 고개를 한쪽으로 숙였다. 회의는 끝났다는 만국 공통 신호였다.

"그렇군요. 시간 내주셔서 고맙습니다."

어보이는 이렇게 말하고 자리를 떠났다.

#하와이 특별행정구역,
호놀룰루, 카카아고

그녀는 칼날을 가볍게 살에 대고 눌렀다. 오로지 그것에만 집중했다. 따뜻한 핏방울이 뚝뚝 흘러내리는 속도가 점점 빨

208

라졌고, 다시 한 번 완벽한 망각의 순간이 찾아왔다. 그저 온 무게를 실어 날을 눌러 깊이 찌르기만 하면 되었다. 너무나도 짜릿했다. 이 순간만큼은 아무 생각이 나지 않았다.

캐리신은 숨을 헉 들이켜며 억지로 눈을 떴다. 팔을 내려다보고 벤 상처를 손가락으로 눌렀다.

팔이 아팠지만 익숙한 고통이었다. 끔찍하지만 한편으로는 안도가 되는 고통. 몇 달 만에 처음으로 머릿속이 맑았다. 출혈을 막을 수건을 집으며, 이제 모든 걸 다스릴 수 있다는 사실을 깨달았다. 그걸 깨닫게 해준 건 그의 빗이었다.

검은 플라스틱 빗은 싸구려였다. 둘이 살던 콘도에는 그를 떠올리게 하는 물건들이 가득했다. 그의 사진들, 그의 서핑보드, 그의 자전거. 그러다 빗에 붙은 그의 머리카락 몇 가닥을 발견했다. 그 무엇으로도 대체할 수 없는 그의 조각들이었다.

3년 전 그에게 발각된 이후로는 자해를 하지 않았다. 부끄럽고, 어떻게 생각할까 두려웠는데 그는 그저 아무 말 없이 꼭 안아주었다. 더 이상 혼자서 아파할 필요 없다고 말해주었다. 그가 항상 옆에서 지켜주었다. 군인보다 더 그녀를 안전하게 지켜줄 사람이 누가 있단 말인가. 그는 캐리에게 흉터를 없애준다는 값비싼 스위스제 나노덤 크림을 사주고, 다시는 그 이야기를 꺼내지 않았다.

그런 그가 지금은 어디 있는 거지.

옷을 버려야 할 때가 됐다. 하얀 탱크톱에 피가 묻어 있었지만, 어둠 속에서는 아무도 알아보지 못했을 것이다. 캐리는 그 옷들을 조각조각 자르다 손을 멈췄다.

다시 약혼자의 얼굴이 떠오른 것이다. 그러다 아버지의 얼굴이 떠올랐다. 약혼자를 사랑하는 것만큼이나 비슷한 이유와 엄청나게 다른 이유로 혐오하는 아버지의 얼굴이.

그러다 다시 동작을 멈췄다.

천 조각을 꺼내 팔의 상처를 닦고 다시 쓰레기봉투에 넣었다. 그 다음에는 선글라스를, 마지막으로는 지갑을 넣었다.

솟구치던 아드레날린이 꺼진 후 이미 한 번 토했다. 열쇠로 현관문을 연 순간이었다. 캐리는 비틀거리며 변기로 가 10분 동안을 토한 다음, 바닥에 쓰러져 기절했다.

깨어나자 무엇을 해야 할지 알았다. 그게 9시간 전 일이다.

이제 염소 표백제의 냄새로 다시 속을 게우고 나자, 순간 마음이 약해졌다. 약혼자가 생각났다. 그 사람은 죽기 직전에 무슨 생각을 했을까? 캐리는 몸을 가누고 봉투 안에 표백제를 부었다. 그런 다음 건물의 소각로로 가져갔다.

하얀 탱크톱 조각에 묻은 검은 머리카락 하나가 눈에 띄었다. 캐리는 그게 누구 것인지 바로 알아보았다. 그리고 봉투를 열어 빗 위에 올려놓았다.

나의 고통, 당신의 고통, 그들의 고통이 전부 뒤섞였다.

#메어섬 해군 조선소,
줌월트호

마이크는 브룩스의 모호크 헤어스타일을 볼 때마다 눈살을 찌푸렸다. 이 녀석은 자기가 있는 곳이 어디라고 생각하는 것일까? 군대? 특수부대에서는 파자마를 입든 분장 놀이를 하든 저들 맘이지만, 해군이라면 당연히 제복을 입고 그에 어울리는 깔끔한 모습을 해야 마땅하다.

하지만 해군에도 모호크 머리를 한 이런 청년이 필요하다. 그래서 마이크는 스무 살이나 됐을까 싶은 어린 녀석에게 고함을 지르는 대신, 데이비드슨에게 떠넘겼다. 칠순이 된 데이비드슨이 만만한 건 둘이 잘 아는 사이이기 때문이었다. 둘 다 나이가 많지만 체격은 여전히 좋았다. 어둑한 곳에서 보면 쌍둥이로 착각할 정도였다. 데이비드슨은 1차 걸프전이 터졌을 때부터 마이크와 함께 복무했다. 그 후로 숱한 세월을 함께하면서 피부가 거죽이 되고 턱수염이 허옇게 세는 것을 지켜보았다. 둘은 자신의 얼굴이 아닌 서로의 얼굴에서 세월을

211

확인했다.

"페인트칠을 끝까지 벗겨내야지. 너희 손자들도 그것보단 잘하겠다."

마이크가 핀잔을 주었다. 물론 데이비드슨은 어떻게 하는지 알고 있었지만 마이크가 그런 말을 하는 데는 이유가 있었다. 화를 내는 게 아니라 브룩스를 위한 연기였다.

"그러면 노출된 면이 나오잖아. 갓 면도한 얼굴처럼 반질반질한…… 젠장할, 집중이 안 되네. 그 다음에 에폭시를 바르는 거야. 내가 한 200년 전쯤에 가르쳐줬던 것처럼. 그러면 여기 있는 브룩스가 안테나를 부착하고 자외선 센서를 연결하면, 자네가 그 위에 에폭시를 더 발라 틈을 메우는 거지."

데이비드슨과 브룩스는 거대한 범퍼 스티커처럼 생긴 합성 개구 레이더(안테나에서 전파를 쏜 뒤 반사되어 돌아오는 전파를 측정해 2차원 영상으로 복원하는 장비-옮긴이)의 안테나를 새로 설치하는 중이었다. 고작 반밖에 완성하지 못했다.

데이비드슨이 항변했다.

"마이크, 이건 말이야, 내 근육처럼 강철이 아니라고. 선루 재질이……."

"데이비드슨, 이 배가 걸스카우트가 구운 쿠키로 만들어진 거라고 해도 상관없어. 에폭시를 바를 수 있게 그 빌어먹을

겉면을 죄다 긁어내란 말이야. 어떻게 해야 하는지 말해줬으니까 입 닥치고 하던 일이나 해!"

"그런데 이 합성물은 너무……."

데이비드슨이 다시 입을 열었다.

"젠장할, 그거 알아, 데이비드슨? 자네 말하는 게 꼭 그 사람들 같아. 브룩스한테 패션 팁도 물어보지 그래."

마이크가 빈정거렸다.

브룩스가 마스크를 내리고 뺨에 그린 새 문신을 긁적거렸다. 이름 이니셜을 작은 그림 문자로 만든 문신이었다. 브룩스가 요란하게 낄낄거렸다.

"그 나이에 여자라도 만나시게요?"

마이크가 젊은 대원의 얼굴 앞으로 몸을 숙였다. 브룩스는 지독한 커피 냄새에 움찔했다.

"지금 웃는 거냐, 브룩스? 내가 웃겨? 30년 전이었다면 널 갑판 밑으로 끌고 가서 계급장 떼고 혼쭐을 내줬을 거야. 멘토 승무원은 널 즐겁게 해주려고 여기 있는 게 아니야. 이분이 하는 말을 잘 새겨들어. 이 '노인네'는 네가 플레이보이를 보며 딸딸이를 치기도 전부터 해군이었으니까."

젊은 선원은 당황한 얼굴로 물었다.

"플레이보이가 뭐예요?"

데이비드슨이 웃음을 터뜨리자 마이크가 그를 돌아보며 차분하고 신중한 목소리로 말했다.

"데이비드슨, 입 닥쳐. 브룩스 머리 모양이 새똥 같긴 하지만, 자네보다 더 똑똑하고 빠르고 잘났어."

그리고 젊은 선원을 돌아보았다.

"하지만 브룩스, 네 나이 때 우리 사이에는 네가 평생 얻게 될 것보다 더 많은 이야깃거리가 있었지. 넌 상상도 못할 이야깃거리들이."

마이크는 갑판 위에 서 있을 때면 그랬듯이, 다시 목소리를 높였다.

"이제 대화는 끝이야. 20분 후에 새 함장님이 도착할 테니 빨리 하던 일 마무리해. 이런 배를 탄 늙은이와 네놈 같은 승무원을 하나님께서 굽어살피시길."

마이크는 배의 선미로 걸어가 심호흡을 한 번 하며, 두방망이질 치는 심장을 가라앉히려 애썼다. 애들을 몰아칠 때마다 혈압이 올랐다. 이제는 혈압에 조심해야 될 나이였다.

그는 메어섬의 해군 조선소를 바라보았다. 수이순만 너머로 유령함대가 정박해 있는 그곳은 1854년 데이비드 패러것 제독 때 문을 열었다. 패러것은 남북전쟁 때 모빌만 전투에서 "어뢰는 무시하고, 전속력으로 전진하라!"라고 명령을 내리면서 유명해졌다. 마이크는 대대로 이곳에서 고생한 선원들과 유대감을 느꼈다. 같은 부두에서 1949년도에는 금광부들을 실어 나른 쾌속 범선을 수리했고, 지난 세기가 바뀔 때에는 해군 최초의 잠수함도 만들었다. 2차 세계대전 때는 이곳에 근무하는 노동자 수만 대략 5만 명이었다. 냉전이 끝나고 폐쇄되었던 메어섬의 부두가 다시 한 번 북적거리고 있다. 마이크는 브룩스 같은 청년들을 지켜주어야 한다는 책임감과 훗날 역사에 남을 것을 생각해 해군의 자존심을 지켜야 한다는 책임감이 들었다.

데이비드슨이 손에 담배 한 갑을 들고 다가왔다.

"한 대 피울래?"

"끊은 줄 알았는데."

"발레이오에 아직도 이걸 파는 친구가 한 명 있거든. 스톤피시 미사일에 맞아 죽을지, 폐암에 걸려 죽을지 흥미진진하구만."

마이크가 담배 한 개비를 받아들었더니 데이비드슨이 가스라이터로 불을 붙여주었다.

"요즘 애들은 엉터리야."

마이크가 말했다.

"그렇긴 하지만 너무 세게 몰아붙이지 마. 쟤들도 뭐가 뭔지는 알고 있어."

"그게 문제야……. 쟤들이 과연 알고 있을까? 쟤들은 내가 죽었다 깨어나도 못할 일들을 할 수 있지. 하지만 이 전쟁에서 진다는 게 어떤 의미인지 알까?"

둘은 멘토로 합류한 더 나이 많은 승무원이 상자 하나를 들고 비틀거리며 우현 쪽 난간을 따라 걸어가는 모습을 바라보았다. 그때 키가 작고 레게 머리를 한 청년 하나가 나서서 그 멘토를 안내했다.

"저 친구들은 그 나이 때 우리랑 똑같아. 자신감이 넘치고 멍청하기 이를 데 없지."

데이비드슨이 말했다.

마이크는 담배를 깊이 빨아들인 다음 선미 밖으로 던졌다.

"만약 위원회가 이기고 비즈 안경이랑 그룹 시뮬레이션만 계속 쓸 수 있다면, 쟤들이 그 차이점을 알아차리기나 할까? 그 안경만 쓰면 세계 어디든 갈 수 있잖아."

"자넨 한 번도 안 써봤지?"

데이비드슨이 물었다.

"난 현실 세계가 좋아."

"한번 써봐. 모든 게 달라 보여."

데이비드슨은 늘어지고 햇볕에 그을린 이두박근을 긁적이

며 말했다.

"적어도 그런 것처럼 보이지. 내가 지금 비즈를 쓰고 있으면, 격납고 꼭대기까지 날아올라가 우리 모두를 내려다볼 수 있을 거야. 뭐, 전쟁 전에는 그럴 수 있었겠지. 이제는 비즈가 제대로 작동을 안 하니까. 쟤들 중 상당수는 비즈 안경 때문에 이 빌어먹을 전쟁에서 이기고 싶을걸."

"차렷! 우로 나란히!"

제이미 시먼스 함장이 트랩을 걸어 올라왔다. 덩치가 커다란 남자치고 발소리가 조용했다. 그는 험악하게 생긴 줌월트 호를 보고 멈춰서서 경례를 했다.

줌월트는 거대했다. 선체 길이가 무려 185미터다. 워싱턴 기념탑을 눕혀놓는데도 이 배가 16미터는 더 길다. 뱃전이 안으로 경사진 디자인으로 그전에 건축된 그 어떤 전함보다 레이더망에 포착되지 않을 가능성이 50배나 높으며, 스텔스 잠수함처럼 소나(바닷속 물체의 탐지나 표정에 사용되는 음향표정장치-옮긴이)가 있다. 하지만 줌월트가 무시무시해 보이는 것은 그 때문이 아니다. 아이러니하게도 눈에 띄는 무기가 없기 때문이다. 줌월트는 대량살상무기를 셀 수 없이 감추고 있는 듯, 곁에는 아무것도 걸치고 있지 않다. 그러나 시먼스는 그 배가 겉보기처럼 사납지 않다는 사실을 알고 있었다.

한때 21세기 미국 함대의 선두주자로 여겨졌던 이 배는, 아무도 원하지 않는 고아 신세가 되었다. DD(X)급 군함을 만들겠다는 생각은 1990년대 초반에 시작되었다. 해전에 혁명을 일으키겠다며, 디자인에 온갖 종류의 혁신적인 아이디어를 몰아넣었다. 커터 칼날처럼 생긴 텀블홈 구조 선체부터 평범한 엔진의 10배에 달하는 전력을 생산하기 위해 영구 자석형 모터를 사용하는 통합 전력 시스템까지. 고도로 자동화된 DD(X)급 군함의 필수 승선 인원은 한 세대 전 비슷한 크기의 전함의 절반 정도면 충분했다. 획기적인 새 디자인 덕분에 배에는 역시나 획기적인 새 무기를 실을 수 있었고, 그중 가장 유명한 것은 역사상 그 어떤 함포보다 더 멀리 쏠 수 있는 전자포 레일건이었다. 미 해군은 후에 DDG 1000급이라 명명되는 최초의 군함 줌월트가 남북전쟁 최초의 장갑함 모니터호나 최초의 전함 HMS 드레드노트처럼 역사에 길이 남을 군함이 되길 바랐다. 줌월트가 과거의 조선술 법칙을 모두 깨고 새로운 해전의 시대를 가져올 줄 알았다.

적어도 계획은 그랬다. 제이미가 해군대학에서 석사학위를 받을 무렵, 줌월트는 대표적인 실패 사례로 언급되었다. 위험성이 너무 높은 신기술들을 하나의 프로젝트에 쏟아부은 데

다가 20세기 말에는 최첨단 조선기술력이 미국에서 아시아로 주도권이 넘어갔으며, 국방 예산이 중동의 지상전에 집중되어 군함 한 척당 70억 달러 이상을 투자할 수가 없었다. 해군은 줌월트 서른두 척을 구매할 계획이었다. 2008년이 되자 줌월트를 원하는 사람은 아무도 없었다. 줌월트와 두 척의 배가 더 건조되었지만, 그건 이 프로젝트를 완수하지 않으면 해군의 예산안 의결을 방해하겠다고 위협한 세출위원회의 영향력 있는 상원 의원 한 명 덕분이었다. 물론 의원의 목적은 배를 구하는 게 아니었다. 자신의 지역구에 있는 조선소가 문을 닫게 될까봐 나선 것이었다.

조선소에서 건조된 줌월트는 확실히 혁명적이었지만, 최초의 제품이 항상 그렇듯 온갖 문제점들이 드러났다. 바다를 항해할 때 불안정했고 시스템에 오류가 많았으며, 추진 장치는 툭 하면 멈췄고, 충분한 전기를 생산하지 못했다. 게다가 선체는 접합선이 들어맞지 않아 물이 샜다. 줌월트 라인의 새 군함 중 실제로 건조된 것은 몇 척 되지 않아서 그 군함에 신기로 했던 혁명적인 신무기 또한 탑재해볼 기회도 없었다.

다란 사태 이후 재정 위기로 국방부 예산이 대폭 삭감되자, 제독들은 기다렸다는 듯이 줌월트를 조기 퇴역시켜 유령함대로 보냈다. 아직 건조 중이던 두 자매함 중 한 척은 버지니아주 뉴포트 뉴스의 한 전문대학에서 배 속을 드러낸 채 실습장이 되었고, 다른 한 척은 차세대 소방 로봇의 성능을 실험하는 실험장이 되었다.

"함장님, 승무원, 줌월트 모두 제자리에 준비되었습니다."

시먼스는 줄지어 선 승무원들과 민간인 기술자들 사이를 천천히 걸었다. 승무원 한 명 한 명에게 자신감 넘치는 환영 인사를 건네며 미소를 지어 보였다. 시먼스의 부함장인 호레이쇼 코르테즈가 조심스럽게 그 뒤를 따랐는데, 의족과 의수를 한 왼발과 왼팔이 이따금씩 해치 가장자리에 부딪쳤다.

"부함장, 지금 상황이 어떻지?"

시먼스가 걸으며 물었다.

"시스템을 삭제하고 재정비하는 일은 진전이 있지만, 동시에 한 번도 사용해보지 않은 새 하드웨어를 설치하려니까 만만치가 않습니다."

코르테즈가 대답했다. 뒤늦게 중국산 하드웨어의 위험성을 깨달은 해군 수뇌부가 줌월트에서 의심스러운 시스템은 모조리 제거하고 파괴하라는 지시를 내렸다. 줌월트를 비롯한 유령함대의 다른 배들은 지난 몇 년간 업그레이드를 하지 않았다는 점 때문에 갑자기 주목을 받았다.

"과거의 장비와 새 장비를 한데 섞는 거니까요."

시먼스가 갑자기 우뚝 발걸음을 멈추더니 홱 돌아서서 비슷한 키의 남자를 마주보았다. 줄서 있던 승무원들이 무슨 일인가 싶어 다들 고개를 돌렸다.

"코르테즈."

시먼스는 부함장을 돌아보며 화를 숨기려 애썼다.

"예?"

"승무원 명단 확인 안 했나?"

"했습니다, 함장님. 자격 요건과 경력에 의거한 해상체계사령부(NAVSEA)의 알고리즘을 사용해 선발했습니다."

코르테즈는 이렇게 대답하며 함장과 앞에 선 늙은 승무원을 번갈아 보았다. 비즈 안경이 분홍색과 파란색으로 반짝거렸다. 안경을 통해 구글의 피플뷰 소프트웨어 보안 버전으로 해군의 기록 시스템에 접속한 것이다. 물론 반드시 이름을 알아야 검색해볼 수 있지만, 둘의 얼굴을 보니 굳이 검색할 필요가 없을 것 같았다. 코르테즈는 저절로 피어오르는 미소를 의수로 숨기고, 목을 가다듬는 척했다. 해군 기록 시스템을 확인한 결과 마이크 시먼스 중사가 아들이 지휘하는 배에 승선했다.

#하와이 특별행정구역,
오아후섬, 할레이바 해변

여자는 지저분한 손으로 샌드위치가 든 비닐 봉투를 열었다. 파란색과 녹색 공룡 그림을 보자 마음이 불편해졌다. 비닐 봉투에서 꺼낸 차고 리모콘에 얼룩이 묻었다. 검은 티셔츠에 손가락을 닦으려 했지만, 티셔츠는 이미 땀과 흙이 엉겨 붙어 있어 진흙을 덧바르는 것밖에 되지 않았다.

"멈춰. 깨끗하든 말든 그건 중요하지 않아."

여자는 스스로 말했다. 배터리는 충분했다. 그거면 된다.

여자는 옆에 엎드려 있는 남자에게 고개를 끄덕였다. 남자의 소총에 부착한 고프로 카메라로 촬영을 시작하라는 신호였다.

여자는 숨을 참고 '오픈' 버튼 위에 엄지손가락을 올려놓았다. 그리고 숨을 내쉬며 말했다.

"우리의 모든 적이 비명을 지르며 죽기를."

여자가 즐겨보던 TV 드라마에 나온 대사였는데, 지금 이 상황에 잘 어울리는 것 같았다.

버튼을 누르자 100미터 떨어진 곳에서 IED 4개가 호송대 앞에서 뒤편을 따라 연달아 폭발했다. 선두에 서 있던 울프 병력 수송 장갑차가 화염에 휩싸이며 뒤집혔다. 그 다음 세대의 트럭은 연막탄의 연기에 가려 보이지 않았다. 네 번째 트럭은 멀쩡했고, 운전수는 대시보드 밑으로 몸을 숨겼다.

미 해병대 소령 캐릴린 도일은 차고 리모컨을 다시 비닐 봉투 안에 넣고, 바지의 카고 주머니 안에 쑤셔 넣었다. 이런 전쟁에서는 아무것도 낭비해서는 안 된다.

그녀가 MV-22k 오스프레이의 조종석에서 본 예멘 전투와는 모든 게 너무나도 달랐다. 이곳에서는 모든 것이 간지럽고, 모든 것이 녹슬었으며, 모든 것을 여기저기서 뒤져 찾아내야 한다. 필요한 탄약이나 예비 부품이 제때 오는 법이 없다. 함락된 기지들에서 무사히 도망친 몇 안 되는 대원들과 운 좋게 공격 당시 관외에 있었던 대원들로 이루어진 이 반란군은 관급품 전투화 대신에 샌들과 운동화를 신고 싸워야했다.

지저분한 민간인 옷을 입고 시험 때마다 들춰 보던 전술 교본을 든 이들은, 순식간에 자신들이 군인시절 내내 싸워왔던 그 반란군이 되었다. 단체 이름 역시 거기서 따와, 노스 쇼어 무자헤딘(North Shore Mujahideen)이라 했다. 이들은 적을 습격할 때마다 NSM을 스프레이로 갈겨썼다. 무자헤딘에 대한 감탄이나 존경에서 따온 이름이 아니라-그러기엔 중동의 모래 바닥에서 너무 많은 친구들을 잃었다- 목표가 같기 때문에 따온 이름이었다. 바로 적이 혐오하는 상대, 곳곳에 도사리고 있는 위험, 떨쳐버릴 수 없는 악몽, 원칙대로 해서는 없앨 수 없는 상대가 되자는 것이었다.

도일은 왼팔을 들어 올려 트럭들에게 앞으로 나오라고 손짓했다. 도일의 오른편에서 순식간에 두 발이 발사되었다. 퇴직한 해군 통신 요원이자 아프가니스탄 마르자 지역의 전진 작전기지에서 개인 지원병(특수한 기술을 보유해 파견된 군인-옮긴이)으로 복무했던 핀이 아직 멀쩡한 트럭의 운전석 창을 M4 카빈으로 쐈다. 두꺼운 방탄유리가 총알을 막아주었지만, 충격으로 인해 거미줄 같은 금이 쫙 갔다.

미 육군 헌병대 하사이자 25보병사단과 함께 이라크와 시리아에서 체포 작전을 수행했던 닉스가 그 트럭을 향해 쏜살같이 달려가더니, 발판에 뛰어올라 소총 개머리로 금이 간 창문을 반복적으로 내리쳐서 마침내 작은 구멍을 하나 냈다. 그 구멍으로 섬광탄 하나를 밀어 넣고 차에서 뛰어내렸다. 폭탄이 터지면서 백만 개의 초를 켠 것 같은 빛과 함께 180데시벨의 폭발음이 터져 나왔다. 건물 안을 급습할 때 SWAT팀이 사용하는 이 섬광탄은 버려진 경찰서에서 찾아냈다. 원래는 적을 당황하게 만들 뿐 상해는 입히지 않는 비살상 무기다. 트럭 같은 밀폐된 공간에서 사용하지 않는다면 말이다.

닉스는 곧장 소총 총구를 창문의 구멍에 넣고 시신 하나를 찌른 다음 한 발을 발사했다.

"이상 무!"

닉스가 외쳤다. 아직 귀마개를 끼고 있어 생각보다 큰 소리가 나왔다.

"뭐가 있어?"

핀이 트럭 뒤를 뒤지고 있는 도일에게 속삭였다.

"아직. 찾는 중이야."

핀이 손목시계를 확인했다. 2분쯤 후면 드론이 도착할 것이다. 이곳에서 매복 공격을 한 것은 처음이니 조금 더 여유가 있을지도 모른다. 호송대가 무장을 하지 않은 것으로 보아 공격을 당할 거라 예상하지 못한 모양이었다. 아니면 이것은 함정이고 조금 후에 대공 매복조가 도착할 수도 있다.

"자전거 가져올게. 이제 가야 해."

닉스가 이렇게 말하고 숲속으로 사라졌다.

도일이 트럭 뒤편에서 신발 상자만 한 금속 상자 두 개를 들고 나타났다.

"다 파란색인가?"

핀이 물었다.

"그런 것 같아. 녹색과 빨간색도 좀 있을지도 몰라."

"지금으로선 뭐든 괜찮을 것 같아."

닉스가 얼룩지고 두꺼운 울 담요로 덮인 산악자전거 두 대를 끌고 숲에서 나왔다. 닉스의 콧방울에서 땀이 뚝 떨어졌다.

"뭘 기다리고 있어?"

닉스가 물었다.

"아무것도. 움직입시다."

도일이 말했다.

"다른 트럭에는 뭐가 있어?"

"탄창 이삼십 개랑 나노플렉스 벽돌 몇 개, 프로틴바 몇 개."

핀이 말했다.

"그거면 됐어. 이번에는 영상 촬영 때문에 나온 거니까."

도일이 말했다. NSM은 가능하면 자전거, 어쩔 수 없을 때는 두 발로 끊임없이 이동했다. 하룻밤을 푹 쉬거나 제대로 된 식사를 할 시간이 없었다. 하지만 그들에게 정말로 필요한 것은 트럭 뒤에 실려 있던 금속 상자 안에 있었다.

"노는 시간은 끝났어! 학교로 돌아갑시다!"

도일이 외쳤다.

#펜타곤 B동, 4층

조종사로서 빌 달링 중령은 평생을 수평선만 쫓았다. 펜타곤의 해군 사령부에 근무하게 된 후로 그동안 하늘을 너무 당연하게 생각해왔다는 사실을 깨달았다. 해를 못 본 지 벌써 2주나 되었다.

사실 한 번은 거의 볼 뻔했다. 일주일 전 공사로 인해 길을 돌아 펜타곤의 안마당을 가로질렀다. 낮이었고, 저기 어딘가에 떠 있는 태양 덕분에 건물 전체를 감싼 미세한 보안용 그물이 누에고치 같았다. 이 부근에서는 펜타곤을 크리스토 시티라는 별명으로 부르는데, 그건 근처의 군산 복합체가 크리스털 시티라고 불리는 데서 따온 이름이기도 했고, 유명 건축물들을 천으로 덮는 퍼포먼스로 유명한 예술가 크리스토 클로드에게서 따온 이름이기도 했다.

달링의 업무는 끝이 없지만, 그래도 식사는 해야 했다. 조종사 기질 때문인지는 몰라도, 드론이 음식을 가져다주는 건 질색이었다. 로봇 집사가 윙윙거리며 벌집 같은 상자에 든 샌드위치를 나르는 걸 보면 '이건 좀 지나친 게 아닐까'라는 생각이 들었다.

새 해군 정보국 사무실 입구의 자판기 옆에서 지미 링크스가 기다리고 있었다. 둘은 해군 사관학교 시절부터 잘 아는 사이였지만, 진로는 전혀 달랐다. 둘 다 펜타곤 근무가 달갑지 않았으나 걸어서 2분이면 만나 서로를 위로할 수 있다는 게

227

그나마 다행이었다.

"달링, 오래 기다렸어?"

링크스가 옛날 광고에 나오는 가정주부처럼 말했다.

"별나긴."

달링이 대꾸했다.

"힘든 하루다. 가자. 60초만 더 있었다가는 이 자판기를 털 겠어."

링크스가 말했다.

달링은 손가락 자국이 난 자판기 유리창을 들여다보고 한숨을 쉬었다.

"저 스니커즈바랑 망고 스퀴즈 두 개면 꽤 오랫동안 버틸 수 있을 텐데."

"너희 조종사들은 변태야."

링크스가 대꾸했다.

둘이 몇 발자국 떼지 않았을 때 링크스가 갑자기 걸음을 멈췄다.

"젠장, 지갑 놓고 왔네."

"가서 가져와. 점심 살 생각 없으니까."

달링이 대꾸했다.

"같이 가자. 내가 말했던 새로 온 분석관도 구경하고."

"그 여자는 초대 안 했어?"

"난 그 여자랑 함께 일해야 하니까 괜히 집적대지 마."

링크스가 앞장서서 홍채 스캔을 한 다음 출입 카드를 긁고, 마지막으로 숫자 암호를 눌렀다. 보안실에 들어가자 자석문이 철컥 하고 저절로 잠겼다.

간유리에 스텐실로 '대잠수함전'이라고 적힌 문을 통과했다. 갓 시공한 석고보드에서 떨어진 먼지가 문손잡이에 쌓여 있었다.

링크스는 우중충하고 삭막한 자신의 칸막이 사무실 안으로 달링을 데리고 들어갔다. 유일한 장식품이라고는 압정으로 붙여놓은 오아후섬의 3D 지평도와 립스틱이 묻은 중국산 공기 오염 필터 마스크가 전부였다.

"마법이 일어나는 곳이 여기야?"

달링이 무미건조하게 물었다.

"마법 같은 건 거의 일어나지 않아."

링크스가 침울하게 대꾸했다.

"저쪽에서 우리 잠수함을 어떻게 찾아내는지 아직도 제대로 된 실마리를 발견하지 못했어."

태평양의 항공모함들을 사격한 최초의 미사일 공격은 함대에 큰 충격을 안겨주었지만, 어떻게 적이 해군의 잠수함들을 찾아내 파괴했는지가 더 크고 골치 아픈 미스터리였다. 미국 정보 당국들도 중국이 수상함 건조 기술을 따라잡고 있다는 사실은 알았지만, 해저에서는 미국이 확실한 우위를 점하고 있는 줄 알았다. 냉전 이후로 미국 잠수함이 숨기로 작정하면 아무도 찾을 수가 없었다. 그런데 어떻게 된 일인지 상대편은 바닷속을 훤히 들여다보는 것처럼 잠수 함대를 발견해내 미국에게 커다란 타격을 입혔다.

링크스가 기분이 영 우울하다는 사실을 알아채고 달링은 의자에 앉아 조용히 말했다.

"자세히 말해봐."

"어디서부터 시작해야 될지도 모르겠어. 훈련 때 어떤 강사가 했던 말만 자꾸 생각나. CIA의 창단멤버로 아프가니스탄에서 두 번의 전쟁, 냉전, 그리고 911테러까지 겪은 사람이었지. 그분은 정보부 일을 직소 퍼즐을 푸는 것에 비유했어. 하지만 박스 커버가 없어서 완성된 그림이 뭔지 알 수 없는 직소 퍼즐. 게다가 한 번에 퍼즐 조각을 전부 얻을 수가 없고, 한 번에 두세 개씩만 얻을 수 있지. 더 끔찍한 건 다른 퍼즐 조각들까지 섞여 있다는 거야."

"저격하려면 일단 찾아내야 하니까."

달링이 거들었다.

"우린 내내 뒤를 돌아보며 어떻게 된 일인지 이해해보려고 노력하고 있어. 한 가지 이론은 위원회가 잠수함을 이용해 우리 잠수함을 미행했다는 거야. 그리고 우리는 어찌된 건지 그쪽의 잠수정을 발견하지 못했고."

중국의 탄도 미사일에 존 워너호를 잃은 기억이 떠오르자 달링의 몸이 굳었다.

"그건 불가능해. 위원회 잠수함은 워너호에서 아주 멀리 떨어져 있어서 정확한 추적이 불가능했을 거야. 그리고 전파 흔적도 전혀 없었어. 만약 위원회 잠수함이 하이난과 통신해 워너호의 위치를 알렸다면, 우리가 잡아냈을 거야. 게다가 그 잠수함은 우리한테서 도망치느라 바빠서 다른 걸 할 여유도 없었고. 스톤피시가 발사되었을 때쯤 그 잠수함은 가라앉고 있었어. 우리가 맞혔으니까. 그거 하나는 확실해."

"그쪽에서 네 통신을 이용해 워너호를 추적한 건 아닐까? 아니면 아테나를 통해서라거나? 그런 소리 들어봤어?"

"아니, 전혀. 혹시 환경 센서를 이용해 빅 데이터를 수집한 건 아닐까? 몇 년 전에 뱅고어에서 우리 트라이던트 잠수함을 탐지한 그 어부들처럼 말이야. 아니면 위성 수중 탐색은? 적외선 탐지를 하거나 수면의 왜곡을 이용한 베르누이 효과를 이용한 건 아닐까? 아니면 점괘판으로 점을 쳤나?"

"다 검토해봤어. 미리 해당 지역에 센서를 설치해놔야 하니까 환경 센서는 아니야. 그런 흔적이 전혀 없는데다, 중국은 우리가 어딜 가든 우리 잠수함의 위치를 파악하고 있어. 그 이론을 시험하다가 알류샨열도에서 오리건호가 대가를 치렀지. 위성 수중 탐색은 아직 유효한 이론이지만, 어떻게 중국이 그럴 수 있는지는 아무도 몰라. 우리는 합성 개구 레이더로 수중 탐색을 한다고 보고 있어. 냉전 중에 소비에트의 핵전략 잠수함을 추적하려 시도해본 적이 있지만, 죄다 실패했지. 거기다 넓은 대양을 탐지하려면 우주에서 그만한 에너지를 퍼트려야 하는데, 그러면 우리가 알아챘을 거야."

"그 반대라면?"

달링이 제안했다.

"잠수함 선체를 자기로 탐지하는 건 어때? B동 소변기에서 우리가 세운 이론이잖아."

"아니, 그 기술 역시 냉전 때 시도했다가 실패했어. 우주에서는 효과가 없어. 그러한 범위에서 금속을 탐지하려면 후방에 산란되는 양이 너무 많아. 해저 바닥에 있는 금속 쪼가리에 일일이 반응할 테고. 게다가 잠수함과 항공모함을 추적하면서 왜 호위함은 추적하지 못했는지도 의문이야."

"호위함은 굳이 공격할 필요가 없으니까? 중국한테 미사일이 부족해서?"

"설마. 돈 몇 푼 아끼자고 우리 이지스함 전부를 없앨 수 있는 기회를 놓쳤다고?"

"그럼 원자로를 추적할 수 있는 무언가가 있는 거로군."

"그래, 그러면 정보국에서 말하는 대로 원점으로 돌아가는 셈이지."

"핵 원자로가 뭐가 그렇게 특별하다는 거지? 아주 멀리에서 원자로를 찾으려면, 원자로에서 내뿜는 것을 죄다 수집해야 하잖아. 젠장할. 그런 거리에서는 수집할 수 있는 거라고는 저레벨의 체렌코프 방사선 정도가 전부일걸."

"지금 뭐라고 했어?"

링크스가 심각하게 되물었다.

"체렌코프 방사선. 해군사관학교 때 핵물리학 시간에 졸았어? 핵원자로가 파란 빛을 뿜을 때 나오는 거잖아. 하전 입자가 핵반응을 둘러싼 매개 입자를 빛과 다른 속도로 통과할 때 나오는 거. 체렌코프라는 무슨 러시아 사람이 100년 전에 발견했다던데. 그걸로 노벨상을 탔고."

"스타트렉이야. 이런 머저리 같으니."

링크스가 혼잣말로 중얼거리더니, 떨리는 손으로 지갑을 책상 위에 던졌다.

"점심은 내가 살게. 나 가봐야겠어. 아이디어가 떠올랐어."

"맘대로 해. 새로 온 분석관이 그만큼 예뻐야 할 거야."

달링이 지갑을 집어 들고 일어서려는 찰나, 보안문이 쿵 하고 닫혔다.

#하와이 특별행정구역,
와이키키 해변, 모아나 서프라이더 호텔

"캐리신 씨, 이리 오시죠."

음성 상자가 경비의 중국어를 영어로 번역했다. 경비원은 남자였지만 기기의 디지털 목소리는 상대방의 성별에 맞추도록 세팅이 되어 있었다. 이게 그냥 장난인 것인지, 아니면 위원회 과학자는 덩치 크고 무장한 남성 해병에게서 여성의 목소리가 흘러나오면 상대방이 더 안심할 거라 생각한 건지 알 수가 없었다.

"알았어요, 알았어."

캐리는 이렇게 말하며 십자가 형태로 양팔을 뻗고 고개를 젖혔다. 긴 머리카락이 허리에 닿았다.

"추가 확인자로 당신이 선택되었습니다."

해병이 말했다. 해병의 키는 캐리와 비슷했지만 덩치는 캐리의 두 배는 되었다. 여드름이 눈에 띄고 목이 두꺼운 걸 보니 살이 찐 이유를 알 것 같았다. 위원회 해병 중 상당수가 그런 외모를 지녔다.

"이해하시겠습니까?"

음성 상자가 물었다.

"네."

"위원회는 당신의 협조에 감사드립니다."

음성 상자가 말했다. 그게 음성 상자가 내뱉은 마지막 문장이었다. 해병이 그 말을 직접 한 것인지, 아니면 자동으로 세팅이 되어 기계에서 저절로 흘러나온 말인지 알 수가 없었다.

팔과 다리를 훑는 화학 면봉이 간지러웠다. 거미가 기어가는 느낌이었다.

"완료되었습니다."

음성 상자가 말했다.

캐리는 눈을 떴다. 면봉이 빨간색으로 변하지 않았다. 빨간색은 폭발물을 감지했다는 뜻이었다. 대신 탈지면은 밝은 갈색이었다. 해병은 '도대체 이게 무슨 물질이지?' 하는 듯 아리송한 표정으로 탈지면을 바라보았다.

"괜찮아요."

캐리가 말했다.

"팔에 바른 화장품이에요. 요리하다 칼에 베였거든요."

캐리는 파운데이션을 바르듯 손가락으로 뺨을 톡톡 두드리며 환하게 미소 지었다.

음성 상자가 그 말을 해병에게 번역해주자 해병은 고개를 끄덕이고 잠시 침묵하다 무어라 중얼거렸다.

"협조해주셔서 감사합니다."

상자가 말했다. 해병은 이미 다음 사람을 바라보고 있었다.

캐리는 천천히 걸어가며 마음을 가라앉혔다. 저도 모르게 팔에 앉은 얇은 딱지를 문지르면서. 적어도 이번 검문소는 버스역 검문소처럼 나쁘진 않았다. 그곳의 경비원은 캐리가 허리를 숙여 벨트에 맨 음성 박스에 직접 말하도록 시켰다. 캐리는 거리 너머 흘끗 보이는 와이키키 해변의 모습에 잠시 약혼자를 떠올렸다. 그의 생일날, 해질녘에 함께 와이키키 해변을 거닐었다. 그날 밤은 바람이 거셌다.

뒤쪽에서 아스팔트를 긁는 고무바퀴 소리에 캐리는 정신을 번쩍 차리고 얼른 오른쪽 인도 위로 올라섰다. 하이브리드 전기 울프 병력수송 장갑차가 조용히 지나가자, 지붕 위에서 기관총을 들고 있던 위원회 해병이 소심하게 손을 흔들었다.

아드레날린이 솟구쳤다. 캐리는 네 개의 기둥이 서 있는 호텔의 웅장한 입구로 성큼성큼 걸어가며 열기와 습기에도 불구하고 몸을 떨었다.

전쟁 전에는 직원용 출입구를 이용해야 했다. 순백색의 호텔은 1898년에 미국이 하와이 왕가의 소유이던 하와이섬을 합병한 지 3년 만에 세워졌다. 중국군이 손님과 직원 모두가 메인 출입구를 이용하게 하는 것은, 중국 역시 안보를 이유로 이곳에 와 있지만 미국과는 달리 하와이의 '진정한' 시민을 존중한다고 보여주기 위한 선전의 일환이었다. 위원회는 누가 이 섬에 가장 먼저 도착했는지를 중요시했다. 하지만 원주민이든 하프(혼혈)든 미국 본토에서 왔든, 거리에 나가면 검문소를 반드시 거쳐야 한다.

원목으로 마루를 깐 로비 안에는 중국 군인들과 선원들, 해병들이 시민 몇 명과 함께 어울려 술을 마시며 잡담을 나누고 있었다. 2차 세계대전 때와 마찬가지로, 오래된 호텔은 단기 휴가를 나온 군인들의 집합소가 되었다. 캐리는 로비를 지나 베란다로 나갔다. 그녀가 근무하는 스포츠 장비 렌탈 데스크에서는 바다가 보이지 않지만, 소리는 들린다. 그것만으로도 얼마나 큰 위로가 되는지 모른다.

"정말 재밌던데요."

남자 목소리가 캐리의 상념을 방해했다. 남자는 번역기 없이 영어로 말했다.

"제대로 탈 줄 안다면 얼마나 좋을까요."

남자는 아직 젖은 긴 서핑보드를 벽에 세웠다. 서핑보드가 넘어지지 않도록 중심을 세우느라 잠시 침묵이 흘렀다.

"한 시간 안에 서핑을 배우는 건 힘들어요."

캐리가 대답했다.

"잘 타셨을 것 같은데요."

"보드를 탔다기보다는 내내 그 옆에서 수영만 했죠."

남자가 말했다. 체격이 탄탄하고 빨래판 같은 근육질이었지만, 약으로 근육을 키운 사람들처럼 우락부락하지는 않았다. 머리카락은 짧았지만 세련됐다. 군대에서 잘랐다기보다는 헤어숍에서 만진 머리 같았다.

"서핑은 아무나 할 수 있는 게 아니죠."

캐리는 윙크를 하며 말했다.

"원래는 손님에게 질문을 하면 안 되지만, 영어 어디서 배웠어요? 굉장히 잘하시네요."

"당연히 UCLA죠."

남자는 손가락 두 개를 들어올려 UCLA의 교가에 나오는 사인을 해보였다.

"보스턴 브루인스 팬인데."

캐리는 살짝 미소를 지으며 말했다.

"저기, 꼭 레슨을 받고 싶은데요. 죄송합니다, 제 소개부터 해야 하는데. 펑우라고 합니다. LA에 있는 친구들은 절 프랭크라고 불러요."

캐리는 태블릿을 내려다보았다.

"호텔 강사를 소개해드릴게요. 다들 훌륭한 강사예요. 이 일이 있기 전에 프로 선수로 뛰던 분도 있고요."

프랭크는 몸을 더 가까이 숙이며 카운터 위로 바닷물을 뚝뚝 떨어뜨렸다. 미소를 지으며 완벽한 하얀 치아를 드러냈다.

"당신도 잘 가르쳐줄 것 같은데요."

"아뇨, 그 정도는 아니에요."

캐리가 주저했다.

"돈은 드릴게요. 원하시면 배급 카드를 더 드리거나 다른 걸 드릴 수도 있어요."

캐리는 팔의 딱지를 살짝 눌렀다.

"그럴 필요 없어요. 손님을 돕는 건 제 일이니까요. 손님이 원하신다면 당연히 도와드려야죠. 다만 더 실력이 좋은 분을 원하실 줄 알았어요."

"그럼 언제 만날까요?"

"월요일 밤 썰물 때가 서핑하기 가장 좋은 때죠."

캐리는 이렇게 말하며 고개를 살짝 기울여 목을 드러냈다.

"그렇게 오래 기다리라고요? 내일 밤은 어때요?"

캐리는 미소를 지으며 남자의 눈을 바라보았다.

캐리의 눈이 그토록 매력적인 건 단순히 미모 때문만이 아니었다. 그가 하와이에 도착한 후로 그를 똑바로 바라본 첫 지역주민이기 때문이었다. 다른 사람들은 전부 눈을 마주치지 않으려고 했으며, 얼굴에는 수치심과 두려움이 섞여 있었다. 하지만 캐리는 그렇지 않았다. 캐리는 그냥…… 평범하다고 할까? 전쟁이 나기 전에 알던 미국 아가씨들과 비슷했다.

"나한테 배우고 싶다면, 내 말을 들어야죠. 다음 주 월요일에 만나요. 보름달이 뜰 때라 아주 멋있을 거예요. 적당한 장소도 알아요. 조용하고 이 섬에서 가장 파도가 좋은 곳이죠."

"그럼 그때 데이트하는 걸로 하죠."

#메어섬 해군 조선소,
줌월트호.

바다에 뜬 줌월트는 위협적인 전함이라기보다는 금속판과 나무판, 플라스틱판을 기하학적으로 이어 붙여 금방이라도 무너질 듯한 인도네시아의 수상가옥 같았다.

해군 중장 에반젤린 머리가 줌월트를 어떻게 생각하는지

시먼스는 알 수 없었다. 바닷가에서 그 배를 둘러보는 동안 시먼스에게 아무런 말도 하지 않았으니까. 하지만 그녀의 눈은 쉬지 않고 움직였다. 머리는 그가 시도해보지 않은 방식으로 이 배를 이해해보려고 하는 것 같았다. 어느 순간 머리는 연락정을 타고 선체 가까이로 가더니, 치유사처럼 배에 양손을 대고 눈을 감았다. 그녀가 무얼 들었는지, 혹은 보았는지 시먼스는 알지 못했다. 그가 아는 거라고는 해군 내에서 머리가 아무도 필적할 수 없는 지위를 지녔다는 것뿐이었다. 머리는 전쟁 전에 여성 최초로 항모 타격단을 지휘했다. 게다가 이번 전쟁이 시작되었을 때는 해군대 총장으로 재직 중이라 스톤피시 미사일과 고위급 장성들을 모조리 몰아낸 의회 청문회를 모두 피할 수 있었다.

머리가 부두로 돌아가자고 신호했다.

"함장, 승선하기 전에 먼저 말하죠. 만나서 영광입니다. 현재 이 나라에는 영감을 줄 영웅이 많지 않아요. 함장의 리더십과 경험은 값진 것이니, 이 배가 실패하더라도 그 재능을 헛되이 낭비하지 않도록 하겠습니다. 개인적으로 약속하죠."

"고맙습니다, 중장님."

시먼스가 대답했다.

"사실 함장 같은 사람은 이곳보다 워싱턴에 더 필요하다고

들 하더군요. 함장은 아무도 살아남지 못했을 때 살아남았어요. 전쟁에서는 그게 가장 중요해요."

시먼스는 눈도 깜빡이지 않았다. 중장의 눈을 바라보느라. 줌월트뿐만 아니라 나까지 평가하고 있었던 건가. 결과는 둘 중 하나인 순간이었다. 린지냐 바다냐, 안전이냐 임무냐 같은.

"맞습니다. 제가 있을 곳은 여기가 아닙니다."

시먼스가 말했다.

중장은 고개를 끄덕이며 미간을 찌푸렸다.

시먼스는 금문교를 가리켰다.

"중장님, 이 배나 우리가 보유한 다른 배들은 전투가 벌어지고 있는 바다로 나가야 합니다. 그곳이 우리가 있어야 할 곳입니다."

시먼스는 본능적으로 이렇게 말한 다음, 그것이 자신의 의견인지 아버지의 의견인지 자문해보았다.

중장이 희미한 미소를 짓자 누렇게 변색된 이가 드러났다. 드문 경우였다. 그 나이 때의 사람들은 치아미백을 하거나 의치를 해 넣는 경우가 태반이기 때문이다.

"그건 확실하죠."

머리 중장이 말했다.

"자, 이제 승무원들을 소개해주시죠."

중장이 일을 방해하고 싶지 않다고 했기에 승선 사실을 알리지 않았다.

"한 가지 인상적인 것은 이곳의 위장이군요."

머리 중장이 갑판을 걸으며 말했다.

"위장처럼 보일지 모르지만, 사실 이 비계와 방수포는 반드시 필요한 것들입니다. 배를 철저하게 점검해야 하니까요."

시먼스가 말했다.

비계 위로 기어 올라가는 한 무리의 승무원들-일부는 십 대이고 또 일부는 그보다 수십 살은 더 먹었다- 쪽으로 다가가면서 중장이 물었다.

"승무원들에 대해 말해봐요. 새로운 시도가 어떻게 돼 가고 있습니까?"

"세대를 혼합하는 것에는 장점과 단점이 모두 있습니다. 이 함대에는 공습 생존자들이 있습니다. 과거에 제가 데리고 있던 대원들 중 최고만을 선택할 수 있는 전권을 받았는데, 중장님 덕분으로 알고 있습니다. 감사합니다. 그리고 징집병도 있는데, 그중에는 바다를 항해하기는커녕 바다를 본 적도 없는 사람도 있습니다. 대신 컴퓨터에 빠삭합니다. 태어날 때부터 비즈를 끼고 살았던 친구들이죠. 문제를 바라보는 시각이 평범한 승무원들, 이 전쟁이 시작되었을 때 해군에 있었던 승무원들과 다릅니다."

시먼스는 무광 티타늄 애플 안경 사이로 얼굴 문신이 드러난 십 대 두 명을 가리켰다. 그 아이들은 멘토 승무원 한 명과 이야기를 나누고 있었다.

"그리고 가장 경력이 많은 승무원인 멘토가 있는데, 그중 많은 수가 1차 걸프전 이전에 해군에 입대한 사람들입니다. 젊은 승무원들 눈에는 노아의 방주에 탔던 사람들쯤으로 보일 겁니다."

"우리 모두가 새로운 환경에 적응해야 할 겁니다."

머리 중장이 한마디 했다.

"해군뿐만이 아니에요. 지금은 어디서든 마찬가지죠. 몇 달 전만 해도 아무런 연관이 없던 사람들이 지금은 함께 모이게 됐죠. 공동 텃밭에서 채소를 기르든 같은 조선소에서 일을 하든지 말이에요. 그래서 멘토 승무원은 효과가 있습니까? 다른 배에서는 갈등이 있다는 보고도 들어오더군요."

"줌월트에서 멘토들은 '노인네'라 불리더군요. 저도 처음에는 의구심이 들긴 했지만, 그 멘토들이 모두를 더 강하게 몰아붙이고 있습니다. 더 중요한 건 그 누구보다도 과거의 기술과 비밀을 잘 알고 있다는 점이죠."

시먼스는 중장을 선미 쪽으로 더 깊숙이 안내했다.

"사람과 기술을 분리할 수 없긴 하지만, 줌월트는 단순히 오래된 도구가 아닙니다. 이 배의 무선 네트워크를 업그레이드하면 아테나를 대체할 프로그램을 운영할 수도 있고, 또 네트워크 공격을 좀 더 효과적으로 방어할 수 있을 겁니다."

"로컬 네트워킹이 반드시 필요할 거예요. 거기에 집중을 하세요."

중장이 말했다.

"여기는 순항미사일 수직 발사실입니다."

시먼스가 안내를 계속하며 설명했다.

"탄창 저장량은요?"

머리 중장이 물었다.

"현재로서는 80발입니다. 하지만 해군 연구실에서 새로운 표적 시스템을 연구하는 동안 재평가해봐야 합니다. GPS가 없으면 필요한 만큼의 효과를 내지 못할 겁니다. 어떻게든 효과를 보려면 방공미사일 탄창을 보관할 공간을 포기해야 합니다."

머리 중장이 앞으로 몸을 숙였다.

"몇 년 동안 GPS를 대체할 프로그램을 개발하고 있지만, 계속 같은 자리만 맴돌고 있어요……. 발전이 없습니다. 지금이 유일한 기회지만, 제때 준비가 되지 않는다면 함장의 전략

이 옳을 겁니다. 정확도를 잃어버린 만큼 탄환 수로 메우세요. 모든 공간은 타격 능력이 있는 것으로 채우세요. 가능한 한 많은 화력을 갖춰야 합니다."

중장과 시먼스는 허리를 구부려 방수포 밑으로 들어가 표면이 벌집 같은 회색 상자 앞에 섰다. 메탈스톰이라 알려진 이 물건은 일종의 전자 기관총이다. 하지만 기존의 기관총이 하나의 총신에서 한 번에 총알 하나를 발사했다면, 이 기관총은 벌집 같은 여러 개의 총신 안에 총알이 가득 차 있다. 전자 점화 장치를 누르면 원통형 폭죽처럼 그 안에 가득 찬 총알들이 한꺼번에 발사된다.

"근접 방어를 위해 함교 바로 위에 한 쌍의 레이저포뿐만 아니라 메탈스톰도 탑재했습니다." 시먼스가 설명했다.

"레이저포는 하나의 타깃을 저격할 때 사용할 수 있고, 메탈스톰은 말 그대로 탄환 벽을 만들 수 있습니다. 한 번에 3만 6,000발을 발사할 수 있으니까요."

시먼스는 상자를 부드럽게 쓰다듬었다.

"반응시간을 단축시키려 소프트웨어를 만지는 중입니다."

"함대 전체에 그렇게 지시하도록 하세요. 조금이라도 더 성능을 향상시켜야 합니다."

"문제는 그 무기가 얼마나 효과적일지, 그리고 대공미사일을 얼마나 뺄 수 있을지 여부입니다. 시뮬레이션을 돌려봤지만 나올 수 있는 결과의 범위가 워낙 넓어서 말입니다."

"내가 분명히 말하지 않은 모양이군요. 왜 함장이 타격 능력과 방어 시스템 모두를 갖추려 했는지 알겠어요. 하지만 이건 제로섬 게임이에요. 줌월트를 운용할 거라면, 이 배를 전함이라고 생각해야 합니다."

"중장님, 이건 전함이 아닙니다. 적어도 과거에 생각하던 그런 의미의 전함은 아닙니다."

시먼스는 일부러 단호한 목소리로 말했다. 중장이 다시 그를 시험하고 있었다.

"전함은 발사할 수 있는 것의 투사중량뿐만 아니라 방어력도 중요합니다. 포가 40센티미터면 방탄판도 40센티미터여야 하죠. 커다란 타격을 입힐 수 있다면, 반대로 커다란 타격을 입기도 쉽습니다. 그 점이 문제입니다. 줌월트는 함대에서 가장 큰 수상 전투함정이지만, 그런 종류의 타격을 입고 무사할 수 없습니다. 그러니 먼저 상대를 타격해야 하고, 그것도 멀리서 타격해야 합니다."

"바로 그래요."

중장이 대답했다. 테스트를 통과한 것이다.

"그러면 함장이 어떻게 그걸 해낼 건지 설명해보세요."

중장과 시먼스는 기존의 155밀리미터 포탑이 탑재되어 있던 곳으로 걸어갔다. 그곳에서 일하는 사람들은 일반적인 매끈한 포가(砲架)가 아니라 각이 진 견인 트레일러같이 생긴 것에 부품을 용접해 붙이고 있었다. 그 측면에 페인트로 적힌 것은 이 프로그램의 공식 모토였다. '속도가 최우선이다.'

"댈그런 공장에서 생산된 원형인가요?"

머리 중장이 물었다.

"바로 그겁니다. 줌월트급이 일찍 퇴역하고 프로그램이 중단되면서 부품 일부가 사라졌지만, 원형 거의 그대로입니다. 버지니아에서 기차로 운반해 왔죠."

"이것 때문에 함장이 여기 있는 겁니다. 레일건이 작동하면 함대의 판도를 바꿔놓을 겁니다. 어쩌면 전체 전쟁의 판도를 바꿔놓을지도 모르죠."

레일건의 발명은 800년간의 탄도학을 바꾸어놓은 전환점이었다. 화약을 이용해 탄환을 긴 총신 사이로 발사하는 대신, 레일건은 전자기력에서 나오는 에너지를 이용한다. 강한 전류를 반대 전하가 흐르는 총신의 양쪽 레일 사이에 흘려보낸다. 이 레일 사이 끝 전력공급장치가 연결된 전도성 발사체를 삽입하면 회로가 완성된다. 재래식 총에서 화약이 폭발하면서 배출한 가스의 힘으로 총알이 추진력을 얻어 발사되듯이 회로 안의 자기장이 '로렌츠 힘'이라 부르는 엄청난 힘을 만들어내고, 이 힘이 발사체들을 쏘아 내보낸다. 불을 붙일 도화선이 없는 대신, 레일건에는 강력하면서도 확실한 전류 공급원이 꼭 필요하다. 전기가 없다면, 레일건을 탑재한 배는 화약고가 물에 젖은 19세기 배나 다름없는 꼴이다.

"진주만에서도 사용할 수 있었을 겁니다."

시먼스는 코로나도호에 탑재되었던 장난감 포를 떠올렸다.

"그렇겠네요. 하지만 다시는 우리 배가 그런 끔찍한 상황에 처하는 일은 없었으면 좋겠습니다. 이 레일건이 함대에 어떤 효과를 가져올 거라 예상합니까?"

또 다른 테스트였다. 여전히 대학 총장 시절의 습관을 버리지 못한 것이다.

"속도와 사정거리입니다. 레일건의 속도는 초당 8,200피트가 넘고, 290킬로미터 거리에서 목표물을 타격할 수 있습니다. 일거양득이죠. 그 어떤 미사일보다 빠르면서 교란되거나 격추될 일도 없습니다."

중장은 고개를 끄덕였지만 답변을 더 기다리는 것 같았다.

"하지만 더 중요한 것은 효과입니다. 포탄은 작지만 그 속도라면 과거의 아이오와급 전함의 포탄에 버금가는 힘으로 타격할 수 있을 겁니다. 아이오와급 전함의 포탄은 크기가 자동차만 했죠. 또한 장거리 미사일의 용량과 표적 문제도 해결됩니다. 정확한 GPS가 없어도 목표물을 타격할 수 있습니다. 재래식 전투함이 위력을 발휘하는 부분이죠."

"레일건이 개발될 당시에는 '신의 손'이라 불렸어요."

머리 중령이 말했다.

"나는 당시 펜타곤 해군 사령부 소속 하급 장교로 N-9 교전 시스템 개발에 참여했죠. 레일건 프로그램이 기억납니다. 장교들이 들어오면 파워포인트로 브리핑을 하며 전부 그 이야기뿐이었죠. 이름은 멋지지만, 그렇다고 예산을 삭감하지 않을 순 없었습니다. 고질적인 문제점인 열 관리와 전력 관리는 어떻게 해결할 겁니까? 전투 도중에 녹은 총신을 교체할 순 없잖아요."

"열을 관리할 방법이 두 가지 있습니다. 여기 있는 것은 문제가 있던 과거의 그 총신이 아닙니다. 열을 소멸시키는 나노 구조를 사용해 만든 것입니다. 물론 아직 조심해야겠지만 서지(surge)가 발생하기 전에 발사할 수 있습니다. 전력 관리는 좀 더 복잡하고, 솔직히 말씀드리자면 제가 우려하는 부분이기도 합니다. 레일건에는 작은 도시 하나와 맞먹는 전력량이 필요합니다. 이 배는 그 점을 염두에 두고 설계한 것이긴 하지만, 아시다시피 큰 소리를 친 것에 비해 성능은 못 미칩니다."

수상함 중 레일건에 필요한 막대한 양의 전기를 생산하고 저장할 수 있는 전력 시스템을 갖춘 배는 줌월트뿐이다. 바로 이 때문에 줌월트급이 단종되면서 해군은 레일건 프로그램에 대한 흥미를 잃어버렸다. 새 무기를 위한 맞춤형 설계를 했지만, 레일건을 한 발 쏠 때마다 배의 추진 시스템을 포함한 다른 시스템에서 에너지를 가져다 써야 하는 구조였다.

"우리는 과거 방위산업체의 문제점을 너무나 잘 알고 있죠. 그 문제는 어떻게 해결할 거죠?"

"전술과 혁신 두 가지를 통해 접근하고 있습니다."

시먼스는 이렇게 대답하며, 변명처럼 들리지 않도록 어조를 바꾸었다.

"전술적으로는 비탐지 전략을 확립해 그 힘을 우리에게 유용하게 사용할 계획입니다. 여기서 중점은 중령님이 말씀하신 대로 다시 갇히는 게 아니라, 넓은 대양으로 사라지는 것입니다. 혁신 측면에서는 배를 위해 만든 새 고에너지 액체 배터리에서 좋은 결과가 나오고 있습니다. 1990년대의 기존 설계보다 더 많은 동력을 얻을 수 있습니다. 위스콘신대학에 근무하는 여교수님을 액체 배터리 전문가로 모셨습니다. 솔직히 말해 그분의 전문지식에 크게 의존하고 있습니다."

시먼스는 중장을 똑바로 바라보았다.

"하지만 중장님, 답변을 드리자면 레일건은 전력 소모가 굉장히 큽니다. 상황이 계획대로 흘러가지 않는다면, 최악의 경우에 맞닥뜨리게 될 수 있습니다."

"함장."

중장은 그의 계급을 강조했다.

"함장이 이 배를 지휘하려면 명심해야 할 점이 있습니다. 최선의 선택을 하는 건 불가능하다는 걸요. 나쁜 선택지들 중에 가장 덜 나쁜 걸 선택해야 하죠."

중장은 시먼스가 자신의 교훈을 깊이 새기도록 침묵했다. 시먼스는 진주만의 그날을 생각했다. 중장이 굳이 지적하지 않아도 잘 알고 있는 사실이었다.

"함장을 믿습니다. 그리고 이 배가 해낼 거라고 믿어요. 과거에 감당할 수 없었던 위험 요소들을 이젠 감당해야 해요."

중장의 눈이 점점 어두워졌고, 시먼스는 사관학교 총장에게서 전사의 면모를 보았다.

"만반의 준비를 하세요. 저 밖에는 최대한 많이, 최대한 빨리 죽여야 할 것들이 있으니까. 위원회가 두려움을 느끼게 만들어요. 함장은 그들이 두려워하게 만들어야 합니다. 알겠습니까?"

작은 회의실 문이 작은 한숨 소리를 내며 닫히는 순간 방 안의 기압이 달라졌다. 해군 장교들은 먹먹한 귀를 뚫느라 코를 잡고 숨을 크게 내쉬었고, 민간인 과학자들은 계속 마른침을 삼켰다.

이 보안실은 위원회의 도청과 네트워크 공격을 방어하기 위해 새로 설계한 곳이다. 합참 상황실인 기존의 '탱크'가 완벽한 보안시설인 줄 알았지만, 미국 방위산업 청부업체가 가져온 하드웨어가 사실은 플로리다의 하청업체에게서 저렴하게 사들인 것이며, 그 하청업체는 중국 도매업체에서 사들인 칩을 재판매하는 두 대학생이 운영하는 유령 회사라는 게 밝혀졌다. 사람들은 이 새 보안시설을 '상자'라고 부르는데, 사실 디자인을 보면 상자 속의 상자다. 들고 나는 신호나 전파를 차단하기 위해 나노 입자를 넣은 두 개의 벽 사이를 고속으로 순환하는 유체로 채웠다.

"좋습니다. 그러면 격식은 생략하죠. '상자' 안에 오래 앉아 있고 싶은 사람은 아무도 없을 테니까요."

해군 정보국 국장인 라지 퍼트넘 제독이 먼저 입을 열었다.

달링 옆에 앉은 링크스가 나섰다.

"베이징이 시작이었습니다. 제가 대사관 근무를 마치고, 마지막 날 밤 환송 파티에 참가했습니다. 그 파티에 베이징에 머무는 러시아 장교가 왔는데, 우연히 알게 되어 이따금씩 제게 도움을 주던 친구입니다."

"몇 번 얼굴 본 사이인데 그자가 자네에게 정보를 거저 주었다고?"

퍼트넘 제독이 물었다.

"그런 뜻이 아닙니다. 저는 칩을 심지 않았지만 제 비즈와 다른 기록을 확인해보실 수 있을 것입니다. 파티 기록이죠. 아시다시피 모든 사람이 칩을 심거나, 소형 마이크나 비즈 안경 혹은 다른 기기를 이용해 녹음을 합니다. 그래서 그 친구가 구체적인 이야기는 할 수 없었을 겁니다."

"그래, 나도 그 파티 비즈 영상은 직접 검토했네. 구체적인 이야기는 안 했더군."

퍼트넘 제독이 대꾸했다.

링크스는 믿을 수 없다는 눈길로 달링을 흘끗 쳐다보았다. 침묵이 흐르자 방 주위를 흐르는 액체 소리가 유난히 크게 들려 마치 자궁 안에 있는 것 같았다. 긴장감이 한층 올라갔다. 링크스는 목을 가다듬고 말을 이었다.

"하지만 중요한 점은 대화의 맥락입니다. 보셨다시피 저희는 옛날에 TV 드라마와 영화로 나왔던 스타트렉 이야기를 하

254

고 있었습니다. 세친과 저는 많은 이야기를 했지만 공상과학 이야기는 처음이었습니다. 평소에는 위원회의 내부 정쟁이나 누가 진급되는지 그런 이야기만 했죠. 그래서 그 이야기가 마음에 걸립니다. 세친은 스타트렉의 캐릭터 중 하나인 체코프가 러시아 과학자인 파벨 체렌코프의 이름에서 따온 게 자랑스럽다고 했습니다. 제독님, 솔직히 말씀드리면 저는 세친이 취한 줄 알았습니다. 그러다 어제 존 워너호에게 일어난 일을 듣고 보니 아귀가 맞아 떨어지더군요."

링크스는 제독이 나이가 몇이나 될까 궁금했다. 바짝 깎은 머리는 하얗게 셌는데, 펜타곤에 있는 제독 대다수가 그랬다. 오랫동안 해군에 헌신했다는 일종의 증거였다. 제독의 피부는 매끄럽고 잡티 하나 없었지만, 코는 월석처럼 우둘투둘했다. 어쩌면 스타트렉 오리지널을 봤을 정도로 나이가 많을지도 모른다.

"러시아 친구가 술 마시고 떠든 공상과학 이야기가 자네가 본 것과 무슨 연관이 있다는 거지?"

퍼트넘 제독이 달링에게 물었다.

"그들이 우리 잠수함을 찾아낸 방법과 연관이 있다고 생각합니다."

달링이 대답했다.

"저희 작전 구역에는 저희가 노리던 타깃을 제외한, 위원회의 잠수함이나 수상함은 전혀 없었습니다. 비행기도 없었고요. 그 구역은 저희 것이었습니다. 아니, 그렇다고 생각했습니다."

달링은 당시를 떠올리며 아랫입술을 깨물었다.

"제독의 질문에 답하려면 상황을 설명 드려야 하는데, 그건 나사에서 나오신 쇼 박사님께서 해주실 겁니다."

달링은 왼편에 앉은 남자를 바라보았다. 키가 크고 수영선수처럼 어깨가 넓고 탄탄한 쇼는 과학자처럼 보이지 않았다. 또한 요새 다시 유행하는 1930년대 스타일의 화려하고 값비싼 양복 차림이었다. 화룡점정은 티아라처럼 머리에 얹혀 있는 얄팍한 분홍빛 비즈 안경이었다. 어떤 효과를 의도한 것인지는 몰라도 제독에겐 먹히지가 않았다.

쇼가 자리에서 일어나 이야기를 하자 뒤편으로 영상이 떴다. 쇼의 외모와 분위기가 그가 전달하는 내용을 압도했다.

"광자가 진공상태에서 빠져나오면서 빛의 속도보다 훨씬 더 빠른 속도로 유전 매체에 들어간다면, 아주 환상적인 결과가 발생합니다. 블랙홀부터 별까지 모든 것을 이해할 수 있는 실마리를 제공해주죠. 그 수학적 기반부터 살펴보도록 합시다."

쇼가 '상자'의 벽에 뜬 영상에 방정식 하나를 휘갈겨 쓰자, 퍼트넘 제독이 다른 두 장교를 돌아보며 말했다.

"논문 발표를 들을 시간은 없네. 우린 전쟁 중이야. 이게 체렌코프며, 잠수함과 무슨 연관이 있는 거지?"

"곧 설명할 겁니다, 제독님."

링크스가 대답했다.

"쇼 박사님, 수학 말고 저희한테 설명할 때 사용한 비유를 드는 게 더 좋을 것 같습니다."

"아, 네."

쇼 박사가 답했다.

"비행기가 음속보다 더 빠르게 날며 음속 장벽을 넘어서면 어떤 일이 벌어지는지 잘 아실 겁니다. 음속 폭음이 뒤따르죠. 체렌코프 방사선은 바로 전자의 수준에서 발생하는 음속 폭음입니다. 아시다시피 광속은 진공상태에서만 가능합니다. 빛이 물 같은 다른 매개체를 통과하면, 그 매개체 안의 물질로 인해 속도가 줄어듭니다. 따라서 하전입자들이 매개체를 통과해 빛보다 더 빠른 속도로 움직이는 것이 가능합니다. 동시에 이 입자들은 같은 매개체와 상호작용을 하고, 그 안의 분자들을 자극해 광자를 방출하게 만들죠. 따라서 그 음속 폭음은 아원자 입자의 뒤를 따라다니는 일종의 표지판입니다.

여러분이 특히 관심이 있는 원자로 내에서는 입자들이 빛보다 더 빠른 속도로 움직이며 잘 아시듯 파란 빛을 발산하죠. 그게 바로 체렌코프 방사선입니다."

링크스는 이러다 청중이 흥미를 잃겠다 싶어 다시 끼어들었다.

"그리고 그건 또 다른 미스터리와 연관이 있을지도 모릅니다. 그동안 저희는 위원회의 진주만 공격과 대양에서의 공격에만 집중했습니다. 하지만 위원회의 공격은 우주에서 시작됐습니다. 그리고 DIA 동료들과 이야기를 해보시면, 위원회가 왜 저걸 공격했는지 이해가 되지 않는다고 말할 겁니다. 바로 나사의 연구 위성 말입니다. 위원회는 잘못된 정보를 통해 그 위성이 은밀한 정찰 위성이라고 생각한 것으로 보입니다. 바로 그 때문에 쇼 박사님께서 오신 겁니다. 박사님, 제독님께 나사에서 어떤 프로젝트를 진행하셨는지 말씀해주시겠습니까?"

"원래는 블랙홀의 기원을 연구하기 위해 체렌코프 방사선을 수집하는 프로젝트였습니다. 하지만 나사가 의회에 '가시적인 성과'를 보여주길 원했죠."

쇼는 자신이 얼마나 실망했는지 보여주려는 듯 '가시적인 성과'라는 말을 유독 강조했다. "또한 원자력 발전소를 연구하고, 후쿠시마 원전과 메인양키 원전 같은 사건이 발생한 후 실제 방사선 확산 상황과 잠재적 방사선 확산 상황을 연구하게 됐죠."

달링이 끼어들었다.

"제독님, 제가 과거 펜타곤의 R과 D 프로그램 예산 자금을 살펴봤는데, 20세기에 해군 연구실에서 체렌코프 방사선을 통해 원자로를 추적하는 것이 이론적으로 가능하다는 연구를 실제 수행한 것을 확인했습니다. 하지만 이 주제를 제대로 분석해본 적이 없습니다. 성공 가능성이 낮은 프로젝트여서가 아니었습니다. 성공하더라도 우리에게 큰 이득이 되지 않기 때문이었죠. 우리 잠수함 함대는 원자력으로 가동하는 반면, 우리에게 가장 문제가 되었던 러시아와 중국의 잠수함은 조용한 디젤 잠수함이었습니다. 그런 연구에 투자해봐야 아무런 득이 없었죠. 해군 연구소는 우리 외에는 어느 국가도 그 정도의 기술력을 갖추지 못했다고 추정했고, 전략가들은 우리가 이 일을 해낼 경우 연구 결과가 밖으로 새어 나가 오히려 상대에게 득이 될지도 모른다고 우려했습니다."

링크스가 끼어들었다.

"따라서 위원회가 기술의 혁신을 이루어 체렌코프 방사선을 추적하는 방법을 알아냈고, 그 덕분에 우리 잠수함뿐 아니라 원자력으로 발전하는 것은 무엇이든 찾아내 타격할 수 있었던 것이라고 결론을 내릴 수 있습니다. 그리고 그 결론은 두 가지 미스터리를 모두 해결해줍니다. 무슨 수로 바다에서 우리 잠수함을 타격할 수 있었는지, 왜 쇼 박사의 위성을 공격했는지 말입니다. 양측이 같은 능력을 갖추고 있다면, 상대가 그 능력을 쓰지 못하게 하고 싶을 테니까요. 상대가 그 능력을 갖추고 있는지조차 모르는데도 빼앗아야 했던 겁니다."

제독은 10초 동안 아무런 대답을 하지 않았다. 다만 이를 악물었고 관자놀이에 땀방울 하나가 솟았다. 그런 다음 빠른 어조로 말을 쏟아냈는데, 그저 빨리 이 자리에서 벗어나고 싶어 아무 말이나 떠드는 것 같았다.

"그럴싸한 가십과 의문의 여지가 있는 해답을 섞어놓은 것 같군. 어쩌면 그 말이 맞을지도 모르지. 만약 그게 맞다면 우린 아주, 아주 심각한 문제에 봉착한 거야."

#하와이 특별행정구역,
북쪽 해안, 카에나 포인트 주립공원 해변

도일 소령은 암초 사이를 향해 부드럽게 부풀어 오르는 물결 사이로 패들보드(서핑보드와 비슷하지만 보드 위에 서서 노로 저어

260

움직이는 보드-옮긴이)를 저었다. 팔뚝에 맨 보잉사 DTAC 마이크로컴퓨터가 진동하며, 지정 집결지역에 도달했음을 알렸다. 도일은 침공일 아침부터 군용인 검은색 플라스틱 기기를 차고 있었다. 이 기기는 격추된 조종사들과 보안 통신을 하는 데 사용하는 응급 통신기의 일부분이었다. 호송대를 습격한 지 사흘이 지났을 때, 갑자기 기기로 메시지가 들어왔다.

머리 위 별과 뒤편의 해안, 새카만 먼바다를 재빨리 훑었지만 아무것도 보이지 않았다.

메시지를 잘못 해독한 것일까? 도일은 보드 위에 엎드려 노를 저어 물살을 거슬러 올라갔다. 엎드리자 통증 같은 허기가 밀려왔다. 출발하기 전에 블루 하나를 먹어야 했지만, 먹기 아까웠다.

마이크로컴퓨터가 이곳으로 도일을 안내했다. 닉스는 이것이 함정일 가능성이 4분의 1이라고 공언했다.

"그래서 하나님이 우리에게 수류탄을 준 거예요."

도일은 대꾸했다.

그리고 지금 이렇게 홀로 바다에 떠 있는 것이다. 닉스는 이렇게 말했었다.

"거기에 굳이 가려는 건 옷을 빨고 싶어서겠지."

맞는 말이었다. 비록 발에 아무것도 신지 않고 보드에 오르긴 했지만, 바지는 벌써 두 달째 입고 있는 거니까.

그때 수면 아래서 무언가 꿈틀하는 게 보였다. 무언가 움직였다. 그것도 아주 커다란 것이.

타고난 동물적인 감각으로 근처에 더 크고 더 강력한 것이 있다는 걸 감지한 도일은 등줄기가 서늘해지며 허기 따위는 잊어버렸다. 각성제를 한 줌 먹은 것처럼 가슴이 쿵쾅거렸다. 물론 각성제를 먹는 건 도일의 스타일이 아니지만 말이다. 사람마다 다 제각각이다. 어떤 사람은 대범한 일을 해야 할 때 각성제를 먹고, 또 어떤 사람은 집중력이 필요할 때 먹는다. 도일에게 가장 필요한 건 베타 차단제였다. 원래도 항상 긴장하고 있는 타입이니까.

도일은 보드 위에서 몸을 가누며 다리를 떨지 않으려 애를 썼다. 수면 아래로 또다시 검은 물체가 어른거렸다. 앞에서 희미한 소용돌이가 쳤다.

총을 가지고 있더라도 쏘지 못했을 것이다. 위원회의 전술 비행선들이 그 지역을 순찰하고 있을 테고, 발각되면 한 시간 안에 중국과 러시아 심문관들에게 붙잡혀 배가 갈리고 온갖 약물을 주입받으며 고문을 받게 될 테니까. 의무병들에겐 생명을 구할 수 있는 골든타임이 있다. 위원회 심문관들에게도 골든타임이 있다. 그렇다고 들었다. 차라리 이곳에서 괴물의 입안으로 들어가 홀로 죽는 게 적에게 잡혀 신체적으로나 정신적으로나 조각조각 나는 것보다 나을 것이다.

보드 앞코에서 6미터쯤 떨어진 곳에서 수면이 소용돌이치더니 검은 형체가 가까이 다가왔다. 이제 끝인 모양이었다.

도일은 무릎을 꿇고 노를 고쳐 잡았다. 칼처럼 치켜들었다. 가장 필요할 때 칼이 없다는 게 아이러니하다고, 도일은 생각했다.

검은 지느러미 하나가 수면을 갈랐다. 도일은 패들을 머리 위로 들어 올렸다. 적어도 마지막은 해군답게 싸울 작정이었다.

도일이 있는 힘껏 노를 내리치는 순간, 튜브처럼 생긴 선체가 수면을 갈랐다. 노는 단단하고 검은 플라스틱에 부딪쳤고, 도일은 보드에서 떨어졌다. 정신을 차려보니 옆에 떠 있는 건 쥐가오리 모양의 드론이었다. 손을 내밀어 만져보니 확실히 상어는 아니었다. 이런 드론은 전기를 사용하지 않아 탐지가 거의 불가능하다. 전통적인 엔진보다는 바다의 파동 에너지에 의지해 움직인다. 도일의 D-TAC이 다시 울리며 마이크로 컴퓨터와 네트워크 연결이 되었음을 알렸다. 여러 건의 파일을 다운로드했다는 녹색 메시지가 뜬 다음, 다음 사항을 지시하는 메시지가 떴다.

드론의 해치를 열려면 먼저 겉에 걸린 쓰레기 더미를 치워야 했다. '태평양 거대 쓰레기지대'를 지나온 모양이었다. 안에는 방수 더플백 두 개가 들어 있었다. 가방의 위장 패턴이 해수면의 잔물결로 바뀌었다가 또 서핑보드 무늬로 바뀌는 걸 보니, 그 안에 중요한 물건이 들은 게 분명했다.

#상하이, 위원회 본부,
상임 간부회 회의실

해군 중장 왕샤오치엔이 회의실 한가운데 연단에 뜬 홀로그램 지구본 안으로 들어서자, 모든 대화가 중단되었다. 이제는 오랜 동급생이 그를 소개할 필요도 없었다. 청중 대부분은 그와 직접 만난 적 없는 사람이지만, 모두들 비즈 영상으로 본 왕의 얼굴을 알고 있었다. 뉴스캐스터들은 왕을 과거의 병법으로 새로운 승리를 이끌어낸 '차세대 손자'라 불렀다. 하지만 왕은 역사가 자신을 그리 평가하지 않을 거라는 사실을 알고 있었다. 그저 정보부의 알고리즘이 만들어낸 수법을 인민에게 해보고 가장 효과적이었던 방식으로 밀어붙인 것에 불과했다. 그래도 기분이 좋은 것은 매한가지였고, 기회가 날 때마다 사람들 앞에 나서서 말을 하려 했다. 하이난이 아닌

상하이에서 브리핑을 하는 것도 그 때문이었다. 민간인 리더들에게도 참여한다는 느낌을 주기 위해서 말이다.

이 회의실은 군사령부보다 더 화려하고 세련됐다. 오늘 이 자리에 모인 사람은 평소보다 수십 명은 더 많았다. 상임 간부회 핵심 멤버들이 보좌관과 지인들을 달고 온 탓이었다. 이 순간은 널리 함께해야 할 중요한 순간이었으니까 말이다.

왕이 회의실 앞에 자리를 잡고 서자, 그의 뒤편으로 커다란 홀로그램 배너가 펄럭거렸다. 영국의 새 깃발-빨갛고 하얀 깃발-이 존재하지도 않는 바람에 펄럭였다. 스코틀랜드를 뜻하는 파란색은 전쟁 발발 직후 실시된 두 번째 독립 국민투표 이후 사라졌다.

"딱 하나! 유럽에서 단 하나의 나라만이 미국 편에 서 있습니다. 그 나라는 더 이상 대영제국이 아닙니다."

왕 중장이 말했다. 나토(NATO)는 오래전 해체됐어야 했지만, 영국이 느닷없이 행사한 투표권 하나는 워싱턴에게 위원회의 공습만큼이나 큰 충격을 안겼다.

"이들이 양키 동지에게 무얼 해줄 수 있답니까? 우리가 빤히 아는 F-35 전투기와 프랑스와 공동 소유한 항공모함 한 척이 전부인데, 그나마도 프랑스에서는 그 항공모함이 대서양 밖으로 나가는 걸 거부하고 있습니다."

265

영국 깃발이 줄어들며 또 다른 깃발이 구석에 등장했다.

"태평양에서 미국 편에 선 건 누구일까요?"

왕 중장이 물었다.

"역시 하나뿐입니다. 오스트레일리아요."

왕은 청중의 눈을 바라보았다. 대부분이 경탄의 눈으로 주의를 기울이고 있었다.

"최근까지만 해도 오스트레일리아는 광물자원으로 우리의 목을 죌 수 있다고 생각했습니다. 지금은 어떻습니까? 사업에 있어서는 저보다 여러분들이 더 전문가죠."

왕은 청중을 존중해야 한다는 걸 잘 알고 있었다.

"하지만 저 같은 군인도 오스트레일리아의 경제가 우리 허락 없이는 팔 수 없는 자원에 달려 있다는 사실을 알고 있습니다. 항구 봉쇄는 풀지 않을 것이며, 우리가 가진 광물자원은 차고 넘칩니다. 머지않아 오스트레일리아는 한때 우리에게 주지 않겠다며 위협하던 것을 제발 가져가 달라 애원하게 될 것입니다."

왕은 그 옛날부터 전해져오는 손자의 말을 덧붙였다.

"싸우지 않고 적을 제압하는 거야말로 궁극의 병법이다."

마지막 깃발이 나타났다. 미국 국기였다. 왕이 앞으로 나아가자 그 깃발이 줄어들었고, 청중 역시 그 상징적인 의미를 알아챘다.

"안경을 써주십시오."

왕 중장이 말했다. 왕은 검은색 무광 탄소 티타늄 메시로 만든 프라다 비즈 안경을 썼다. 하와이 공습 직후에 정부가 준 것으로, 상하이에 하나밖에 없는 한정판이었다. 그의 취향에 맞지 않는 호화스러운 안경이었으나 청중들에게는 먹힐 게 분명했다.

비즈를 쓰자 미국 깃발을 뚫고 지나가 기밀 정보와 공개 정보에서 나온 이미지들을 죽 훑어보는 여행이 펼쳐졌다. 첫 번째는 중립법으로 다시 일본의 통제 아래로 들어간 가데나 기지에 버려진 F-35전투기들이었다. 이어 파란 선 너머에 있는 형광 오렌지색 상자를 바라보며 인디애나폴리스의 구호식량 보급소에 줄을 선 미국인 가족들, 다음 이미지는 웨스트버지니아의 두 번째 하원의원 선거구와 워싱턴의 여섯 번째 하원의원 선거구의 의원들이 검버섯이 핀 주먹으로 드잡이를 하던 미국 하원이었다. 뒤이어 월스트리트의 유명한 황소 조각상 발치에 뿌려진 시든 장미꽃 사진이 떴는데, 이는 주식시장이 무너진 후 트레이더들의 연이은 자살을 상기시켜주는 장면이었다.

"이 이미지들은 미국이 앞으로 살아야 할 새로운 현실을 보여주는 것입니다. 머지않아 미국은 이러한 운명에 적응하는 법을 배우게 될 것입니다."

그런 다음 청중은 티엔공-3 우주정거장의 궤도로 순식간에 날아올랐다. 예상대로 탄성이 터져 나왔다. 청중들은 태평양을 내려다보았고, 그러다 대기권으로 자유낙하하면서 진주만으로 뚝 떨어지는 순간 다시 탄성을 질렀다. 청중은 진주만에 정박한 중국 전함의 제2갑판에서 진주만을 둘러보았다. 그곳에서 숨을 고르며 중국의 항구에 있는 것처럼 편안하게 보이는 해군들을 구경했다. 여행이 끝나고 중국의 명백한 승리가 드러나는 순간, 상임 간부회의 간부들과 손님들은 열성적으로 박수를 쳤다.

"하지만 지혜로운 사람이라면 현실을 있는 그대로 봐야 합니다. 오늘날까지 우리가 이루어낸 성과를 보여주는 멋진 여행이지만, 우리는 이 점을 명심해야 합니다. 우리는 완성 단계가 아닌 정체 단계에 있다는 점을 말입니다. 더 이상 전투는 치르지 않지만, 전쟁은 끝난 게 아닙니다. 미국의 재래식 병력은 이곳에 있는 우리를 공격하는 것은 둘째 치고, 하와이에도 도달할 수 없습니다. 하지만 그렇다고 해서 미국이 그러한 야심을 품지 말라는 법은 없습니다."

여러 장면들이 빠르게 지나갔다. 미국이 중동에 발이 묶인 부대를 구출하기 위해 브라질에서 빌린 민간 여객기 중 한 대의 계단을 터벅터벅 내려오는 군복 차림의 미 해군 중대. 그들의 얼굴에는 수치심과 분노가 뒤섞여 있었다. 다음은 방수포와 비계로 온통 뒤덮여 수리 중인 샌프란시스코의 한 전함이었다. 코네티컷 조선소에서 잠수정 한 척을 건조하는 게 얼마나 오래 걸리는 일인지 보여주려 저속으로 촬영한 위성사진이 뒤이어 떴다. 그 다음은 리본 스티커를 붙인 분홍색 태블릿을 아버지가 학교에서 만든 기부 상자 안에 넣는 걸 보며 슬퍼하는 어린 소녀의 이미지가 떴다. 이제는 중국에서 마이크로칩을 구할 수 없으니 태블릿을 가져다 분해하는 것이다.

"우리의 군사적인 공격과 여러분의 경제적인 조치가 합쳐져 미국을 파멸로 이끌었습니다." 왕 중장이 말을 이었다.

"하지만 경계를 늦추지 말아야 합니다. 저는 몇 달 전 이렇게 말했습니다. 우리에겐 선택의 여지가 없다고요. 이젠 그들에게 선택의 여지가 없습니다. 그러나 미국인이라는 자긍심 때문에 다시 한 번 시도하려 할 수도 있습니다. 그리고 미국이 준비하는 공격을 우리는 두려워할 게 아니라 환영해야 합니다. 그 공격이 실패해야만, 미국은 역사가 그들의 것이 아니라 우리의 것이 되었다는 사실을 받아들일 겁니다. 제가 손자를 존경한다는 사실은 널리 알려져 있으니, 앞으로 가야 할 여정을 알리는 문구 하나를 인용하며 마치겠습니다. 패배하지 않는 방법은 우리 손에 있으나, 적을 패배시킬 기회는 적의 손에 있다."

비즈 영상이 끝나고 왕 중장이 안경을 벗었다. 누군가 수고했다며 그의 어깨를 토닥였다. 돌아보니 경제부장관이자 다음 연설자인 우한이었다.

"훌륭하군요."

우는 마카오의 도박 산업을 통해 부를 축적한 사람으로, 과도기에 중요한 정보원 역할을 했다. 그에게 경제적이든 개인적이든 빚을 진 과거 공산당 지도부와 그 무리를 척결하는 데 도움을 준 것이다.

우의 프레젠테이션에 춤추는 아가씨들은 없었지만 쇼맨십을 과시하는 건 여전했다. 위원회가 남미와 유럽의 여러 국가들과의 무역에서 더 유리한 지위를 차지하기 시작했다는 이야기를 하는 동안 배경으로 나오던 음악이 점점 고조되었다. 마리아나해구의 천연가스 채취 준비가 예정보다 빠르게 진행되고 있으며, 멕시코와 베네수엘라의 석유 수입이 이미 증가하고 있다고 선언하는 순간 음악이 절정에 도달했다.

왕 중장의 영역에서 벗어난 이야기만 하던 경제부장관이 마침내 파나마운하 이야기에 도달했다. 파나마운하는 위원회

내에서도 의견이 양분되어 있는 아픈 부분이었다. 미국이 쉽게 바다 사이를 건너 병력을 파견하지 못하도록 길목을 차단해야 한다는 것이 공격 계획 중 하나였다. 왕이 2차 세계대전 중 일본이 저지른 실수를 분석해서 내린 결론이었다. 파나마운하를 제외하고 미국이 택할 수 있는 다른 길은 케이프 혼뿐이었다. 케이프 혼은 공중 엄호 반경에서 수천 킬로미터 떨어져 있는데다, 그 길을 지나가려면 잠수함 피켓라인 문제와 아르헨티나와의 채무 스왑 문제를 먼저 처리해야 한다. 하지만이 우아한 전술이 상임 간부회의 사업가들에게는 투자 손실이었다. 결국에는 운하 수리비용을 브라질이 미국에게 넘긴 배상비에 포함시키기로 협상했다.

왕은 우의 안타까운 마음에 공감한다는 듯 고개를 끄덕인 다음, 프레젠테이션은 보지 않고 자신이 맡은 일에 몰두했다. 전쟁을 지휘하는 일이었다. 보좌관이 보낸 짤막한 비즈 보고서에는 새로운 루양 IV 타입의 미사일장착 구축함을 출항시켰으며, 해군의 사기가 떨어지고 있다는 내용이 적혀 있었다.

다음 차례는 정보부장관이자 소프트웨어 산업에서 막대한 부를 모은 젊은 과학기술자였다. 그는 프레젠테이션을 하는 내내 파란색 비즈 안경을 쓰고 소심하게 바닥만 쳐다보았다.

"웨이보 마이크로 블로그를 분석한 결과 대중의 긍정적인 피드백이 가장 긍정적인 예측 수치보다 7퍼센트나 더 높이 나왔습니다. 이 전쟁을 지속할 때 예상치 못한 불만이 나올 걱정은 할 필요가 없을 것 같습니다."

왕 중장의 얼굴에 아주 흥미로운 표정이 떠올랐지만, 그의 관심은 여전히 다른 데 있었다. 미국 선박의 최신 동향을 훑어보는 중이었다.

"경제와 관련해서 긍정적인 예측이 아주 높게 나왔으며, 이는 성장하는 데 필요한 사회적 안정성과 조화를 강화시켜주고 있습니다."

정보부장관은 이렇게 결론을 내린 다음 여전히 바닥을 내려다보며 자신의 생각을 중얼거렸다.

"사람들이 우리 편인 이유는 우리가 이기고 있기 때문입니다."

"아니, 사람들이 우리 편인 것은 전쟁이 끝났다고 생각하기 때문입니다."

지상군 사령관인 웨이 장군이 끼어들었다.

"그리고 실제로 끝이 났죠. 미국은……."

그는 잠시 말을 멈추고 왕을 건너다보며 말했다.

"패배했습니다."

상임 간부회의 민간인 간부들 앞에서 공공연히 왕을 공격하는 발언이었다. 하이난섬에서 있었던 군부 회의에서는 이

대로 전쟁을 마무리할 것인지, 아니면 왕의 말마따나 미국이 한 번 더 전쟁을 일으키도록 도발할 것인지를 두고 논쟁이 벌어졌었다. 문제는 민간인들 앞에서 내뱉은 이 장군의 응수가 갈채를 받은 왕 중장에 대한 질투심 때문이었는지, 아니면 군부 내의 권력 다툼의 일환인지 여부였다. 왕은 재빨리 보좌관과 눈을 맞추고 이제부터 자신이 말하려는 내용이 문제를 일으킬지 모른다는 점을 미리 경고했다.

"물론 이번 전쟁이 순항하고 있다는 웨이 장군의 말에는 동의합니다."

승리는 웨이의 지상군이 아닌 해전으로 결정되었다는 점을 은근히 상기시키는 말이었다. "하지만 웨이의 단어 선택에는 동의하지 않습니다. '패배'라는 말은 전쟁이 끝났음을 암시하죠. 적에게서 모든 것을 다 빼앗을 수는 있어도 적이 패배를 받아들이게 만들 수는 없습니다. 그 점을 명심해주십시오. 미국이 패배를 수긍해야 우리는 궁극적으로 승리하는 겁니다. 미국은 아직 그러한 단계에 도달하지 않았으며, 평화로운 과정을 통해 그 단계에 도달할 가능성은 높지 않습니다."

"미국이 무슨 수로 우리와 싸우죠?"

경제부장관 우가 물었다.

"미국의 경제와 군산복합체는 해외 제조업체의 부품에 대한 의존도가 높아서 이대로 멈출 수밖에 없습니다.”

“앞으로 3개월, 늦어도 6개월이면 완전히 무너질 거라는 예측이 나왔습니다. 그런 게 바로 패배죠.”

웨이 장군이 덧붙였다.

“그건 우리의 희망사항입니다.”

왕이 반박했다.

“역사를 살펴보면 열강들은 자신의 쇠락을 인정하지 못했습니다. 만신창이가 될 때까지 버티는 경향이 있죠.”

“이 시점에서는 감히 공격할 엄두도 내지 못할 겁니다.”

웨이 장군이 말했다.

“배를 출항시키면 침몰할 게 뻔하잖습니까? 비행기를 띄우면 추락할 게 뻔하잖습니까? 우리가 하늘을 통제하고 있으며 모든 움직임을 파악하고 있다는 걸 미국도 알고 있습니다.”

“한번 해보게 두시죠.”

정보부장관이 여전히 발을 쳐다보며 말했다.

“새로운 전투 영상이 뜨면 사회통합지수는 물론이고 지지율 상승에 크게 도움이 될 거예요. 좋은 기회입니다.”

“미국이 한때 우리와 같은 상황이란 걸 모르겠습니까? 미국은 하늘과 우주, 바다를 무제한으로 접근할 수 있고 모든 움직임을 지켜보는 적과 마주하고 있어요.”

왕 중장이 말했다.

"하지만 그렇다고 해서 미국이 패배한 것은 아닙니다. 이젠 미국이 패배를 깨달을 수 있도록 조치를 취해야 합니다."

왕 중장은 미국의 해상무역을 금지하는 전략을 설명했다. 이 전략에는 유럽과 갈등을 유발할까봐 스톤피시 미사일을 배치하지 못한 대서양 루트도 포함되어 있었다.

"우리의 목표는 싸움을 위한 싸움이 아니라, 제대로 된 반응을 일으킬 싸움을 하는 겁니다. 남은 미국 함대가 마지막 출격을 해야 우리는 진정으로 전쟁을 종결할 수 있습니다. 하지만 미국이 패배를 받아들인다면 체면을 살려줄 수단도 주어야 합니다. 손자께서 조언하셨듯이 적이 도망칠 퇴각로를 마련해주어야 합니다."

경제부장관이 대답했다.

"중장님, 하와이를 어떻게 처리할지 여부는 카드 게임처럼 간단합니다. 적이 잃은 것을 그대로 돌려주는 게 아니라 적절한 대체물을 주어야 하죠. 우리의 에너지 안보전략은 물론이고 한 나라의 명예를 지키려면 그렇게 해야 합니다. 그리고 만약 중장님의 말대로 미국이 패배를 인정하기 전에 한 번 더 반격을 시도한다면, 가장 좋을 겁니다. 상대방이 탁자에서 도망치게 두면 안 되죠. 끝까지 남아서 지갑이 텅 빌 때까지 게임을 해야 남은 의지가 사라질 거예요."

회의는 이런 식으로 제자리만 맴돌았다. 80분이 지나자 계획대로 왕의 보좌관이 다가왔다. 중장은 아무 말 없이 자리에서 일어나 일 때문에 어쩔 수 없어 아쉽다는 표정을 짓고 자리를 떴다. 그의 보좌관은 자리에 남아 비즈 안경으로 기록하며, 왕 중장이 호출하기를 기다렸다.

해가 들어오는 환한 복도에는 보좌관들과 비서들로 가득 차 있었고, 왕 중장은 자신을 부르는 목소리를 들었다. 위원회 군사전략 기획단의 러시아 연락장교였다. 왕 중장은 속으로 안경을 벗지 말았어야 했다고 아쉬워하며 그의 이름을 떠올리려 애썼다.

"중장님, 축하드립니다."

장교가 유창한 중국어로 말했다. 그의 정복은 낡았지만 티 하나 없이 깔끔했다.

"바쁜 분이신 거 잘 압니다. 그저 같은 전사로서 중장님의 행동이 인상적이었다는 말씀을 드리고 싶었습니다. 저는 그렇게까지 절제할 자신이 없으니까요."

왕은 그의 발언을 저울질했다. 희미한 흉터가 난 이마 밑에 널찍이 떨어져 있는 창백한 파란 두 눈을 들여다보았다. 목소리는 마치 공모하듯 은밀한 투였다.

"중장님이 부럽진 않습니다. 전쟁을 이끌어야 하는데, 저런 민간인들까지 상대해야 하다니요."

러시아 장교는 자신의 목소리를 즐기는 게 분명했다.

"하지만 위원회는 군인과 사업가가 함께 이끄는 구조이니 어쩔 수 없이 치러야 하는 대가죠. 러시아에서는 훨씬 간단하답니다. 친애하는 지도자께서 지시하는 대로 되는 거지요."

"그렇죠. 러시아의 지도자께서는 아직도 승부근성을 갖고 계시죠."

왕 중장이 대꾸했다.

"중장님께서도 마찬가지입니다."

왕은 고맙다는 뜻으로 고개를 끄덕였지만, 장교는 말을 멈추지 않았다.

"게다가 저는 중장님께서 하신 말씀에 전적으로 동의합니다. 미국을 과소평가해서는 안 됩니다. 절대로요."

미소 짓는 러시아 장교는 세르게이 세친 소장이었다.

#하와이 특별행정구역,
샌디 비치파크

평우 중위는 허리 깊이까지 오는 따뜻한 바닷물 속에서 멈춰 섰다.

그녀가 보이지 않았다. 다음 순간 다시 그녀가 나타났다.
10미터 앞이었다.

1분 전만 해도 그녀는 검은색 비키니 탑을 입고 있었다. 지
금은 그것마저 벗어버리고 그를 더 먼 곳으로 이끌었다.

서핑은 이번이 고작 두 번째인데도 동기부여는 그걸로 충
분했다. 펑은 위원회 상임 간부회 간부의 아들로서 다양한 특
혜를 누렸지만, 서핑은 그것과는 아무런 관계가 없었다. 전쟁
전에 UCLA에서 학위를 받았지만, 아버지에게 보고가 가는
게 싫어서 기계공학을 공부하는 대신 해변으로 놀러 다녔다.
아니, 펑은 언제나 의무를 다했다. 지금도 중국에서 들끓는 애
국주의로 인해 상급 위원회의 둘째 아들들이 전부 입대하자,
그도 동참하지 않았는가. 장남은 상속자라 제외되어서 그의
형은 안전하게 마카오에 머물고 있다.

하지만 의무에 보상이 따르는 줄은 몰랐다. 카지노 테이블
에 앉아 머리를 굴리는 것보다 하와이가 더 나았다. 비키니
상의를 벗은 아름다운 아가씨에게 서핑을 배우는 것도 그중
하나였다.

펑이 두 팔로 열심히 물을 젓자, 서핑보드 앞이 불쑥 올라
왔다. 바닷속에서 힘은 중요하지 않았다. 파도 너머에서 깔깔

거리는 소리가 들리더니, 여자가 다시 잠수하는 순간 살갗이 흘끗 보였다.

파도가 암초에 부딪치는 소리가 점점 커졌다. 하지만 이곳은 물이 얕아 필요하면 일어설 수 있다. 게다가 위원회 해군이라면 바다, 혹은 아름다운 여자를 두려워하지 말아야 한다.

펑은 '나는 나쁜 사람이 아니다'라고 여자에게 설명하고 싶었다.

펑의 손길이 닿을락 말락 한 곳에서 여자가 솟아올랐고, 벗은 가슴이 달빛에 빛났다. 여자가 다시 잠수하는 순간 하얀 살이 드러났다. 비키니 하의마저 벗어버린 것이다.

캐리가 느닷없이 옆에 나타나 환한 미소를 짓는 순간, 펑은 하마터면 보드에서 떨어질 뻔했다. 파도가 부서지는 해안에서 깊숙이 들어와 사방이 고요했다.

캐리가 보드 위로 올라와 그의 옆에 앉았다. 몸이 얼마나 가까운지 등을 누르는 그녀의 유두가 느껴질 정도였다.

"동 틀 때가 다 됐어요."

캐리가 말했다.

"느껴봐요. 마법 같은 순간이에요."

캐리는 파도를 헤치고 나가는 법을 설명했다. 파도가 다가오면 수면 아래로 들어가 파도가 지나가길 기다려야 한다고.

인내심을 가져야 한다고.

"용기를 가져요. 당신 같은 군인한텐 그리 어려운 일이 아니겠죠?"

펑은 선원이었지만, 그가 뭐라 말하기도 전에 여자는 다시 물속으로 뛰어들었다. 펑은 보드에 엎드려 등을 구부리고 느긋하게 헤엄을 쳤다. 헤엄을 치면서 보니, 파도가 해안에서 보던 것보다 훨씬 컸다.

순식간에 파도가 서핑보드를 들어 올려 해변 쪽으로 달리다가 펑을 내동댕이쳤다. 펑은 바닥을 박차고 올라가려 애썼지만 발이 바닥에 닿지 않았다. 겨우 수면 위로 올라와 소금물이 들어간 눈을 깜빡이며 보드로 손을 뻗었지만, 이내 또 다른 파도가 그를 덮쳤다.

'캐리는 어디 있지?'

또 다른 파도가 덮치는 순간 펑은 눈을 감았다. 심호흡을 한 번 한 뒤 수면 아래로 잠수했다. 캐리가 알려준 것처럼.

그 순간 뺨에 부드러운 무언가가 닿았다. 보드의 끈이 나풀거리고 있었다. 펑은 그 끈을 밀쳤으나 끈이 팽팽해지더니 그의 목에 감겼다. 펑이 끈을 잡았지만 점점 더 단단히 그의 목을 조였다. 다른 손으로 물살을 저어봐도 소용이 없었다. 펑은 발을 차며 수면 위로 올라가려 애썼다. 숨을 쉬려고, 위로 올

280

라가려고 미친 듯이 몸부림쳤다.

하지만 그가 애쓰면 애쓸수록 밧줄은 점점 더 목을 파고들었다.

#뉴욕 시, 퀸스,
JFK-시티그룹 공항

"무슨 허가증을 달라고요??"

베이어 제독은 전쟁 중에 펜타곤을 떠나는 게 마음에 들지 않았다. 그리고 1970년대 스튜디오54 나이트클럽처럼 꾸며 놓은 787-9 비즈니스 제트기를 타는 건 더더욱 마뜩잖게 느껴졌다.

"약탈 허가증이요, 제독님. 변호사들이 하나 받아둬야 될 거라고 하더군요."

에릭 캐번디시가 말했다. 그는 목소리를 낮추어 덧붙였다.

"해군이라면 역사가 있으니 이해할 줄 알았는데, 아닌 모양이네요."

베이어 제독은 갈색 벨루어 의자를 움켜쥐었다. 그 옆에는 대통령의 참모부장인 수전 포드가 제독을 쳐다보며 그가 미끼를 물면 바로 끼어들 준비를 하고 있었다. 다행히 베이어는 대응을 하지 않았다. 이미 캐번디시와 관련된 보고서를 읽고 헛소리를 잔뜩 듣게 될 거라 마음의 준비를 한 덕분이었다.

에릭 K. 캐번디시 경은 멜버른 외곽의 중산층 가정에서 아치스 쿠마르라는 이름으로 태어났는데, 유전학자가 되어 세포 재생과 콜레스테롤 차단제 특허를 내서 억만장자가 되었다. 그러다 조직을 운영하며 과학자들을 굴려 돈을 버는 데 재능이 있다는 사실을 깨닫고, 바이오테크 열풍에 올라타 세계에서 일곱 번째로 부유한 남자가 되었다. 전 세계 최고 부자 25인 중에서 중국이나 러시아, 중동에 살지 않는 유일한 남자이기도 했다. 세계 경제가 무너지자 캐번디시 경은 목록 아래에 있던 파산한 억만장자들로부터 회사주식부터 개인 소유의 섬까지 모든 걸 사들였다.

이름을 귀족처럼 바꾸기도 하고, 맨체스터 유나이티드를 사들여 리즈와의 경기에서 직접 골키퍼로 뛰기도 하는 등 뭐든 자기 내키는 대로 하는 남자였다. 최근 들어 제독의 시간을 낭비하는 취미가 생긴 모양이었다.

"미국식으로 얘기해보죠. 해군식으로 얘기하는 건 내 판단 착오였던 모양이니 말입니다. 나는 사냥 허가증을 원합니다."

캐번디시가 말했다. 그는 오른손을 권총 모양으로 만들어 위를 겨냥하더니, 두툼한 라임그린색 카펫이 깔린 천장에 총을 쏘는 흉내를 냈다.

"저 위에서요."

베이어는 의자 등받이에 기대어 손가락을 가볍게 두드리기 시작했다. 캐번디시가 모스 부호를 알았다면, 제독의 모욕적인 언사에 분노했을 것이다.

"에릭 경, 어떤 생각을 하고 계신지 정확히 말씀해주시죠."

포드가 나섰다.

캐번디시는 생각을 정리하는 듯 눈을 감았다. 사실 지난 서너 해 동안 신중하게 정리해둔 생각이었다. 시작은 변덕이었을지 몰라도 그는 오랫동안 철저하게 조사하고 따져보았다. 기이해 보일 수 있지만 실현 가능한 일이었다.

"미군이 곤경에 처한 건 명백한 사실이죠."

캐번디시가 입을 열었다

"공군력에 한계가 있어요. 특히 전투기를 더 이상 신뢰할 수 없다는 점에 비춰보면 말입니다. 지상군은 이제 가게와 국경 경비에만 집중하고 있고요. 약탈자에게서 가게를 지키고 더 이상 아무도 건너려 하지 않는 국경을 지키는 것은 미국을 지키는 최선의 방법이겠죠. 미국 함정이 중국이 비무장지대로 지정한, 물론 그들이 아닌 미국이 무장을 하지 말아야 한다는 뜻이죠, 해역을 지날 수 없게 되었다는 점에 비춰볼 때 해군의 주된 임무는 함정의 부식 방지고요. 유감스럽지만 그 임무도 실패하게 될 겁니다."

베이어는 포드를 바라보며 자리에서 일어섰다.

"이런 헛소리 듣고 있을 시간이 없습니다. 펜타곤으로 돌아가겠습니다."

베이어가 말했다. 포드가 베이어의 손을 잡았다.

"에릭 경, 제독의 인내심을 시험하시고 제 인내심도 시험하고 계시군요. 제 시간을 낭비하는 건 미국 대통령의 시간을 낭비하는 겁니다."

"진정하세요. 제가 사과하죠."

캐번디시가 말했다.

"제가 좀, 흥분했군요. 잠시 대화를 중단했다가 다시 시작하죠."

그때 전통적인 영국 집사 복장을 한 남자가 들어와 아무 말 없이 샴페인 잔을 건넸다. 베이어는 이 남자와 샴페인을 마실 생각이 전혀 없었으나, 잔을 놓을 데라곤 털이 복슬복슬한 카펫밖에 없었고, 그곳에 놓으면 쏟아질 게 뻔했다.

베이어가 다시 눈길을 들었을 때 캐번디시의 잔이 반 정도 비어 있었다.

'좋아, 이 오만한 개자식도 긴장하긴 했나보군.'

"제독님, 드세요. 제독님을 위해 구입한 겁니다."

캐번디시가 말했다.

"난파선에서 발견된 1907년산 하이직 샴페인 중 마지막 남은 한 병입니다. 1차 세계대전 당시 유보트의 공격을 받고 가라앉은 화물선에 들어 있다가 100년 동안 발트해 바닥에 잠들어 있었죠. 얼음장같이 차가운 바닷물이라 보존 상태가 완벽하답니다."

"그 말은······."

베이어가 세상에서 가장 비싼 샴페인을 감탄의 눈으로 바라보자 포드가 적당히 맞장구를 쳤다. 멍청한 작자이긴 하지만 센스 하나는 감탄할 정도였다.

"현재 미국이 처한 곤경은 저 역시 제독님만큼 견디기 힘듭니다. 제 자산을 맘껏 즐기려면, 예전과 같은 세계가 필요하거든요."

캐번디시가 이어서 말했다.

"이 목표를 이루는 데 방해가 되는 장애물이 몇 가지 있더군요. 그중 중요한 한 가지는 태평양 위를 돌며 제독님의 움직임을 제한하는 티엔공 우주정거장이죠. 그 덕분에 위원회는 어떤 전투를 하든 효과적으로 수행할 수가 있습니다. 그리고 나의 광범위한 연줄을 가동해서 그 우주정거장을 공격하려는 시도가 전부 실패로 돌아갔다는 사실을 확인했어요. 따라서 유일하게 남은 방법은 핵무기뿐인데, 성공 가능성도 확실하지 않은데다 오히려 갈등이 심화되어 우리 모두의 삶을 힘들게 만들까봐 우려하고 계실 겁니다."

"긍정도 부정도 하지 않겠습니다. 하지만 일단은 당신 말이 옳다고 해둡시다."

베이어가 말했다. 샴페인 잔이 점점 따뜻해졌다. 1907년산이라니 이런 걸 낭비하는 건 아까운 짓이다.

"하늘로부터…… 아, 이제 편하게 하죠."

캐번디시가 교양 있는 말투를 버리고 고향 오스트레일리아의 말투로 말했다.

"이봐요, 원래 당신네 것이었던 바다를 되찾으려면, 그 빌어먹을 우주정거장부터 처리해야 할 겁니다. 하지만 핵무기를 쓸 순 없잖아요, 안 그래요?"

베이어가 고개를 끄덕였다. 샴페인은 지금 마시지 않으면 끝이다. 그는 단숨에 샴페인을 들이켰다.

"잘하셨어요!"

캐번디시가 다시 영국 억양으로 말했다.

"약탈 허가증을 주시면 미국 정부가 원하는 시기에 이 장애물을 제거해드리죠."

"무슨 수로요?"

포드가 물었다.

"먼저 계약을 하시죠. 제 변호사들이 조언하기를 환상적인 미국 헌법의 1조 8항에 의거해서 제가 공식적인 사나포선을 등록하려면 약탈 허가서를 받아야 한답니다. 저라면 미국 헌법 원본을 손에 넣을 수 있을지도 모르죠. 그게 어디에 보관되어 있죠, 포드 씨? 박물관에 있던가요?"

베이어가 끼어들었다. 샴페인은 훌륭했지만, 이 멍청한 자식이 또 시간을 낭비하고 있다.

"변호사들 생각에는 관심 없어요. 내가 상관할 바가 아니니까. 내게 중요한 것은 이 전쟁에서 이기는 겁니다. 당신 소원이나 들어주러 여기 온 게 아닙니다."

"아닙니다, 제독님. 제가 제독님을 도우러 온 겁니다."

캐번디시가 말했다.

"어떻게요?"

베이어가 물었다.

"내 눈에 보이는 건 유치원생들에게 식량 보급이 뭔지 설명해야 하는 나라에서, 포르노 영화 세트장 같은 데 앉아 오래된 샴페인을 마시는 우스꽝스러운 남자뿐입니다. 그래서 이 허가증을 주는 대신 우리에게 무얼 주겠다는 겁니까?"

"위원회가 한 번도 겪어보지 못한 비밀 병기요."

캐번디시가 속삭이며 빈 잔을 관자놀이에 살짝 댔다.

"제 상상력입니다."

#메어섬 해군 조선소,
줌윌트호

버넬리스 리는 이마에 맺힌 땀을 닦고 다시 쳐다보았다. 저기 있다. 비즈 안경을 벗었더니 낙서가 사라졌다. 콧등에 맺힌 땀을 닦은 후 안경을 썼다. 다시 나타났다.

버넬리스는 바다 위에서 흔들리는 배처럼 몸을 떨었다. 새빨간 페인트가 피 같았다.

'우리가 지켜보고 있다, 이 짱깨야.'

"버넬리스, 괜찮아요?"

테리가 물었다. 테리는 칼텍 출신의 서른다섯 살 된 소프트웨어 엔지니어로, 엔진실에서 함께 근무하는 동료였다.

"어, 아니. 그러니까 괜찮은 것 같아요."

"여기 앉아요."

테리가 다정하게 명령했다.

"각성제 줄까요? 벌써 24시간째잖아요."

"여기 이상한 거 안 보여요? 전혀?"

버넬리스가 물었다.

"네, 이 배에서 보이는 전부가 이상하죠."

테리가 대답했다.

"내 말은 우리 주위에 뭐가 안 보이냐는 거예요. 저 벽에 적힌 글씨라든가."

"글씨? 전혀요. 위생병 불러올까요? 상태가 영 안 좋은 것 같은데, 얼마나 먹은 거예요?"

"각성제 때문이 아니에요."

"엉터리 각성제가 돌아다닌대요. 위원회가 손을 썼는지도 모르죠. 적어도 정부 말이 그러더라고요. 전문가들 말로는 돈 몇 푼 더 벌려고 누가 세탁 세제를 섞는다더라고요."

'짱개라니. 지금이 몇 세기인데, 어떻게 나를 의심할 수가 있지?'

"여기 앉아요."

이번에는 테리가 조금 더 단호하게 말했다.

"도대체 왜 그러는 건데요?"

버넬리스는 자신이 본 것을 설명하려고 입을 열었다 꾹 다물었다. 전투 중에 전원시스템이 꺼진다면, 배는 물론이고 그 글을 쓴 사람도 죽을 것이다. 그리고 그 전원시스템은 이 짱

개의 대학원 과학 프로젝트에 달려 있다. 간단한 일이었다.

버넬리스는 벽에 비즈 안경을 집어 던졌다. 안경이 피처럼 붉은 페인트로 적힌 글자가 보였던 바로 그곳에 부딪쳤다.

"버넬리스? 진정해요. 내가 사람을 불러올게요. 좀 쉬고 있어요."

버넬리스는 안경을 주우려고 기어갔다. 깨지길 바랐건만 흠집조차 나지 않았다. 버넬리스는 관자놀이 부근의 리셋 버튼을 누르고, 줌월트의 네트워크에 재접속하길 기다렸다. 안경을 쓰는 순간 눈을 감았다가 다시 눈을 떴을 때 낙서는 여전히 그곳에 있었다.

묵직한 발자국 소리에 버넬리스는 자리에서 일어섰다.

"버넬리스, 이분은 시먼스 중사님이에요."

테리가 소개했다.

"리 박사님, 기분이 안 좋다고 들었습니다."

마이크가 말을 건넸다.

"그냥 지쳐서 그런 거예요."

"제가 알기로는 박사님이 이 배에서 가장 중요한 분입니다. 이 배의 일부분이나 다름없는 분이시니, 박사님의 안위는 제 책임이죠. 위로 올라가서 바람 좀 쐬고 식사를 하신 다음에 다시 하시죠."

버넬리스는 말 그대로 배의 일부분이 된 자신의 모습을 상상하며 웃음을 터뜨렸다. 그게 사실이기에 현실이 더욱 부조리하게 느껴졌다.

"함장보다 더 중요한가요?"

버넬리스가 물었다.

"대답하기 곤란한 질문이군요, 리 박사님."

중사가 웃었다.

"이 배에 더 중요한 존재는 박사님이라는 사실을 분명히 말씀드리죠."

버넬리스가 다시 웃음을 터뜨렸다. 테리가 옆에서 초조하게 따라 웃었다.

버넬리스는 이 늙은 선원을 찬찬히 살펴보았다. 평생 의심이라고는 해본 적 없는 남자 같았다.

"테리, 중사님이랑 단둘이 할 말이 있어요."

버넬리스가 말했다.

"아, 네. 알았어요. 물 한 잔 마시고 나서 선미에 가 있을 테니 그리로 와요."

테리가 빠져나갈 수 있도록 마이크가 자리를 비켜주었다. 덩치가 상당히 큰데도 몸놀림은 놀랍도록 가벼웠다. 적어도 노인네치고는 말이다.

"리 박사님, 무슨 일인지 말씀해주시죠."

마이크가 말을 꺼내자 버넬리스는 비즈 안경을 벗어 내밀었다.

"직접 확인해보세요."

"그냥 보여주지 않고요?"

"보여주는 거예요."

"아니요, 직접 보여 달란 뜻입니다."

"그건 불가능해요. 제 안경을 써야 보여요."

안경을 든 마이크의 얼굴엔 경멸과 두려움이 섞여 있었다.

"나한테는 맞지 않을 겁니다. 그냥 말해주는 게……."

버넬리스는 그가 불확실한 것은 시도도 하지 않는 남자이며, 이 상황을 불편해한다는 사실을 알아챘다.

"비즈 안경을 써본 적이 한 번도 없군요, 그렇죠?"

시먼스가 닳은 부츠 코를 내려다보았다.

"네, 없습니다. 써야 할 이유를 모르겠더군요."

"그렇게 노인네도 아닌 것 같은데요."

버넬리스는 이렇게 말해놓고 당황해서 얼굴이 발개졌고, 마이크의 얼굴에는 분노가 스쳐 지나갔다.

"죄송해요, 그렇게 부른다고 하길래요. 부탁할게요. 중요한 거예요. 배에 관한 일이라고요."

마이크가 움직이기도 전에 버넬리스는 조심스레 그의 얼굴에 안경을 씌웠다. 가까이서 보니 그의 오른쪽 귀는 왼쪽보다 살짝 낮았고, 코는 적어도 한 번 이상 부러진 적이 있었다. 마이크의 몸이 굳었다가 다시 풀어지자 버넬리스는 뒤로 물러났다. 시먼스가 균형을 잃고 비틀거리자 버넬리스는 얼른 다가가 어색하게 그를 부축했다.

"맙소사."

마이크가 감탄사를 내뱉었다. 정말로 현실 같았다. 망막으로 데이터를 투사하는 방식이 1세대 구글 안경과는 완전히 다르다고 듣긴 했다. 이 안경을 쓰면 안경으로 세상을 바라보는 게 아니었다. 세상을 내 두뇌 안으로 끌어오는 기분이었다. 단순히 보는 게 아니라고 느껴졌다. 정말 희한한 기분이었다.

버넬리스는 그의 손을 잡아 낙서가 있는 곳으로 안내했다. 끈적한 빨간색 페인트를 보고 냄새까지 맡자 뇌의 일부는 현실이라 받아들였지만, 또 한쪽 뇌는 이건 사실이 아니라고, 몇 초 전까지만 해도 없던 거라고 속삭였다.

"도대체 저게 뭡니까? 피예요?"

마이크가 물었다.

"네. 적어도 피처럼 보이려고 한 거겠죠."

"누가 이런 짓을 한 겁니까?"

마이크는 눈을 가늘게 뜨고 안경을 내려 코에 걸치고 뒤로 물러섰다. 그러고 나서 안경을 내렸다 다시 올렸다.

"제가 본 것 중에 가장 역겹고 비겁한 짓이군요. 다른 사람도 이걸 봤습니까?"

버넬리스는 마이크의 숨이 점점 거칠어지고 목에 핏줄이 솟는 걸 알아챘다.

"못 봤을걸요. 제 비즈에만 뜨니까요."

버넬리스는 마음을 가라앉히려 애썼다.

"걱정 마세요. 그냥 지나가는 장난일 테니까요."

시먼스는 뒤로 물러나 버넬리스를 바라보았다.

"아닙니다, 리 박사님. 조치를 취해야겠어요. 내 배에서는 이런 허튼 짓거리를 용납할 수 없습니다. 함장님에게 전달하고 부함장님에게도 알려야죠."

"나를 위험 요소라고 생각하고 배에서 내리라 그러면 어떡해요? 내가 사라진 후에 엄마가 온갖 위협을 받아서 FBI한테 보호해달라고 부탁까지 해놨단 말이에요. 사람들은 내가 중국 편에 섰다고 생각하고 있다고요."

시먼스는 발걸음을 옮기며 고개를 저었다.

"리 박사님, 그 안경에 어떤 낙서가 보이든 박사님은 절대 줌월트를 떠나지 않을 겁니다. 박사님이 좋든 싫든 박사님은 이제 이 배의 일부입니다. 그리고 분명히 말씀드리죠. 제 배는 제가 보살핍니다."

#하와이 특별행정구역,
호놀룰루, 위원회 사령부

총구가 마르코프 대령을 향하고 있었다.

'이런 연극을 참아주는 것도 벌써 네 번째군.'

마르코프는 생각했다.

유 장군이 권총을 살짝 흔들었다. 왜 마르코프가 황송해하며 총을 받지 않는지 이해할 수 없다는 듯한 몸짓이었다.

"이 총은 탄창이 비었더군."

장군이 말했다.

"그자가 나를 향해 마지막 한 발까지 쏜 거야."

"그런데 어떻게 다치지 않고 살아남았습니까?"

마르코프는 맞장구치며 권총을 받아들었다.

유 장군은 책상 끄트머리에 앉아 한 손으로 갓 민 머리통을 만졌다. 이야기를 시작하기 전 자세를 고쳐 앉자, 육중한 덩치에 깔린 나무 책상이 삐걱거렸다. 유 장군은 전사 역할에 걸맞은 외모였으며 수많은 장군들이 그런 것처럼 그 이미지 덕

295

분에 많은 경력을 쌓을 수 있었다. 체격은 딱 올림픽 헤비급 레슬링 선수였다. 머리는 빡빡 밀었고 두 눈은 두꺼운 눈썹 아래 깊숙이 박혀 있었으며, 그 밑으로 광대뼈가 두드러졌고 크고 날카로운 코가 솟아 있었다. 하지만 마르코프는 전사 같은 외모와 군사적 능력이 비례하지 않는다는 사실을 오래전에 배웠다.

"모든 전투와 마찬가지로 이번 역시 실력과 운이 받쳐준 덕분이지. 이 미국인 해군 장성은 전사였어. 그자는 자신이 살 수 없다는 사실을 알았지. 그자는 가장 중요한 기지인 태평양 사령부를 맡고 있었으니까. 내가 방 안으로 들어가자 연기가 자욱했어. 하지만 난 준비가 되어 있었어. 난 권총을 뽑았어. '수류탄 던질까요?' 뒤에서 부하들이 외쳐 물었지. 안 돼! 나는 다시 외쳤어. 안 돼!"

"그 이유가 뭐죠?"

마르코프가 물었다.

"명예 때문이지."

유 장군이 대답했다.

"싸우다 죽을 자격이 있는 전사였기 때문이지. 연막탄 하나가 터진 구석에서는 작은 불이 나고 있어 한 치 앞이 안 보일 정도였어. 그쪽에서 던진 건지 우리가 던진 건지는 알 수 없었어. 플라스틱 타는 냄새가 났지. 전투의 향기랄까, 안 그런가, 대령? 앞이 거의 보이지 않았지. 하지만 위험을 감지할 수 있었어. 그가 총을 쏘고 나도 같이 쐈어."

"몇 번이나요?"

마르코프가 때맞춰 물었다.

"딱 한 번."

유 장군이 대답했다.

"딱 한 발이면 충분했으니까."

그는 한 번에 명중했다는 점을 강조하려는 듯 검지로 미간을 눌렀다.

"인상적이군요."

마르코프 대령이 대답했다. 처음 이 이야기를 들었을 때는 의심했으나 이 이야기는 사실이었다. 그날 유 장군과 함께 있었던 특공대원에게 직접 확인했다. 그 권총은 장군이 직접 죽인 해군 사령관의 손에서 빼앗아 온 것도 분명했다. 그렇다고 해서 마르코프가 그를 지도자로 인정한 것은 아니었다.

마르코프는 시그 사우어 P226 권총을 다시 장군에게 돌려주었다. 장군은 한 무리의 군사를 이끌고 총격전을 벌이는 건 잘할지 몰라도, 과거와는 다른 최신 전쟁에 적응하지 못했다. 마르코프는 미국인들이 격렬한 반란을 일으킬 거라 생각했다. 너무 격렬한 나머지 미국의 민족서사를 믿을 정도로 말이다. 와이키키의 킹스빌리지 쇼핑플라자에서 첫 번째 자살 폭탄 테러가 일어나자, 마르코프는 자신의 생각이 옳았다는 것을 알았다. 그 때문에 유 장군이 호놀룰루 공습 이야기를 하고 또 하는 것이다. 그가 이해할 수 있는 전쟁은 그날 하루뿐이었으니까.

"이제 일 얘기를 하지. 시급한 문제점을 단호하게 처리해야 해."

유 장군이 말했다.

"장군님이 미국인 사령관을 쏜 것처럼요."

유의 손가락이 씰룩거리더니 시그 사우어 권총을 잡았다.

"바로 그렇지. 적어도 그자는 명예롭게 싸웠어. 나도 많은 부하를 잃었고, 매일 밤 그 부하들의 부모나 아내, 형제, 혹은 남은 누군가에게 전할 메시지를 녹음하고 있지. 소중한 사람이 중요한 일을 하다가 전사했다는 사실을 알고, 또 내게서 그 이야기를 들을 권리가 있으니까."

장군은 말을 멈췄다. 마르코프는 육중한 덩치의 장군을 쳐다보았다. 밤마다 그가 행하는 의식을 떠올리자 조금은 나약한 모습이 비치는 것도 같았다. 전에도 본 적 있는 모습이었다. 그는 반란군에게 부하들을 잃을 때마다 가슴 아파했는데,

너무 많은 작전 지휘관이 이런 사적인 감정 때문에 일을 그르치는 경우가 부지기수다.

잠시 감상에 잠겼던 장군이 정신을 차리고 그 권총을 선반 위 자리에 올려놓았다.

"이제 멈춰야 할 때야! 끈질기게 추적해 그들이 숨은 장소를 찾아내고, 내 부하들을 죽인 대가를 치르게 해야지."

"장군님, 제가 장군님께 드릴 수 있는 건 제 솔직한 의견뿐입니다."

마르코프가 조용히 말했다.

"그러니 솔직히 말씀드리죠. 장군님께서 잘못 생각하셨습니다. 이곳 사람들에게 우리의 운명이 달린 거지, 장군님이 그들의 운명을 좌지우지할 수는 없습니다. 반란군을 진압한 경험으로 힘들게 배운 교훈입니다. 미국인들조차 지난 몇 번의 전쟁으로 그 사실을 배웠을 겁니다."

"미국이 실패로 얻은 교훈을 우리가 배울 필요는 없지."

장군이 대꾸했다.

"우린 그들과 친구가 될 필요가 없네. 우린 그들을 순응시켜야 하고 그러려면 지금보다 더 단호하게 대처해야 해."

"시체를 더 늘리시게요?"

"상하이는 반란군의 공격이 아세안(동남아시아 국가연합-옮긴이) 국가들과의 통상 회의에 영향을 줄까봐 우려하고 있어. 계획된 장소로 고위급 대표단을 파견할 예정이야."

"계획된 장소라니요? 여기 말입니까? 상임 간부회 대표단이 하와이에 옵니까?"

"그렇다네. 그리고 상임 간부회 간부의 아들이 실종된 상태야. 그 멍청이는 해군 중위고, 아버지는 경제부장관이지."

"그러니 반란군의 미끼를 물어선 더더욱 안 됩니다."

마르코프가 말했다.

"대표단이 오고 있는데 또다시 자동차 폭탄이나 방화 사건이 일어나서는 안 됩니다. 반란군을 자극하지 마세요."

"자극하지 말라고?"

유 장군이 되물었다.

"이곳 사람들이 자신의 현실을 모르듯이 자네도 새로운 현실을 받아들이지 못하는군. 이 범죄자들은 내 방식대로 처리하겠네. 대령, 이제 자네가 할 일은 이 중위를 찾는 것, 그 이상도 그 이하도 아니야."

"잘 알겠습니다, 장군님."

마르코프는 대답했다. 마르코프는 방을 나서기 전에 유 장군이 하와이 공습으로 얻은 천박한 트로피들을 흘끗 둘러보았다. 캠프 H. M. 스미스에서 휘날리던 미국 국기가 권총이

든 유리 케이스 안에 접혀 있었고, 위원회 군 정찰대의 작전 상황 지도 옆에는 호놀룰루 경찰 특공대팀의 금이 간 회색 세라믹 방탄조끼가 걸려 있었다.

공습 승리를 기념할 물건들을 죄다 끌어 모으면서 또 다른 전쟁에서 지고 있다는 사실을 모르다니. 마르코프는 유 장군이 한심했다.

#하와이 특별행정구역,
호놀룰루, 파인애플 익스프레스 피자

도일 소령이 가장 먼저 알아챈 것은 냄새였다. 따뜻한 모차렐라 치즈와 새콤달콤한 토마토소스, 그리고 신선한 하와이산 대마초의 톡 쏘는 냄새. 입안에 군침이 돌았다. 허기지다 못해 배가 쓰라렸다.

그들은 알라모아나대로 옆 골목으로 들어가 계단을 내려갔다. 지하에 도달했을 때쯤 음식 냄새는 사라졌다.

"여긴 냄새가 고약해."

닉스가 말했다.

"마약 냄새?"

핀이 물었다.

"아뇨, 우리 냄새요."

도일이 대꾸했다.

몇 분 후, 레스토랑 주인인 스킵이 멧돼지 소시지와 파인애플을 넣은 피자를 한 판 들고 내려왔다.

"특제 소스 바른 브로콜리 피자 먹으면 안 되나?"

"우리 대원들은 약에 취하면 절대 안 돼요."

도일이 말했다. 피자에 마리화나를 섞는 방법은 말 그대로 백 가지나 있다. 스킵의 특기는 버터와 올리브 오일에 우려내는 것인데, 그렇게 하면 마리화나 특유의 톡 쏘는 맛이 없어져 신선한 토마토소스의 새콤달콤한 맛을 즐길 수 있다.

"군바리들은 다 똑같다니까. 항상 신경을 바짝 곤두세우고 알약만 먹지. 하지만 저 악마들이 사라지면 하우스 스페셜을 먹으러 와야 해."

스킵이 말했다.

"새 영상은 찍었어?"

"이미 접선 장소에 두고 왔어요. 본토에나 돌아가야 볼 수 있을걸요."

"그날이 오기나 할까."

"올 거예요."

도일은 스스로에게 다짐하듯 말했다.

스킵이 블리스터 팩에 든 검은색과 빨간색 알약을 건넸다.

"무당벌레야. 디저트로 먹어."

"고마워요, 스킵."

도일이 말했다.

"돌아가봐야 해. 샤론을 두고 왔거든."

스킵은 손을 흔들며 말했다. 스킵이 위층으로 돌아가자, 도일은 닉스와 핀에게 고갯짓을 했다.

"어떻게 하는지 알지? 내가 문 앞을 지킬게."

도일은 호놀룰루 경찰 보급품인 묵직한 검은색 모스버그 산탄총을 꺼낸 다음, 창고 문을 조금 열고 그 사이로 총구를 내밀었다. 다른 손으로는 피자 한 조각을 집어 들었다.

닉스와 핀은 밀가루 통 몇 개를 옆으로 밀어, 하수구를 덮고 있는 지하실 바닥의 쇠창살을 떼어 냈다. 하수관의 나사를 한참 풀었더니 그 안에 든 노란 튜브 하나가 떨어졌다. 버사트랙스300은 한때 호놀룰루 위생국에서 하수관을 검사할 때 사용하던 것이었지만, 여기에 나노플렉스 폭탄 덩어리를 테이프로 붙이면 새로운 존재로 탈바꿈한다. 군사 용어로는 이 것을 VBIED 즉 차량적재 급조 폭발물이라 한다.

위층에서 웅성거리는 소리가 났다. 뒤이어 조용한 발자국 소리가 나자 도일은 재빨리 안으로 들어갔다.

"다 됐어?"

도일이 속삭였다.

"누군가 온 모양이야."

"로봇 투입 완료. 타깃을 향해 출발했어."

닉스가 말했다. 그녀는 책상다리를 하고 앉았다. 명상을 하는 것 같았지만 사실은 비즈 안경과 제어 장갑을 끼고 하수도를 통해 버사트랙스를 조종하고 있었다.

위층에서 들리는 커다란 여자 목소리에 모두가 눈살을 찌푸렸다. 스킵의 딸이 손님에게 소리를 지르는 목소리였다.

"기폭 장치에 빨간불이 들어왔어."

닉스가 말했다.

"타이머가 켜졌어."

"마음에 안 들어."

핀이 말했다.

"지금 공격해야지. 적어도 지역 사령관 정도는 처리할 수 있다고."

"아니, 상하이와 서울, 도쿄에서 고위 관리들이 오는 거 알잖아? 외부인을 타깃으로 공격하면 우리가 아직 싸우고 있다는 사실을 바깥 세계에 확실히 알릴 수 있어."

닉스가 말했다.

"그러거나 말거나."

핀이 말하며 피자 한 조각을 더 집었다.

"일단 로봇부터 안전하게 도착시켜."

"명심하겠습니다."

닉스는 여전히 양손으로 멀리 있는 로봇을 조종하고 있었다. 공중에서 양손을 움직이는 것이 마치 보이지 않는 아이와 함께 춤을 추는 것 같았다.

"일단 내 입에 피자 한 조각만 넣어줘."

"내가 네 아빠냐? 네 손으로 먹어."

핀이 대꾸했다.

"못 먹어. 잠시라도 손을 뗐다간 우리의 작은 깜짝 선물이 어느 집 변기로 갈지도 모른다고." 닉스가 말했다.

"게다가 일을 마칠 때쯤이면 당신이 다 먹어치울 테니까."

그 순간 여자아이의 비명 소리가 울렸다. 모두들 입을 다물었다. 스킵의 딸 목소린데, 이번에는 겁에 질린 게 분명했다. 모두들 도일의 명령을 기다렸다.

하지만 도일은 이미 위층으로 올라가고 없었다.

메어섭 해군 조선소,
줌월트호

복도에서 웃음소리가 울려 퍼졌다. 일진이 사나운 하루였기에 마이크는 승무원들이 웃는 이유가 도무지 짐작되지 않았다.

새벽 2시 식사 시간에 화재 진압 로봇 하나가 사관실에서 폭발했다. 마이크의 곁을 스쳐 지나가던 어느 승무원은 "안에서 코끼리 떼가 뛰어노는 것 같다"고 했다.

오늘 아침에는 더 큰 문제가 발생했다. 아테나를 대체할 해군의 새 오디세우스(Objective Data Integration System-Enhanced) 프로그램을 테스트할 예정이었는데, 그 시스템을 가동하는 순간 절연 커플링이 터졌다.

아들의 얼굴에 떠오른 절망적인 표정이 모든 것을 말해주었다. 이 배의 함장이 실망을 감추지 못할 정도라면 계획에 심각한 차질을 빚게 되었다는 의미였다. 배의 제어 시스템에 10년 동안 바다에서 길을 잃고 헤맨 그리스 남자 이름을 붙이다니, 도대체 무슨 생각이었을까? 이제는 해군의 역사를 아는 사람도 없고, 네트워크 엔지니어링을 아는 사람은 더더욱 없다. 마이크의 더 큰 걱정은 커플링이었다. 예비부품 물량이 부족한데, 중국 제조업체에 더 주문할 수도 없는 노릇이 아닌가.

마이크는 복도 한구석에 몸을 숨기고 귀를 기울였다. 커다란 울림통에서 나오는 듯한 커다란 웃음소리에 뒤이어 화난 여자 목소리가 들렸다.

"그런 장난 같은 사과로 넘어갈 수 있는 일이 아니에요."

여자가 소리쳤다.

"이 차폐재를 여기랑 여기에 붙이지 않으면, 더 큰 문제가 생길걸요."

리 박사였다.

"화약이든 대포든 옛날에 알았던 것이 지금은 아무런 소용이 없다는 점을 알아야 해요. 전력 케이블에 차폐재를 부착하지 않는다면 방출되는 에너지가……."

"그쯤 하시죠, 아가씨."

승무원 한 명이 끼어들었다.

"알아들었습니다. 그래서 거기다가 이미 차폐재를 붙였잖아요. 그래도 마음에 안 들면 작업 지도서 시스템에 기입하세요. 처리해드릴 테니까. 댁의 일만 중요한 게 아니라고요. 게다가 댁이 하는 일은 누가 입증할 겁니까?"

"내 일을 입증하다니요? 그게 무슨 뜻이죠?"

리 박사가 물었다.

"제대로 됐는지, 신뢰할 수 있는지 확인해야 한다는 말입니다. 아니면 베이징에서 이미 확인을 받았나?"

다시 웃음이 터져 나왔다.

"그쪽 성에는 차지 않을지 모르지만, 이게 지금 미국이 할 수 있는 최선이에요. 다음 화물 열차는 그 다음 주나 되어야 오클랜드로 들어올 테니까 일단은 그걸로 참아요."

마이크는 누구의 목소리인지 알 수가 없었다. 턱뼈에 보청기를 이식한 사람처럼 발음이 살짝 불분명했다. 이제 누구인지 확인할 때다.

마이크는 모퉁이를 돌아가며 목을 가다듬었다.

"오늘은 웃음소리가 많이 들리는군. 뭐가 그렇게 재밌나? 나도 함께 웃자고. 요즘엔 웃을 일이 통 없어서 말이야."

"걱정 마세요, 중사님."

삼십 대인 파커 병장이 대답했다.

"저희가 처리했습니다. 레이건 차폐재를 좀 수리했어요."

"레일건이에요."

버넬리스가 정정했다.

"그거나 저거나 똑같잖아요, 아가씨."

파커가 대꾸했다.

마이크는 그 선원을 바라보았다. 파커는 해군에서 공짜로 제공하는 호르몬 증진 치료 덕을 톡톡히 본 모양이었다. 피부는 늘어지고 건조했지만, 목과 이두박근은 임신 5개월째인 보디빌더처럼 무시무시하게 두꺼웠다. 마이크는 실망감에 고개를 저었다. 멘토 승무원은 신입 선원들을 이끌어야 하는 존재인 동시에 파커 같은 신입 병장들의 태도도 교정해야 한다. 스톤피시 미사일 공격으로 해군 장교가 줄자 기준 미달인 녀석들이 줄줄이 승진해서 그 빈자리를 채웠다. 마이크는 파커가 병장에서 멈춘 이유를 알 것 같았다. 그 이상 올라가려면 복무 기간만 채운다고 되는 게 아니다. 동료들에게서도 인정을 받아야 한다.

"이분 이름은 리 박사님이야."

마이크는 파커에게 말했다.

"높은 사람들은 직함으로 불러야지."

그리고 버넬리스를 바라보았다.

"뭐가 필요하십니까, 리 박사님?"

마이크는 일부러 '박사님'을 강조했다.

"실사격 테스트를 하기 전에 전원 케이블에 차폐재를 더 부착해야 해요."

버넬리스가 대답했다.

마이크는 그녀를 바라본 다음 파커를 바라보았다. 그리고 가슴이 맞닿을 정도로 바짝 다가섰다. 청년의 덩치에 전혀 밀리지 않았다. 파커는 덩치만 컸지 마이크처럼 상대를 위협하는 능력은 부족했다.

"여기 이 파커란 친구가 미국과 함대를 걱정하는 마음이 대단합니다."

마이크는 버넬리스에게 이야기하면서도 반항하면 가만두지 않겠다는 듯이 파커의 눈을 똑바로 바라보았다.

"박사님도 같은 미국인이고, 민간인인데도 함대를 위해 이렇게 애쓰시니 파커가 기꺼이 박사님을 위해 용접하겠다는군요. 이 친구가 금속을 만지작거리는 걸 꽤나 좋아하는 모양이니까요."

마이크는 체력단련실에서 대부분의 시간을 보내는 파커를 슬쩍 비꼬았다. 그러자 버넬리스는 콧등을 만지작거리며 성질을 냈다.

"금속 용접은 안 돼요. 레일건은 전자포예요. 플라스틱 용접을 해야 해요. 그러지 않으면 전자 에너지가…… 미래를 이해하지 못해 배를 날려버린 남자가 되고 싶으세요? 그럼 그렇게 하시죠."

"알았습니다, 알았어요."

마이크가 대답했다.

"파커, 이제 자네가 할 일은 하나야. 차폐재를 더 가져와서 박사님이 원하는 대로 설치해. 박사님이 하는 말을 똑바로 이해해야 해. 네가 사랑하는 체력단련실을 다 분해해야 하면 그렇게 해. 조선소에 있는 플라스틱 쟁반을 다 써야 한다면 그렇게 해. 알아들었나? 돈을 주고 몰래 빼돌리든, 훔쳐오든 리 박사님이 원하는 걸 가져와."

그리고 마이크는 다른 이들을 바라보았다.

"여기 파커한테는 말할 필요 없겠지만, 동료 승무원의 애국심을 의심하는 자가 있다면 몸통을 갈아서 갈매기 밥으로 던져줄 거다. 자, 이제 다들 가봐."

#하와이 특별행정구역,
호놀룰루, 파인애플 익스프레스 피자

위원회 해군은 피자가게 주인보다 덩치가 두 배는 컸고, 말리는 사람은 아무도 없었다. 배에 주먹이 꽂힐 때마다 스킵의 입에서 절박한 숨소리가 터져 나왔다.

해군의 벨트에 꽂힌 번역기가 디지털 모노톤으로 명령을 전달했다.

"당신의 딸은 우리와 함께 멋진 파티에 갈 것이다."

또 다른 해군이 샤론의 양팔을 등 뒤로 모아 잡았다. 머리를 숙이고 있어 검은 머리카락이 얼굴을 덮었다.

"그 애는 겨우 열다섯이에요."

스킵이 숨을 헐떡이며 애원했다.

"놔 주세요⋯⋯."

빠른 주먹이 두 번 더 날아왔다. 스킵의 갈비뼈에 금이 가는 소리에 샤론이 다시 비명을 질렀다.

"입 닥쳐!"

해군이 영어로 말하며 샤론의 팔을 세게 잡아당겼다. 도일은 계단참으로 다시 몸을 숨겼다. 거대한 해군이 돌려차기를 한 번 하자 스킵이 밀가루투성이 바닥에 미끄러지며 카운터 뒤편에 쓰러졌다. 하얀 밀가루를 뒤집어쓴 그는 계단 문으로 슬그머니 들어오는 도일을 올려다보았다.

"도와줘."

스킵이 입을 벙긋거렸다. 말할 힘조차 없는 모양이었다. 도일은 산탄총의 손잡이를 움켜쥐고 다시 계단참으로 몸을 숨겼다.

해군들이 중국어로 떠들어댔다. 도일은 눈을 감았다. 위원회 해군이 네 명이었다. 10게이지 산탄총에 탄환 여덟 발을 장전했다. 몇 초 안에 레스토랑을 날려버릴 수도 있다.

스킵이 무릎으로 일어서 해군들에게 달려들었다. 그의 머리가 단단한 노란 타일에 부딪치는 소리에 도일의 뱃속이 뒤집혔다.

'더 이상은 못 참아.'

도일은 산탄총을 들어 올려 안전장치를 풀었다. 이 총은 발사 반경이 넓기 때문에 레스토랑에 있는 모두를 죽이지 않으려면 근접 사격을 해야 한다. 도일은 카운트다운을 했다.

'3, 2, 1. 숨을 내쉬고, 가자.'

그러다 도일은 얼어붙었다. 이것은 임무가 아니었다. 다시 안전장치를 잠갔다.

스킵은 바닥에서 일어나려고 했지만 겨우 손과 무릎으로 버텼다. 그가 토한 끈적한 피가 깨진 머리에서 흘러나와 바닥에 흥건하게 고인 피 웅덩이 위로 떨어졌다. 다시 한 번 발길질이 쏟아지자 스킵이 관자놀이를 바닥에 쿵 부딪치며 쓰러졌다.

샤론이 울부짖었다.

"건드리지 마!"

그 다음에는 입이 막힌 듯한 비명소리만 들렸다. 도일이 맨발로 조용히 계단을 뛰어내려왔다.

"도대체 위에 무슨 일이야?"

핀이 물었다.

"걱정 마. 여러분은 내가 지킬 테니까."

도일이 대답했다.

"손님 몇 명이 소란을 피우는 거야. 우리는 뒷길로 빠져나가야 해."

핀이 도일의 팔을 잡았다.

"위에 무슨 일이 있는 거냐고?"

"가자고 했잖아. 명령이야."

도일이 쏘아붙였다.

핀과 닉스, 도일은 레스토랑 뒷문으로 나와 골목길로 나왔다. 어두운 거리를 걸으며 천천히 퇴각 지점으로 향했다. 몇 블록 떨어진 곳에 위치한 가로 2.5미터 세로 1.8미터짜리 재활용 철제 쓰레기통이었다. 그 안으로 들어가 눅눅하고 곰팡이 냄새가 나는 판자와 체온을 가려줄 알루미늄 깡통으로 몸을 덮었다.

"10초 후면 폭발할 거야."

핀이 속삭이고 카운트다운을 하기 시작했다.

"폭발."

아무 소리도 들리지 않았다.

"뭐, 적어도 피자는……."

닉스가 말하는 순간 멀리서 폭발음이 울렸고, 그 여파로 재활용 쓰레기통이 살짝 흔들렸다.

이들은 아침이 올 때까지 몇 시간을 기다렸다. 고요한 정적을 깨는 건 이따금씩 지나가는 사이렌 소리뿐이었다. 핀이 마침내 다시 그 이야기를 꺼낸 것은 동이 틀 무렵이었다.

"도일, 진지하게 대답해."

핀이 속삭였다.

"위층에서 나던 그 소리는 다 뭐였어? 스킵이랑 샤론은 괜찮아?"

"응, 괜찮아."

도일은 조용히 대답했다.

"임무에만 집중해."

#아칸소주, 벤턴빌,
월마트 본사

"이 법안은 법적으로 문제의 소지가 많아 반미국적이라고 할 수 있습니다."

제이크 콜비가 하는 이야기는 분석 소프트웨어로 작성한 다음 법률 자문팀과 홍보팀의 확인을 받은 것이었다. 이들이 월마트의 CEO인 콜비에게 제안한 가장 효과적인 대응 방법이었다. 1950년에 제정된 '국방물자 생산법'을 발효하자는 백악관의 제안은 위원회나 할 법한 제안이라고 공격하라는 것이었다.

한국전쟁이 발발할 때 통과된 그 법안은, 미국 대통령이 국방에 필요하다면 모든 미국의 기업에게 계약에 사인하거나 지시를 수행하도록 요구할 수 있는 권한을 가지는 법안이다. CEO는 주주들에게 월마트가 선도적인 다국적 기업 연합에 합류하여 법원과 의회에 로비를 해 그 법안의 부활을 막겠다고 설명하는 중이었다.

"패배야말로 반미국적이죠!"

데님 바지정장을 입은 일흔 된 여자가 그에게 외쳤다. 이 여자의 말을 무시할 수는 없었다. 리앤 틸든은 사외주의 4퍼센트를 소유한 억만장자이지만, 아직도 털사 지점에서 고객을 맞는 직원으로 근무한다.

CEO는 기업의 지위란 법적으로 개인의 것이라 명시되어 있기 때문에, 아무리 전시라도 정부의 명령을 받을 수 없다는 주장을 반복했다.

"법적으로 개인의 것이라고요?"

틸든이 코웃음을 쳤다.

"콜비 씨, 그건 헛소리라는 거 잘 알잖아요. 샘이라면 어떻

316

게 해서든 조국을 도우려 했을 겁니다."

그가 무어라 대꾸를 하기도 전에 또 다른 목소리가 끼어들었다. 스위스에서 쓰는 독일어 억양이었다. 기관 투자가 중 한 명으로, 이번에 미국이 하와이를 잃은 후 주가가 폭락하자 주식 17퍼센트를 구매한 카타르 국부펀드를 대표해서 참석한 사람이었다.

"마담, 모두에게 발언권을 주는 진기한 관습을 존중하는 바이지만, 이 기업이 다국적 기업이란 점을 잊으신 것 같군요. 전 세계의 주주들을 우선 생각해야 합니다. 한 국가의 전쟁과 결부시키면 안 되죠. 본사가 어디에 있든, 월마트는 국제적인 체인점이며 철저히 중립적인 입장을 취해야 합니다. 엉클 샘인지, 우스꽝스러운 모자를 쓴 애국자인지 하는 그 고리타분한 생각은 논점에서 벗어난 이야기입니다."

웅성거리는 소리를 들으며, 콜비는 펀드매니저의 실수에 인상을 찌푸렸다. 너무나도 전형적이었다. 외국인들은 회사의 수익금은 좋아하면서 회사의 역사를 알려 하지 않는다.

'틸든이 말한 건 샘 월튼이야, 이 멍청아.'

회사 창립자인 샘 월튼의 책상이 길 아래 박물관에 전시되어 있고, 그 위에는 죽는 날까지 작성하던 서류가 고스란히 놓여 있다. 잠깐 커피를 마시러 나간 사람 책상처럼.

"신사 숙녀 여러분, 집중해주시죠."

CEO가 중재에 나섰다.

"미국 정부가 과도한 권한을 행사할까봐 이러는 것만은 아닙니다. 우리는 현재 위기에 처해 있습니다. 위원회가 우리 회사의 네트워크에 수많은 덫과 바이러스를 심어놓았어요. 그들은 제 헤어스타일이 마음에 안 든다는 이유로 회사에 대한 통제권을 빼앗을 수도 있단 말입니다."

"그렇다면 우리가 무엇을 포기해야 할까요?"

리앤이 물었다.

"투표하죠."

비즈 영상을 통해 전국에 알려졌다시피, 리앤의 반란으로 목숨을 잃을 사람은 아무도 없었다. 그럼에도 중대한 순간이었다. 국부펀드의 의결권 블록으로도 소액 투자자들을 막을 수는 없었다. 그리고 회의가 끝날 때쯤 주주들은 더 이상 미 정부의 '국방물자 생산법'에 반대하는지 여부에 투표하지 않았다. 월마트는 위원회에 전쟁을 선포했다.

회사 강당에서 환호하는 수천 명의 사람들을 바라보는 콜비의 얼굴에서 핏기가 가셨다. 눈앞이 캄캄해지면서 두 가지 생각이 머릿속을 스쳐 지나갔다. 첫 번째는 앞으로 다른 직업을 구하기 힘들 거라는 생각, 두 번째는 이제 미국은 전쟁 전

에는 보지 못한 새로운 종류의 병참학적 근거지를 확보하게
되었다는 것이었다.

마이크는 구부리고 앉아 격벽 뒤편으로 이어지는 두꺼운
광케이블을 손으로 잡아 확인하고 있는 버넬리스를 발견했
다. 공중에는 바다 냄새가 진하게 걸려 있었다. 버넬리스가 원
하는 지점을 확인할 수 있도록 격벽을 잘랐기 때문이다. 버넬
리스가 정확히 무얼 하는지는 이해할 수 없지만, 그녀가 일으
키는 변화가 마음에 들었다. 박사 학위가 있다는 점은 달라도
마이크가 보기에 버넬리스는 자신처럼 마찬가지로 만들고 행
동하는 사람임이 분명했다.

버넬리스가 갑자기 혼자 작업을 해야 한다며, 다른 엔지니
어들에게 자리를 비키라고 지시했다.

"마이크, 버넬리스한테 저렇게 말하라고 가르쳤어요?"

한 명이 갑판으로 올라가며 물었다.

버넬리스는 해변의 네트워크 데이터 센터보다 배에서 더
많은 시간을 보냈고, 그가 아는 한 일주일 동안 조선소를 떠

난 적이 한 번도 없었다. 이곳에 오기 전 삶에 대한 이야기는 더 이상 하지 않았다. 어떤 기분일지, 이 모든 상황이 얼마나 버거울지 마이크도 알았다.

마이크는 차가운 생수 한 병을 버넬리스 옆에 내려놓았다. 버넬리스는 그를 쳐다보지도 않고 무릎 위에 놓인 태블릿만 계속 바라보았다. 마이크는 뒤로 물러나 격벽 뒤편을 보려고 목을 빼는 버넬리스의 모습을 관찰했다. 그러다 LED 등을 하나 꺼내 버넬리스 옆에 무릎을 꿇고 앉았다. 무릎이 삐거덕거렸다.

"제가 돕죠. 빛을 좀 비추면 나을 겁니다."

버넬리스는 미소를 짓고는 계속 작업을 하며, 마이크에게 여기저기에 불을 비춰달라고 짤막하게 지시했다. 마이크가 가까이 몸을 숙이는 순간, 버넬리스는 그가 얼마나 오랫동안 샤워할 틈조차 없었는지 깨달았다. 하지만 싫지는 않았다.

5분쯤 지나고 마이크가 자리에서 일어났다.

"손전등은 가져요. 난 갑판에 돌아가봐야 해요. 승무원들이 레일건 포탑을 운반하고 있는데 밤안개가 자욱해서 앞이 보이지 않을 겁니다. 필요한 게 있으면 불러요."

버넬리스는 아무 말도 하지 않았다. 태블릿 컴퓨터와 격벽 뒤편 어두운 공간을 번갈아 유심히 들여다볼 뿐이었다. 마이크는 비틀거리며 자리에서 일어나 천천히 발걸음을 내딛었다.

몸을 숙여 해치 밖으로 나가는 순간, 버넬리스가 "고마워요"라고 중얼거렸다.

마이크는 걸음을 멈추고 뒤를 돌았다. 구부정하게 앉아 있는 버넬리스까지 고작 열한 걸음 거리인데도 굉장히 멀게 느껴졌다. 마이크는 궁금한 게 있었고 지금이 물어볼 때였다.

"리 박사님, 잠깐 얘기 좀 할까요?"

"지금요?"

"네, 부탁합니다."

"뭔데요?"

"내가 할 말은, 아니 물어볼 말은 쉬운 건 아니지만, 언제 한 번 꼭 물어봐야겠다고 다짐하고 있었습니다."

버넬리스가 자리에서 일어나 비즈 안경을 이마 위로 올려 쓰며, 코끝에 매달린 땀방울을 닦았다.

"꺼내기 힘들지만, 솔직하게 말하죠. 레일건 전원 시스템에 문제가 있는 거죠. 내 말이 맞습니까? 그래서 승무원들과 컴퓨터광들을 그렇게 몰아붙이는 겁니까? 박사님은 그 친구들이 모르는 걸 알잖아요."

마이크는 버넬리스가 그 질문을 묵살할 줄 알았다. 그런데 버넬리스는 미소를 지었다.

"그 말이 맞아요. 레일건은 테스트를 통과하지 못할 거예요."

버넬리스가 대답했다.

"젠장할. 함장이 힘들어지겠군."

"우리 모두가 힘들어질 수 있어요. 두고 봐야죠."

"함장에게 말해야겠어요."

"그분을 보살펴주세요."

"이 배가 싸우지 못하면, 함장도 싸울 수 없어요."

"중사님 아들이잖아요. 아들이 잘되길 바라지 않으세요?"

"난 이만 가봐야겠습니다, 리 박사님."

"질문이 하나 더 있을 텐데요?"

"음, 어떤 질문이요?"

"중요한 질문, 가장 중요한 질문이요."

마이크는 아리송한 표정으로 버넬리스를 바라보았다.

"레일건이 작동할 것이냐는 질문이요."

마이크가 빙그레 웃었다.

"그야 박사님께 달려 있겠죠."

"기다려 주세요. 중사님처럼 나이 많은 남자는 인내하는 법을 알고 있겠죠."

#샌프란시스코,
포트 메이슨

제임스 시먼스는 침대에 누웠지만, 머릿속이 복잡해서 잠이 오질 않았다. 만에 정박한 유령함대들을 생각했다. 미국이 가장 필요로 하는 그의 배가 약한 고리임이 드러나고 있었다. 그는 침대에 누워 금문교 바닥 높이까지 쌓인 짙은 바다 안개를 유심히 바라보았다. 눈치도 채지 못할 정도로 쌓인 안개가 어느새 눈앞을 모조리 가릴 정도로 짙어졌다. 그 안개를 몰아낼 방법은 없다. 조수처럼 규칙적이지도 않고, 그 때문에 금문교처럼 당연하게 생각하던 것이 시야에서 사라지는 순간은 더욱 스펙터클하게 느껴지는 법이었다.

파이프 안으로 요란하게 물줄기가 흘러가는 소리에 린지가 몸을 뒤척였다.

"왔구나. 들어오는 소리 못 들었는데."

"응."

시먼스가 속삭였다.

"깨우기 싫었거든. 파이프는 왜 저래?"

"변기야."

린지가 잠에서 깼다.

"또 고장 났어."

323

"이런. 아침에 살펴볼게."

"언제? 당신 항상 새벽같이 나가잖아."

"그럼 집에 와서 하지."

"그건 언젠데? 전함은 고치면서 변기는 못 고쳐? 다른 사람들은 이해할지 몰라도 나는 더는 이해 못해."

해군의 오랜 속담에 배는 정부와 같다는 말이 있다. 아름답고 매혹적이고 신비로우며 많은 관심을 요구해서 결국에는 결혼생활을 끝장낸다고.

"지금 당장 고쳐볼게."

심상치 않은 목소리에 린지가 팔꿈치로 몸을 일으켜 남편을 쳐다보았다.

"그냥 말해, 제이미. 당신이 뭘 원하는지 그냥 말해."

시먼스는 아내의 이마에 키스했다. 입에서 나오는 말로는 신뢰를 줄 수가 없기 때문이다. 그의 무거운 발자국 소리가 심정을 대변했다. 직장에서 느끼는 절망감을 집에서도 고스란히 느꼈다.

30분간 변기를 붙잡고 씨름하던 시먼스는 포기하고 침실로 올라갔다. 아이들이 린지 옆에서 함께 자고 있었다. 아버지가 싱크대 뒤편에 남겨두고 간 연장들을 휘두르는 소리에 아이들이 깬 모양이었다. 시먼스는 구석에 놓인 낡은 가죽 안락

의자에 앉아 캄캄한 셋의 형체를 지켜보고, 그 숨소리를 들으며 스트레스와 좌절감을 씻어 내렸다. 가장 고치고 싶은 것은 고칠 수 없을 것 같았다.

시먼스가 눈을 떴을 때는 새벽 5시가 막 지난 시간이었다. 젠장. 한 시간이나 더 잤다.

"변기 고쳤어요, 아빠?"

마틴이 잠에서 덜 깬 목소리로 웅얼거렸다.

"아니, 아직 못 고쳤어."

"할아버지한테 전화해요! 할아버지가 고칠 수 있어요."

클레어가 끼어들었다.

"아버님한테 전화해봐." 린지가 조심스레 그를 바라보았다.

시먼스는 고개를 저었다. 방 안의 센서등이 가족의 움직임을 감지하고 점점 환해지기 시작했다.

"내가 고칠 거라고 했잖아. 내가 고쳐."

"할아버지 불러요!"

클레어와 마틴이 입을 모아 외쳤다.

"아직 일어날 시간 아니야, 얘들아."

린지가 아이들을 침대 밖으로 몰아냈다.

"너희 방으로 돌아가."

"그 사람한테 전화 하지 않을 거야."

린지가 아이들을 데리고 나가자, 시먼스가 속삭였다.

시먼스는 욕실로 들어가 샤워를 했다. 끊임없이 쏟아지는 찬 물줄기를 맞으며 자신을 저주했다. 바다로 나가기 전에 가족과 함께 밤을 보낼 날이 며칠 남지 않았다. 그는 샤워기를 끄고 몸을 부르르 떨었다. 가족과의 유대가 끊어지는 것을 무력하게 지켜보던 그의 아버지도 이런 기분이었을까. 아니면 고쳐보려는 의지도 없었던 것일까. 그게 차이점이다. 그의 아버지는 노력하려 하지 않았다. 그게 차이점이어야 했다. 시먼스는 포기할 생각이 전혀 없으니까.

"나는 아버지보다 더 나은 남자야."

시먼스는 눈을 깜박여 피로와 물방울을 몰아내며 스스로에게 말했다.

"아무리 그래도 아버지보다는 나아."

#하와이 특별행정구역,
호놀룰루

캐리는 해변에서 입었던 낡은 검은색 스웨터 앞부분에 손을 닦았다. 배낭을 들고 욕실로 들어가 문을 닫았다. 가방에서 아직 젖은 비키니 하의를 꺼내 샤워실 안으로 던진 후, 뜨거운 물로 모래를 씻어 내렸다. 욕실 안에 증기가 차자 옷을 벗고 뿌연 거울 속에 비친 자신을 바라보았다. 수증기가 긴 거울에 흐릿해진 아름다운 나신은 그 누구의 몸일 수 있다. 나는 아무도 아니다.

샤워를 마친 후, 배낭에서 작은 화장용 콤팩트를 꺼냈다. 선반 위에 놓고 두 번을 톡톡 두드리자 뚜껑이 올라와 열렸다. 오른손 검지에 침을 묻혀 콤팩트 가장자리를 문질렀다.

'여기 있군.'

손을 들어 불빛에 비추었더니 머리카락이 보였다. 선반 위의 보석 상자에서 약혼자의 검은 플라스틱 빗을 꺼냈다. 조심스레 손가락에 입김을 불자 머리카락이 빗에 가 붙었다. 조심스럽게 그 빗을 다시 상자 안에 넣었다.

캐리는 변기에 앉아 눈을 감았다. 이제 다시 그들이 보였다. 이어서 약혼자가 보였고, 마지막으로 아버지가 보였다.

왼쪽 허벅지를 3센티미터 정도 긋자 남자들의 모습이 사라졌다. 아직 눈을 감고 있어서 바닥의 파란 타일 위로 뚝뚝 떨어지는 핏방울을 보지 못했다. 가위가 쩽그랑하고 바닥에 떨어지는 소리에 정신이 번쩍 들었다. 캐리는 고통의 울음을 억누르고 손바닥으로 피를 닦기 시작했다. 수건을 집으려 세면대 앞으로 가다가 멈췄다. 수증기가 가신 거울에는 캐리의 모습이 분명히 비쳤다.

"나는 아무것도 아닌 게 아니야."

캐리는 스스로에게 말했다.

"나는 죽음이야."

#유타주, 오그던,
월마트 인쇄시설

여러 가지 면에서 구형 제록스 복사기가 돌아가는 것과 비슷했다. 이쪽에서 저쪽으로 움직이는 롤러가 얇은 그래핀 칩들을 뿌렸다. 본질적으로는 탄소 원자인 이 칩들은 육각형 벌집구조를 이루고 있으며, 가볍고 튼튼한데다 전기와 열 전도성이 높다. 하지만 그보다 더 중요한 것은 흑연부터 숯까지 모든 것을 형성하는 탄소 원자로 만드는 것이라 원료를 구하기가 쉽다. 실제로 이 기계에 사용되는 그래핀은 석탄 연소 발전소의 연기에서 추출했다.

레이저가 발사되고, 광선이 그래핀 먼지와 접촉해서 작은 불꽃이 일고 입자들을 한데 녹이자 타는 냄새가 났다. 그런 다음 롤러가 다시 반대 방향으로 움직이며 또 다른 얇은 층을 깔고 다시 레이저 발사를 반복했다.

미세한 층이 깔릴 때마다 레이저가 새로운 모양을 조각했다. 천천히 하나의 형태가 나타나기 시작했는데, 종이를 쌓아 놓은 것과 비슷했다. 레이저가 이 모든 것을 한곳에 녹이자 벌집 비슷한 복잡한 격자무늬가 나타났다. 로봇의 팔이 나오고 나서 롤러가 멈추더니 이 물건을 30도 정도 움직인 다음, 전선 하나를 삽입하고 다시 레이어링을 시작했다.

10분이 지나자 물건이 완성되었다. 로봇 팔이 다시 나와 그 물건을 들어 올리더니 공기 스프레이를 뿌려 남은 먼지를 털어냈다. 그런 다음 로봇 팔은 그 물건을 기계 바깥으로 꺼내 마분지 상자 안에 넣었다. 60개가 상자 안에 담기자 경보음이 울렸다.

인간 노동자 한 명이 종종거리며 다가와 재빨리 상자를 닫고 포장테이프를 붙였다. 그 위에 바코드 스티커를 붙이면 다른 노동자가 그 상자를 자동 지게차 위에 올려놓았다. 한때 철로를 통해 배송하기 전 정원에 세우는 석상과 아이들 자전거가 보관되어 있던 곳에는 이제 기관총 벨트부터 바퀴 브라켓까지 역설계 예비부품이 든 상자들이 쌓여 있다. 이번의 물품은 메어섬에 배달할 절연 커플링이었다. 창고 바깥에서는 다음 날까지 배달해야 할 다양한 물품을 가득 실은 18륜 트럭 한 대가 대기하고 있었다.

창고 안에서는 3-D 프린터라고도 알려진 직접 디지털 제조기가 계속해서 작업 중이었다. 새로운 소프트웨어 패키지를 다운로드 받은 그 기계는 좀 전과 전혀 다른 물건을 만들기 시작했다. 공장의 조립 라인처럼 효율적이면서도 컴퓨터 소프트웨어가 요구하는 물건은 무엇이라도 만들 수 있는 유연성까지 갖추고 있다.

게다가 자가 복제까지 할 수 있다. 리앤과 뜻을 같이 하기로 한 주주들은 열 번마다 추가적인 3-D 프린터의 부품을 생산하도록 지시했다. 이렇게 생산된 프린터들은 월마트의 공급망이던 회사들에게 할인된 가격으로 판매됐다. 제조업계의 혁명과 새로운 종류의 방위산업체의 씨앗이 세계 최대 규모의 유통 체인 안에 뿌려졌다.

#상하이, 전 프랑스 조계지,
로터스 플라워 클럽

의례적이고 반복적으로 하는 행동은 치명적인 결과를 불러올 수 있다. 그러나 나를 보호해주기도 한다. 매일같이 같은 행동을 반복하면 지켜보는 이들은 당신이 숨긴 게 아무것도 없다는 걸 알게 될 테니까.

러시아 공군 소장인 세르게이 세친이 로터스 플라워 클럽에 다닌 지도 이제 3년째다. 매번 같은 여자를 만났다. 여자의 이름은 묻지도 않았다. 아는 건 번호뿐이었다. 23번.

23번은 새카만 짧은 머리를 뾰족뾰족하게 세웠는데, 천박하지 않고 관능적이다. 티베트 출신인지도 모르지만 확실하지는 않다. 한 번도 물어보지 않았고, 쓸데없는 대화를 시도해 본 적도 없었으니까. 그 때문인지 2주에 한 번씩 세친을 볼 때마다 그녀의 검은 눈이 살짝 빛을 발했다. 그걸로 충분했다. 세친은 더 이상 청년이 아니었다.

물론 이 여자에게도 칩이 심어져 있다. 중국인들이 노화에서 잠깐이나마 벗어나려고 발버둥치는 세친의 바이오피드백 정보를 모두 입수할 수 있을지도 모른다. 하지만 이곳 로터스 플라워 클럽에서 칩을 심었다는 건 방 안의 네 벽과 천장의 스크린에 연결되어 있다는 뜻이었다. 여자의 흥분 정도에 따라 스크린들이 형형색색으로 요동을 친다. 여자가 어떤 약을 먹었는지 효과가 있는 모양이었다. 빛이 폭발하는 모양이 여태껏 세친이 보던 것과는 전혀 달랐다. 마치 북극광 같았다.

직원이 세친을 평소 쓰던 방으로 안내하고 자리를 떴다. 세친은 한 번 노크를 한 후 안으로 들어섰다.

하지만 여자는 23번이 아니었다. 보라색 시트 밑에 누운 여자는 머리카락이 파랬고 북유럽인이었다.

"젠장."

모스크바가 보낸 여자가 분명했다. 암살범이 이런 식으로 찾아올 줄은 몰랐다. 그는 발걸음을 돌려 나가려 했다. 차라리 등에 총을 쏴라, 겁쟁이들아.

"베 이흐 메주 이브?"

그 순간 여자가 말했고, 세친의 발걸음이 멈췄다.

클링온어(스타트렉에 나오는 외계어-옮긴이)였다. 여자가 클링온 어로 말했다.

"뭐라고?"

"베 이흐 메주 이브?"

여자가 반복했다.

세친은 호기심이 일었다. 위원회나 러시아 정보부가 보냈다고 하기에는 너무 교묘했다.

"아름다운 여자를 두고 가시나요?"

맞는 말이지. 세친은 침대에 앉아 여자의 다리에 한 손을 올렸다.

"우리에겐 공용어가 있군. 무슨 얘기를 할까?" 그가 클링온 어로 대꾸했다.

"이리 와요. 추워요. 날 따뜻하게 해줘요."

"조심해. 그런 어설픈 말에 늙은 남자는 의욕을 상실할 수도 있으니까."

"내가 도와줄게요."

여자는 시트를 내려 가슴을 드러냈다.

"원한다면 더 크게 만들 수 있어요. 아니면 더 작게도. 원하는 대로 할 수 있죠."

여자는 나이트 스탠드 위에 성냥갑만 한 기기를 올려놓았다.

바이오모픽 유방 확대술은 중국에서는 최근 들어 흔해지고 저렴해졌으나 러시아에서는 금기시 되는 수술이라 보기가 드물다. 수술을 한 게 누군지 몰라도 기술이 아주 뛰어난 모양이었다.

"필요 없어."

세친이 중얼거렸다.

"지금이 딱 완벽해. 정말로."

세친은 재빨리 옷을 벗었다. 침대 발치에 옷가지가 쌓였다.

"양말은요?"

여자가 깔깔거렸다.

"양말이 왜?"

세친은 침대로 기어들어가며 반문했다.

"왜 안 벗어요?"

"절대. 그래야 빨리 도망갈 수 있지."

세친은 윙크를 했다.

"너무 빨리 도망가진 마세요."

여자가 시트를 끌어올렸다. 그리고 시트 위로 얇은 금속 섬유로 된 또 다른 담요를 끌어올렸다. 그녀가 세친의 입을 한 손으로 막을 때 두 눈은 냉정하고 진지하게 변했다. 세친은 이 여자와 자지 못할 거라는 사실을 깨달았다. 그리고 죽지도 않을 거라는 사실을. 좋은 일과 나쁜 일은 함께 온다. 정보국 일이란 그런 법이라고 세친은 생각했다.

여자가 담요 바깥으로 한 손을 뻗더니 희미하게 달칵하는 소리가 났다. 뒤이은 소리에 세친은 어안이 벙벙했다. 세친이 23번과 사랑을 나누는 소리가 방 안에 울려 퍼졌다. 내가 저런 소리를 냈던가? 옆구리에 창이 박힌 멧돼지가 낼 법한 소리였다.

"합중국에 있는 우리 공동의 친구가 보낸 최고 요원이에요."

여자가 그의 귀에 속삭였다.

그렇다면 미국인도 그의 소리를 들었다는 뜻이었다.

"그럼 말해봐. 정작 중요한 순간에는 왜 그 친구가 내 말을 듣지 않은 거지?"

세친이 물었다.

"나는 내 모든 걸 걸고 체렌코프라는 말을 꺼냈어. 그 친구가 뭔가 할 수도 있었잖아."

"지금 하고 있어요. 당신도 할 수 있어요."

"잠깐, 칩을 심었나?"

"네, 하지만 로터스 플라워가 심은 건 아니에요. 난 아직 신입이니까. 내가 쓸 만한지 좀 더 두고 보겠죠. 이제 체렌코프에 대해 말해봐요. 스타트렉 얘기는 빼고요."

담요 밑 공기는 금세 달아올랐고, 그 후끈한 공기와 가까이에 붙어 있는 여자 때문에 세친은 얼굴이 달아올랐다. 여자의 가슴 사이로 흘러내린 땀방울이 허리에 감긴 거대한 문신으로 이어졌다.

"3년 전에 모스크바 외곽의 러시아 고등연구계획국에서 개발된 거야. 당신네 다르파(미국 국방부 산하 고등연구계획국-옮긴이)와 비슷한 것이지. 우주에서 원자로를 탐지하는 거."

"어떻게 작동하죠?"

여자가 물었다.

"지금은 시간이 없어. 다음에 관련 자료를 갖다 주지. 그쪽 상사들은 내가 왜 이러는지 그 이유를 궁금해하겠지?"

"당신이 나와 침대에 누워 있는 이유요?"

"그건 이해할 거야. 미국인들은 얌전떨지 않는 편이니까."

"좋아요. 그럼 이유가 뭐예요?"

"우리 친애하는 지도자께서 말년에 중대한 성과를 이루고 싶다는 생각에 사로잡혀서 이 일이 나중에 러시아에게 악영향을 미치게 될 거라는 사실을 간과하고 있어. 미국과 러시아는 지난 세기에 이미 다툼이 있었고, 끝이 났지. 나는 이곳에 오래 있었기에 진정한 위협은 위원회고 이 전쟁은 위원회를 더 강하게 만들뿐이란 사실을 알고 있어. 러시아는 하급 동업자에 불과하고, 1,500만 명의 중국인들이 러시아 땅에 거주하게 된 것은 그저 우연에 불과하지. 굳이 나 같은 늙은 스파이가 아니더라도 알 수 있을 거야. 머지않아 중국이 시베리아에 있는 그들의 동포들에게 '보호할 권리'를 주장할 거라는 건. 우리가 한때 국경을 마주한 약한 국가들에게 그랬듯이 말이야. 그래서 그쪽 장교에게 경고하려 했던 거야."

"주로 좀 더 사적인 이유던데요. 당신이 원하는 건 뭐죠?"

여자가 물었다. 세친은 한숨을 쉬고 여자의 가슴 사이를 손가락으로 훑어 내렸다.

"아가씨. 우리가 원하는 건 다 같은 게 아닌가? 돈? 섹스? 약간의 권력. 난 세 가지 다 좋아하지. 나도 이제 다른 사람들과 똑같아."

여자가 눈을 굴렸다. 그 순간 23번과 함께한 어느 날 밤의 녹음이 짐승 같은 포효와 함께 뚝 끝났다. 여자가 녹음기를 다시 틀려고 손을 뻗었다.

"걱정 말아요. 녹음을 수정한 거라 다시 시작하는 줄 알 거예요."

여자가 세친의 귀에 속삭인 다음 뒤로 물러나 그의 눈을 바라보았다. 신음소리가 다시 시작되었다.

"나는 당신을 믿지 않아요. 당신 프로필을 봤어요. 그런 진부한 이유를 대기엔 당신은 너무 낭만적인 사람이죠."

"나와 한 침대에 누운 창녀의 입에서 '너무 낭만적'이란 말이 나오다니."

"좋아요. 당신 마음대로 해요."

애교스러운 여자의 목소리가 명령하는 모드로 바뀌었다.

"손으로 여길 잡아요."

여자는 그의 손을 끌어다 허리의 문신 위에 올려놓았다.

"이게 뭔지 알아요?"

촉감으로 느껴지진 않았지만, 추측할 수는 있었다.

"새로 나온 E문신이겠지."

여자는 한순간 놀란 표정을 지었다.

"당신 생각처럼 나이가 많진 않아."

세친이 대꾸했다.

문신의 잉크는 오래된 태블릿 컴퓨터 리더기에서 사용되던 전자 잉크의 파생물이다. 형태를 변형한 덕분에 액체 잉크를 피부에 주입해서 종이접기 패턴처럼 한곳에 연결한 작은 실리콘 칩을 감싸는 베개 역할을 할 수 있게 되었다. 액체 잉크와 미세하고 구불구불한 전선들이 피부 안에서 한데 엮인 미니 네트워크를 형성했다. 세친은 눈을 감고 문신의 가장자리를 만지며, 드미트리 쇼스타코비치의 5번 교향곡을 흥얼거렸다.

마침내 여자가 입을 열었다.

"날 위해 해줄 일이 있어요. 솔직히 말할게요. 아플 거예요. 하지만 그게 당신이 주는 정보를 안전하게 가져갈 최선의 방법이에요."

"그 부탁을 할까봐 걱정하고 있었지."

여자가 그의 턱에 부드럽게 키스했다.

"고통을 이해하지 못하고 어떻게 쾌락을 알 수 있겠어요?"

여자가 대꾸하며 다시 세친에게 키스했다.

#하와이 특별행정구역,
오아후, 카우코나후아강 북쪽

"속도 높여요."

도일이 무릎까지 오는 강물을 걸으며 낮은 목소리로 쏘아붙였다.

"이러다 제시간에 도착하지 못하겠습니다."

핀은 대답하지 않았다. 그가 내는 소리라고는 샌들이 진흙에 부드럽게 빠지는 소리뿐이었다.

개울은 얕고, 양쪽은 빽빽한 에메랄드빛 초목과 갈색 습지로 둘러싸여 있었다. 둘은 등을 구부리고 걸었으며, 울 담요는 어깨 위에 무겁게 걸려 있었다. 둘이 순찰대의 맨 끝을 따라가고 있었고, 네 명의 대원이 앞서가고 있었다. 찰리의 말이 맞았다. 그는 나머지 대원들과 같은 군인이 아니었지만, 훈련을 받아야 할 때가 되었다. 찰리는 터틀 베이 리조트의 골프 프로였고, 한때는 웨이크포레스트대학교의 스타 선수였지만 PGA 투어 멤버가 되지는 못했다. 핀은 찰리의 형인 에런과 함께 복무했고, 에런이 휴가를 올 때마다 셋이 함께 술을 마시곤 했다. NSM은 두 달 전 찰리의 아파트를 은신처로 삼았는데 그때 찰리가 함께하겠다고 나섰다. 전쟁이 끝난 후에 싸움에 참여하지 않았다는 사실을 형이 알게 되면 자신은 어차피 죽은 목숨이라면서.

밤새 정상 부근까지 걸어온 탓에 다리는 베이고 긁힌 상처 투성이였다. 정상까지 150미터가 남은 상태에서 능선으로 모습이 드러나지 않도록 걸음을 멈추었다. 나머지 대원들이 아래쪽에서 경비를 서는 동안 도일은 한 시간가량 자리를 비웠다. 도일은 핀이나 다른 누구에게도 그곳으로 가야 하는 이유를 말하지 않았다. 작전상 보안 때문에 비밀로 한다는 걸 알면서도 대원들의 표정은 밝지 않았다.

한참을 다시 걸어 내려오자 비가 내리기 시작했다. 핀은 도일 뒤에서 불어난 개울물을 헤치며 걸었다. 그리로 가야 흔적을 남기지 않고, 위에서 감시를 한다 하더라도 움직임을 감출 수 있다. 하지만 그런 이유가 아니더라도 핀은 개울 루트를 선택했을 것이다. 발뒤꿈치에 덧나서 곪은 상처가 있는데 물속에 담가야 좀 살 만하기 때문이다.

이들은 작은 보도교 앞에 도착했다. 그 밑에 자전거를 숨겨 두었다. 이들이 소지한 무기와 마찬가지로 잡히는 대로 손에 넣은 거라 마구잡이로 섞여 있었다. 핀이 고른 것은 가장 좋은 것으로 27.5인치짜리 바퀴에 오토바이 같은 서스펜션이 달린 카본 산악자전거인데, 전쟁이 끝나기 전까지는 주인들이 올 것 같지 않은 별장에서 훔쳤다. 도일은 녹색 프레임은 변색되고 좁고 하얀 레이싱 시트가 달려 있는데, 자물쇠를 채우지 않은 채 길가에 있던 삼단변속자전거를 발견했다. 전쟁이 터지기 전 군인들이 술집을 전전할 때 사용하던 자전거인 모양이었다.

이들은 하나둘씩 히든밸리 주택단지를 지나 캘리포니아대로로 향했다. 이렇게 툭 트인 공간에서는 움직임을 조율해야 한다. 위원회의 추적 알고리즘이 공중과 위성 센서 영상을 샅샅이 뒤지기 때문이다. 반복해서 비정상적인 패턴이 눈에 띈다면 타깃이 될 수도 있다. 일상적이고 주기적인 패턴을 따르되, 수상해 보이지 않도록 약간의 무작위적인 요소도 첨가해주는 게 비결이었다. 이를테면 자전거를 타고 학교에 등하교하는 초등학생 아이들의 패턴처럼.

일리아히 초등학교로 향하는 아이들의 물결이 느려지기 시작했다. 혼자 등교하는 아이도 있고, 또 부모님이 데려다주는 아이도 있었다. 도일은 핀에게 고개를 끄덕였다. 둘은 나머지 일행과 시차를 두기 위해 속도를 늦췄다. 나머지 일행은 늦게 온 아이들 무리에 섞여 학교 안으로 들어간 다음, 운동기구를 보관하는 뒤편의 별채로 향했다. 지난 네 달 동안 이 학교의 체육 교사인 모아키가 반란군의 수류탄과 각성제, 탄약 상자를 몇 개 보관해주었다. 이따금씩 반란군 대원들이 이곳에서 잠을 자기도 했다. 이 지역에서 사용하는 수많은 은신처 중 하나였다. 다른 교사들 몇 명도 이들이 반란군이라는 걸 아는 눈치였지만, 단 한 명도 눈길을 주지 않았다.

"전쟁이 일어나기 전에 철인 3종 경기에 자주 나갔었지."

핀이 길가의 초목 안에서 기다리며 도일에게 말했다.

"새벽 5시에 일어나 달리기를 한 다음 자전거를 타고 30킬로미터를 더 달렸어. 아, 그리고 캠핑도 했지. 취미로. 우리가 지금 하는 일도 그거랑 꽤 비슷하잖아, 그렇지? 까짓 거. 전쟁이 끝나면 난 뉴욕으로 이사 가서 다시는 밖으로 나가지 않을 거야."

둘이 막 자전거에 올랐을 때 한 발의 총성이 울려 퍼졌다.

"권총 소리야."

도일이 말했다.

"학교예요."

#하와이 특별행정구역,
와이키키 해변, 모아나 서프라이더 호텔

그는 이 오래된 호텔에 여러 번 와봤지만, 잠을 자러 온 적은 없다. 트럭 폭탄 테러의 타깃으로 이보다 적절한 곳은 없기 때문이다. 이곳에 올 때마다 수영이나 하며 신선한 파인애플과 구아바 주스를 마시는 게 전부였다. 해변은 완벽했다. 이 해변만으로도 하와이를 공습할 가치가 있을 정도로. 마르코프는 그렇게 생각했다. 허가만 해준다면 해변에서 잠을 자고 싶었다. 중국군이 숙소로 만들어놓은 공항 옆 싸구려 모텔보다 그편이 나을 터였다.

지금 이 순간, 해변에서 하루를 보내는 그는 엉뚱한 파트너와 함께였다. 언제나처럼 지안이 충실하게 그의 뒤를 따르고 있었다.

마르코프는 러시아 군인 작업복을 입고 있는데, 매일같이 태평양의 햇볕을 쬐어 점점 더 바래갔다. 차라리 지역 주민들처럼 편한 옷을 입고 싶었지만, 시도할 때마다 유 장군에게 불려갔다.

두 남자는 로비를 가로지르며 에어컨의 시원한 바람을 더 쐬려고 걸음을 늦췄다. 위원회 소속의 선원들과 군인들, 해군들 무리 곁을 지나가면서 마르코프는 지안이 자신의 뒤에서 5미터 정도 떨어져 걷고 있다는 사실을 알아챘다. 동료들에게 러시아인과 같이 있는 걸 보이는 게 창피해서 일행이 아닌 척하려는 것이다.

바 한 군데를 지나는 순간, 마르코프는 갑자기 목이 마른 사람처럼 걸음을 멈췄다. 그런 다음 유혹을 물리친 듯 다시 목적지를 향해 움직였다.

"안녕하세요."

서핑 데스크 앞에 앉은 여자가 말을 걸었다.

"죄송하지만, 그쪽 동료들이 보드를 다 빌려가서 남은 게 없어요."

마르코프는 여자의 목소리에 담긴 지극히 평범한 어조에 놀랐다. 하와이에 머무는 내내 분노의 기색을 드러내지 않는 지역 주민을 본 적이 없다. 하지만 이 여자는 마치 시카고에서 온 가족에게 말하는 듯했다. 약에 잔뜩 취했거나 완전한 머저리거나 둘 중 하나였다.

"아쉽게 됐네요."

여자가 말을 이었다.

"오늘 파도는 초심자들이 타기 딱 좋은데요."

마르코프는 데스크로 다가가 여자의 눈을 바라보았다.

"안타깝지만 일 때문에 온 겁니다. 해변에서 시신으로 발견된 위원회 장교에 대한 정보를 찾고 있습니다."

"저도 얘기 들었어요. 유감이네요."

여자가 대꾸했다.

책상 위의 명패에는 캐리신이라고 적혀 있었다. 마르코프는 캐리의 몸을 훑어보았다. 가슴을 지나 양팔을 자세히 보며 이 여자의 태도를 설명해줄 바늘 자국이 있나 찾아보았다. 팔뚝에 약간의 화장을 한 것 같긴 하지만, 아주 가까이에서 보지 않는 이상 확신할 수는 없었다.

"유감스러운 일이죠. 그 친구가 이 호텔의 서핑보드를 어떻게 가지고 있었던 거죠?"

마르코프가 물었다.

"영업시간이 끝난 후에 가져간 것 같아요. 요새는 굳이 문을 잠가두지 않거든요."

여자의 목소리가 줄어들고 어깨가 축 처졌다. 도둑맞았을 가능성을 생각만 해도 슬프다는 듯이.

"그 친구가 여기서 보드를 마지막으로 빌린 게 언제죠?"

마르코프가 물었다.

"그 사람은 딱 한 번 봤어요. 2주쯤 전이던가? 그때 처음 서핑했을걸요. 굉장히 신나했거든요. 레슨을 해달라고 부탁했지만 그때는 시간이 나지 않아서 못했어요. 그때 레슨을 해줄걸 그랬나봐요. 샌디 비치 파크는 하와이에서 서핑하기 가장 위험한 곳이에요⋯⋯. 초짜들이 서핑을 할 만한 곳이 아니죠."

마르코프는 태양의 온기를 내뿜는 것 같은 여자의 까무잡잡한 피부를 유심히 바라보았다. 다음 질문을 던지려 몸을 더 가까이 숙이면서, 화장을 지우면 여자의 눈 밑 다크서클이 얼마나 심할까 궁금했다.

"제가 이야기를 나눠봐야 할 직원이 있습니까?"

여자는 미소를 지으며 스트레칭을 하듯 등을 뒤로 젖혔다.

"이 호텔은 하와이에서 가장 안전한 곳이에요. 모두에게요. 그게 가장 중요한 점이잖아요. 누가 굳이 그걸 망치려고 하겠어요?"

"네, 그럴 리 없죠."

"그런데 그 사람이 어떻게 죽었는지는 못 들었어요."

여자는 조잘거리며, 다른 지역주민들과 달리 대범하게 호기심을 드러냈다.

"그 사람 어떻게 된 거래요?"

"서핑보드의 줄이 목에 감겨 있었습니다."

마르코프가 대답했다.

"사고인지 아닌지 여부는 아직 확실하지 않죠."

"세상에. 끔찍해라. 해변 감시 영상은 없대요? 서프 캠도?"

"전혀요. 전혀 없습니다."

그리고 마르코프는 말을 멈췄다.

"하지만 보안 조치를 위해, 이곳의 모든 직원들에게서 더 나은 것을 수집할 예정입니다."

"사진보다 더 나은 거요?"

여자가 물었다.

"훨씬 나은 거죠. DNA요."

마르코프가 대답했다.

"그 방법으로 섬 전역에 있는 우리 친구들을 추적할 수 있지요."

"나 같은 친구요?"

여자가 물었다.

"바로 그렇습니다."

#하와이 특별행정구역,
와히아와, 일리아히 초등학교

시신은 바닥에 엎드린 채 뻗어 있었다. 중국 해군이 학생들에게 주려고 가져온 축구공이 든 메시백이 열려서 안에 있던 공들이 쏟아져 나왔다. 밝은 핑크색과 노란색 공이 운동장 사방에 굴러다니며 핏자국을 남겼다.

시그 사우어 P220을 쥔 닉스의 손에서 힘이 살짝 빠졌지만, 이내 권총을 더 꽉 움켜쥐었다. 청각이 돌아오고 시야가 넓어지자, 그제야 아수라장이 된 상황이 눈에 들어왔다. 부모와 아이들의 비명소리가 닉스의 귓가에 울렸다.

체육 교사가 캘리포니아대로를 떠나는 닉스와 다른 세 명의 대원에게 경고하려 했던 점이 바로 이것이었다. 코치는 반가운 미소를 지었지만, 손을 옆으로 흔들었다. 닉스는 코치의 사인을 놓친 자신을 저주했다. 주변을 둘러싼 시끌벅적한 아이들 때문에 잠시 예전으로 돌아간 것 같은 느낌이 들었다.

"공격!"

찰리가 외쳤다.

"그러기엔 좀 늦었어."

닉스가 말했다.

"맞았어?"

"아니, 아닌 것 같아. 더 있을 거야. 어디 있지?"

중국인 해군 한 명이 체육관 모퉁이에서 불쑥 나와 돌격하며 소총을 난사했다. 그중 한 발이 찰리의 목을 맞혔다. 권총을 손에 들고 있던 닉스는 반사적으로 3미터 거리에 떨어진 해군을 향해 45구경 두 발을 발사했다. 해군이 학교 운동장에 있는 파란 코뿔소 조각상 위로 쓰러졌다.

그 해군이 있던 곳에서 더 많은 총알이 쏟아졌다.

닉스와 다른 두 대원은 몸을 피하려 건물 모퉁이에 숨었다.

중국인 민간인 한 명이 무전기에 대고 울부짖고 있었다. 지역 주민들을 반군과 분리시키기 위해 위원회에서 보낸 지역 개발부의 직원인 모양이었다. 여자는 권총을 들고 있었지만 사용할 생각은 없는 듯 보였다. 그녀를 호위하던 군인 두 명은 죽었다.

닉스 일행은 그 여자를 끌고 찰리의 시신을 지나 건물 입구로 가 문 옆에 몸을 숨겼다. 잠시 후 여자가 울음을 멈췄고, 불길한 침묵이 흐른 뒤 근접 전투가 벌어졌다. 귀가 울리고 양손이 찌릿했다. 발을 땅에 단단히 심어놓은 것처럼, 뿌리를 내린 것처럼 한 발자국도 뗄 수가 없었다. 아드레날린은 이내 수그러들었다. 하지만 집중해야 할 것은 하나도 생각나지 않고, 오로지 다음 순간에는 무슨 일이 일어날까 하는 생각뿐이었다.

"여자가 무전을 쳤어."

닉스가 동료 대원들에게 외쳤다. 귀가 먹먹한 탓에 목소리가 절로 커졌다.

"누가 이 여자 말을 들었는지 어쩐지는 모르겠어. 하지만 도일에게 이곳을 정리해야 한다고 전해야 해."

닉스가 고개를 드니 학교의 2층 발코니에 달린 파란 난간 너머에서 세 아이가 그녀를 내려다보고 있었다. 아이들은 멍하니 죽은 시신들을 쳐다보다가 NSM 대원들을 바라보았다. 그리고 하나둘씩 하늘을 올려다보기 시작했다. 다들 눈을 가늘게 뜨고 남쪽 하늘을 바라보았다. 그제야 막혀 있던 닉스의 귀가 뚫리며 소리가 들렸다. 가까이 다가오는 헬리콥터의 굉음이었다.

#하와이 특별행정구역,
와히야와, 히든밸리 주택단지

도일과 핀은 학교 옆에 붙은 몰몬교회의 텅 빈 주차장을 가로지른 다음, 교회와 인근의 주택들 사이의 숲으로 들어가 자전거에서 뛰어내렸다. 히든밸리 주택단지의 단층과 2층짜리 주택을 따라 난 무성한 나뭇잎 아래로 몸을 움직였다. 학교 쪽 도로로 급하강하는 쿼드콥터가 보이면 재빨리 나무 사이에 숨었다.

"여기서 기다려."

도일이 말했다.

"헛소리 집어치워. 가자."

핀이 말했다.

"은닉처로 가서 무장하면, 동료들을 빼내올 수 있어."

도일이 고개를 저었다.

"그건 불가능해."

이웃 주민들이 거리로 쏟아져 나오며 손가락으로 학교 쪽을 가리키고 비명을 지르기 시작했다. 그중 일부는 학부모인 듯 위원회 군인들과 앞다퉈서 학교 쪽으로 달려갔다.

핀은 고개를 돌려 도일을 바라보며, 골똘히 생각했다.

"도일, 우리 대원들도 대원들이지만, 아이들은 어쩔 거야? 저기 아이들이 있어."

"바로 그렇지."

도일이 조용히 대답했다.

"뭐? 지금 무슨 생각을 하는 거야?"

핀이 물었다.

도일은 대답하지 않고 가만히 핀을 바라볼 뿐이었다. 핀이 자리에서 일어서려 했지만, 도일이 그를 주저앉혔다. 핀이 도일의 손을 뿌리치는 순간, 위원회의 Z-8K 공격헬기 두 대가 머리 위에서 굉음을 내며 날아가더니 학교 옆 운동장 위에서 맴돌았다. 그 헬기 안에서 검은 옷을 입은 위원회 특공대원들이 하나씩 뛰어내렸다. 특공대원들이 착륙 지점을 빙 둘러쌌는데, 그 반경 안에 무기 은닉처가 있었다.

핀은 덤불 밑에 다시 주저앉아 화난 표정으로 도일을 쏘아보았다.

"도일, 우리 대원들이 어떤지 알잖아…… 저 친구들은 싸울 거야. 그리고 저 아이들과 교사들은 전투장 한복판에 갇히게 될 거라고."

"학교가 위험해질 수 있다는 건 항상 염두에 뒀던 일이야."

도일이 속삭였다.

"내가 왜 학교를 선택했겠어?"

#샌프란시스코,
포트 메이슨

"사랑해."

시먼스는 문을 열고 들어가면 린지가 무슨 말을 할지 알고 있었다. 린지는 매일 밤 그 말을 했다. 그 말을 꺼내기가 힘들 때조차도. 오늘 밤처럼 그가 지쳐 떨어진 모습으로 늦게 귀가하는 밤에도 늘 한결같았다. 아드레날린이 떨어진 지는 벌써 몇 달이 지났다. 지금 그를 이끄는 것은 카페인과 각성제, 그리고 분노였다.

보트가 부두 끝에 살짝 부딪치며 완벽하게 서자, 어둠 속에서 그는 자신을 2번 부두에 내려준 연락정을 향해 경례를 했다. 함장이라는 특권 덕에 버스를 한참 타고 집에 가지 않아도 되었지만, 그 대신 훨씬 오랜 시간을 물 위에서 보내야 했다. 집은 포트 메이슨에 있어서 발이 땅에 닿는 순간부터 이삼 분이면 도착한다.

하지만 매일 밤 그랬듯 일단 육지에 내리면 한때 축제가 열리고 관광객들이 바글거리던 그곳의 벤치에 앉았다. 그 벤치에 앉아 금문교 너머 서쪽을 바라보았다. 오늘 밤 그 다리에는 불이 켜져 있었는데, 케이블선으로 연결한 LED 등이 미국 깃발 모양으로 깜빡거렸고 50개의 별이 환히 빛나고 있었다. 이 국기 조명은 국방부의 조언에도 불구하고 주지사가 강행한 것이었다. 주지사는 이 다리가 미국이 싸워서 지켜야 할 것을 상징하며, 전운과 안개 속에서 사라지게 해서는 안 된다고 주장했다. 주지사의 연설이 먹혔다. 주지사의 홍보팀이 사회공학 알고리즘을 분석해서 작성한 연설인 게 분명했다.

시먼스는 마지막으로 커피를 한 모금 마시고 남은 것을 천천히 따라 버리며, 발치의 땅에 튀는 커피를 바라보았다. 이 행동은 희한하게도 시먼스를 위로해주는 하나의 의식이 되었다. 지난 16시간의 근무로부터 벗어나 머릿속이 편안해지는 것 같았다.

"움직이지 마!"

어둠 속에서 목소리가 들렸다.

시먼스는 고개를 들었지만 아무도 보이지 않았다. 피곤하긴 했지만, 헛소리를 들을 정도는 아닐 텐데 이상했다.

"신분을 대요."

보초가 말했다. 24시간 내내 해안을 순찰하는 캘리포니아 주방위군 중 한 명이었다.

"그러죠."

시먼스가 대답했다.

"해군 제임스 시먼스 함장입니다. 이곳 49번지에 삽니다."

보초가 시먼스의 제복 왼쪽 견장 옆에 붙은 바코드를 스캔했다.

"고맙습니다, 함장님. 오늘 밤은 조용하네요."

"별문제 없습니까?"

시먼스가 물었다.

"네, 한 번도 없었어요."

보초가 갑자기 늙고 지친 목소리로 말했다.

"이 냄새는 뭡니까?"

그가 M4를 가슴에 더 가까이 끌어당기더니 코로 깊이 숨을 들이마셨다.

"이야, 이거 진짜 커피예요?"

"네, 배에서 가져왔죠."

"해군에 지원할걸 그랬네요. 스타벅스에서 바리스타로 일하는데 나라에 커피가 동이 났지 뭡니까. 가짜 커피를 만들 수도 없는 노릇이고, 그래서 방위군에 들어갔죠. 이삼 주 동안 기본 교육을 받으면서 머리가 얼마나 아프던지. 신선한 코나커피 한 잔을 마시게 해주겠다고 하면 혼자서라도 바다를 건널 수 있겠더라니까요."

"곧 하와이 커피를 마실 수 있게 해드리죠."

시먼스가 말했다.

"고맙습니다, 함장님. 좋은 밤 보내십시오."

"그쪽도요."

시먼스는 대답하고 언덕길을 올라 집으로 발걸음을 옮겼다. 그러곤 조용히 현관문을 열고 안으로 들어갔다. 11시라면 아이들의 모습과 저녁 식사는 놓치더라도, 한 시간 정도 린지와 함께 보낼 수 있을 것이다. 삐걱거리는 바닥이 그의 도착을 알렸다.

식당은 비어 있었다. 혹시 책을 읽다 잠이 들었나 싶어 거실을 둘러보았다.

"린지? 아직 안 자?"

시먼스는 속삭였다.

거실 바닥을 둘러보았다. 장난감은 어디 있는지 이상하게
도 발부리에 차이는 게 없었다. 어린 시절 광적으로 청소를
시키던 아버지가 떠올랐다. 장난감이든 뭐든, 집 안에 아이들
이 살고 있다는 흔적이 보이기만 하면 아버지는 폭발했다.

"린지?"

시먼스는 다시 린지를 부르며 조심스럽게 위층으로 올라
갔다. 부부 침실에서 희미한 빛이 새 나오고 있었다. 방으로
들어서는 순간, 시먼스의 심장이 벌렁거리고 숨이 턱 막혔다.
앞에서 샴페인 잔을 내미는 린지는 빨간 실크 로브만 걸치고
있었다. 재난 대비 상자에서 꺼낸 초들이 방을 밝히고 있었다.
커다란 분홍색 양동이에는 얼음이 차 있었고, 그 사이로 샴페
인 병이 삐죽이 나와 있었다.

"결혼기념일 축하해."

린지가 말했다. 시먼스는 잔을 받아들고 린지에게 키스했
다. 어떻게 그걸 잊을 수 있단 말인가.

"15년 됐네."

"당신을 발견하고, 잃어버렸다가 되찾았지."

"결혼기념일 축하해. 늦어서 미안."

"아이들은 잠들었고, 이 집 안에서 깨 있는 사람은 우리 둘
뿐이야. 아주 잠시 동안이지만."

"내일 아침 일찍 나가야 해."

"알아, 내일 피곤하겠네."

"아주 많이."

시먼스는 린지의 가운을 벗겼다. 서로에게만 온전히 집중하며 천천히 사랑을 나눴다. 둘은 침대에 누워 어둠 속의 다리를 바라보았다. 안개가 서서히 쌓이고 있었다.

"언젠가 당신이 다시 바다로 나가겠지."

린지가 말했다.

"알아. 그리고 전에 약속한 것도 알아. 하지만 지금은 바다로 나가야 해. 당신도 알고 있지?"

"가지 말라고는 하지 않을 거야. 하지만 우린 충분한 시간을 함께 보내지 못했잖아. 15년으로는 부족하단 말이야."

"그래, 부족하지. 내가 매일 하는 일은 확실하게 돌아오기 위해서 하는 일이야. 간단하게 보면 그게 전부야."

"알아."

"우리 아버지가 결혼 15년 만에 엄마를 떠난 거 알아?"

"그래서 우리 결혼 15주년 기념일을 잊은 거야?"

그렇게 간단하지가 않았다. 시먼스의 안에서는 여러 가지 감정이 소용돌이쳤다. 분노, 부정, 굴복, 후회 등.

"정말 미안해, 린지. 오늘밤 일뿐만 아니라 모든 게 다 미안해. 그만둔다고 했으면서 해군에 남은 것도 미안해. 미안해.
당신에게 할 수 있는 말은 그것뿐이야."

"앞으로는 그러지 마."

린지는 남편에게 진한 키스를 퍼부었다.

#캘리포니아주, 마운틴뷰,
모펫필드 해군 비행장, 1번 격납고

대니얼 어보이가 항상 거슬려 한 것은 냄새였다. 격납고는
정확히 가로 347미터에 세로 93미터로 수퍼돔 3개를 합친 크
기라 동굴처럼 휑뎅그렁하다. 하지만 냄새는 그 텅 빈 공간에
도 가득 차 있었다. 타지에서 온 사람에게 그 냄새는 오래된
피자나 아주 오랫동안 씻지 않은 사람에게서 나는 시큼한 악
취 같지만, 지역 사람들에게 그 냄새는 돈, 명예, 권력, 성공의
냄새다. 지난 이삼십 년간 실리콘밸리의 분위기가 아주 많이
바뀌었음에도 하나만큼은 여전했다. 바로 이 냄새다.

그리고 이제 그 냄새가 1번 격납고를 채우고 있다는 사실
은 더없이 적절하게 느껴졌다.

1931년에 캘리포니아주, 서니베일의 시의원들은 지역 경
제 발전을 위한 독특한 계획을 세웠다. 48만 달러를 모금해

404만 7,000제곱미터에 달하는 농지를 산 다음, 그 땅을 단돈 1달러에 미 정부에 매각했다. 그것이 아주 좋은 투자였던 이유는 그 농지의 지형이다. 샌프란시스코만에서 주기적으로 안개가 끼지 않는 유일한 지역이었던 것이다. 서니베일을 해군의 새 '비행 항공모함' 기지로 만들어, 복엽기의 공중 기지 역할을 할 거대한 헬륨 비행선들을 들일 계획이었다.

이 계획은 예상대로 풀리지 않았다. 1933년에 해군이 시범으로 만든 공중수송 항공모함 애크런호가 추락했다. 계획은 보류되었고, 유일하게 남은 흔적은 이 비행장을 미 해군 항공국의 국장이자 추락 사고로 사망한 윌리엄 모펫 제독의 이름을 따서 지었다는 것뿐이었다. 하지만 그 마을로서는 다행스럽게도, 그로부터 몇 년 후에 2차 세계대전이 터졌다. 모펫필드 비행장은 초계기 기지가 되었다가 그 후에 미국 공군 위성 테스트 센터가 되었다. 1950년대가 되자 대형 항공우주 기업 서너 개가 이 기지와 테스트 센터 주변에 둥지를 틀었다. 서니베일로 이주한 수천 명의 과학자들과 엔지니어들이 지역 대학들과 긴밀한 협력을 맺었고, 오래된 농지는 새로운 산업의 중심지가 되었다. 비행기를 통해 지역 경제 성장을 도모했던 시의회 의원들의 계획은 대신 실리콘밸리라는 황금알을 낳았다.

1990년대에 국방비가 축소되면서, 모펫필드 기지의 상당수는 버려졌고 시설은 나사의 에임스 연구센터로 넘어갔다. 군이 주둔했다는 사실을 보여주는 것은 이곳의 상징적인 건물인, 세계에서 가장 큰 격납고가 전부였다.

구글이 1번 격납고를 사들여 경영진 제트기 전용 공항으로 이용하기 시작하면서, 기지의 잡동사니들은 민간 기업들에 팔려 나갔다. 어보이는 처음 실리콘밸리에 도착했을 때 그 야심과 비전뿐만 아니라 현금의 흐름에 압도되었다. 이제 그는 전화 한 통만 하면 그 거대한 격납고를 마음대로 처리할 수 있는 사람이었다. 래리와 세르게이는 그 안에서 일어나는 일에 대해 묻지 않았다. 그저 감시자의 눈을 피할 거대한 공간이 필요하다는 것만 알고 있을 뿐이었다.

이제 1번 격납고는 팀의 새로운 기지가 되었지만, 팀원들은 이곳을 '어보이의 방주'라고 부르기로 했다. 유니의 최고 기술 경영자인 타지 라모트가 지은 별칭으로, 이 격납고의 어마어마한 크기와 그들을 한데 불러 모은 어보이의 터무니없는 아이디어를 겨냥한 농담이었다. 어보이는 자신이 사업 초기에 투자를 했고, 이제는 팔로 알토의 선구적인 비디오게임 업체로 성장한 유니에게 은밀히 연락을 취했다. 그 외의 업체들은 어보이가 직접 투자한 적은 없지만 다들 그의 명성을 익히 알고 있었다. 어보이는 그들에게 간단하면서도 유혹적인 제안을 했다. 실리콘밸리 역사상 가장 중요한 스타트업에 참여할 기회라고 말이다.

간택법은 간단했다. 어보이와 이야기를 나눈 각 기업의 CTO가 자사 최고의 프로그래머 세 명을 지정했다. 숫자를 제한한 것은 이 프로젝트를 기밀로 유지하기 위해서였다. 위원회의 스파이들뿐만 아니라 국가안보국에게도 숨기는 것이 이들의 목표였다. NSA의 네트워크가 위원회에게 뚫리지는 않았지만, 사람들 대부분은 어떤 식으로든 정보가 유출될 거라 의심하고 있었다. 과거 스노든 스캔들 때 그랬듯이 말이다. 스노든 스캔들 때문에 실리콘밸리는 수천억 달러의 손해를 보았고, 그곳 사람들은 몇 년이 지난 후에도 그 일을 떠올릴 때마다 열분을 토했다.

숫자를 제한한 또 다른 이유는 변화를 가능케 하는 가치 있는 아이디어를 내기 위해서였다. 어보이와 그의 팀은 위원회가 전쟁 전에 소위 인해전술로 어마어마한 수의 해커를 투입해 공격을 개시했던 것처럼 수천, 수백만의 프로그래머를 투입하지 않았다. 그러고 싶지도 않았다. 위대한 프로그래머 한 명은 좋은 프로그래머 수백 명을 모아놓은 것보다 더 낫다는 것을 알기 때문이다. 또한 그동안의 경험으로 비추어 볼 때 불가능해 보이는 일을 가능케 하는 가장 좋은 방법은 적절한 인재를 모으는 것이다.

몇몇 회사는 자사의 최고 경영자를 보냈는데, 그중에는 다시 험한 일에 뛰어들게 되어 신이 난 억만장자 창립자도 몇 명 포함되어 있다. 또 어떤 회사는 지하실에 숨어 있던 대인기피증에 냄새를 폴폴 풍기는 코딩 괴물들을 보냈다. 그렇게 해서 1번 격납고 안에는 '맨해튼 프로젝트' 이래 가장 위대한 천재들이 모였다.

그리고 어보이는 각 기업들에게 회사 전용기를 한 대씩 준비하라고 요구했다. 그것이 이번 작전의 비밀을 유지하는 데 중요한 부분이었다. 지원자들이 마을을 떠나는 것처럼 1번 격납고에 오면, 제트기가 다양한 사업 회의장과 회사 모임 장소로 날아간다. 하지만 정작 사람은 그 비행기에는 오르지 않는 것이다. 완벽한 은폐 작전이지만, 피자 문제가 떠올랐다. 어보이는 길 건너편 상가에 또 다른 스타트업 회사를 세워 이 문제를 해결했다. 헬스케어 산업 앱 제작 업체로 등록했지만, 그 회사가 수행하는 업무는 피자 배달의 목적지가 되어주는 것뿐이었다.

지금까지는 아무 문제없이 돌아갔다. 어보이는 테스트의 시작을 기다리며 손목 안쪽을 꼬집었다. 어릴 적 너무 배가 고픈 나머지 눈앞이 어지러울 때 하던 행동이었다. 다음 끼니를 걱정해야 했던 때가 언제였는지 가물가물했다. 30년 전? 40년 전? 그저 이 익숙한 통증이 불안감을 달래주었다.

어보이는 지금 이 순간 걱정거리가 너무나도 많았다. 관제실의 남서쪽 구석 벽을 따라 늘어선 모니터들이 무지개처럼 알록달록하게 반짝거렸다. 실패를 알리는 색이었다.

"시작합시다."

어보이가 방 중앙에 원형으로 모여 있는 엔지니어들에게 말했다. 그들은 함께 서서 중앙에서 변화하는 빛의 형태를 노려보며, 장갑을 낀 손을 번갈아 움직였다. 이들은 위원회의 데이터 네트워크를 도서관 형태로 만들어 냈다. 홀로그램 건물에는 3개의 층이 있었고, 하얀 페인트칠이 된 안마당으로 황금빛 석양이 들어와 중앙홀을 비추었다. 홀로그램의 안마당 가운데 놓인 어보이의 팀원 여섯 명은 탁한 연기로 만든 것 같은 검은 형체였다.

어보이는 타지가 지휘하는 것을 지켜보았다. 타지는 회전의자 위에 위태롭게 선 채로, 장갑을 낀 손가락들을 지휘자의 지휘봉처럼 움직였다. 타지는 떨어지는 위험을 감수하더라도 이러는 편이 집중이 잘된다고 했다. 지금 타지는 어보이보다도 몇 십억 달러가 더 많은 부자가 됐으나 9년 전 면접에서 만났을 때와 똑같았다. 당시 어보이는 그에게 너무 재능이 많아서 양심상 채용할 수가 없노라고 털어놓았고, 그 후로 둘은 친구가 되었다. 타지의 모습을 지켜보던 어보이는 이것이야말로 타지가 하길 원했던 일이었나 궁금해졌다.

"여기가 출발점이에요."

팀장으로 뽑힌 애런 스미드가 말했다. 팀원들이 그녀를 뽑은 이유는 비교적 차분한 성격 때문이었다. 격납고 바깥세상에서는 아마존의 네트워크 디자이너인 애런은 호리호리하며, 시뮬레이션에서 작업하든 그렇지 않든 정확하고 절도 있게 움직였다. 다른 엔지니어 및 프로그래머와 마찬가지로, 그녀 역시 우주 비행사들이 입을 법한 몸에 꼭 맞는 회색 작업복 차림이었다. 그 작업복은 테슬라팀의 아이디어였다. 처음에는 분장놀이를 하는 것 같았지만, 시간이 지나자 그 옷을 입은 팀원들이 더 커 보였다.

"윅, 첫 타자예요."

스미드의 목소리가 흥분으로 가득했다. 어보이는 스미드와 팀원들이 그토록 좋아하는 이유를 알았다. 스타트업의 기쁨, 그 무한한 지성으로 새로운 무언가를 발견하는 기쁨을 다시 경험하고 있기 때문이었다.

홀로그램 안에서, 검은 형체 하나가 도서관 안마당에서 서

고의 그늘 속으로 뛰어갔다. 그 다음에도 또 하나가 들어갔다.

"타지, 다음이에요."

스미드가 말했다.

타지가 올라선 회전의자의 바퀴가 삐걱거렸고, 그는 손가락에 낀 제어 반지들을 조종하며 앞뒤로 살짝 손을 움직였다. 타지가 쓴 고글에 나오는 것은 그 만이 볼 수 있었지만, 몸도 따라 홱홱 움직이는 게 문제였다.

홀로그램 스크린에는 검은 형체들이 안마당으로 뛰어들었다 뛰어나가며 떨어뜨린 책들이 방 한가운데 수북이 쌓여 있었다.

"젠장!"

타지가 외쳤다. 그 속은 여전히 순진한 어린 소년이었다.

"이런 빌어먹을 네트워크 같으니!"

도서관의 유리천장이 부서져 내리며 물이 안으로 쏟아졌다. 네트워크의 자동 방어 시스템이 작동한 것이다. 먼저 장대비가 쏟아졌다. 유령들이 대항 프로그램을 통해 반격하려 했지만, 곧 앞이 보이지 않을 정도로 끝없는 폭우가 쏟아졌다. 마치 강줄기가 방향을 바꾸어 도서관 앞마당으로 쏟아지는 것 같았다.

의자가 넘어졌고, 타지는 애써 균형을 잡으려 했지만 세게 엉덩방아를 찧고 말았다. 그는 몸을 옆으로 굴리며 손목을 움켜쥐었다. 홀로그램 속의 도서관 책 더미는 이제 사라지고 검은 형체들은 물속에 잠겨 있었다. 바닥에 빠르게 물이 차오르면서 형체들이 하나씩 깜빡거리며 꺼졌다. 스미드는 홀로그램을 끄고 민망한 표정으로 어보이를 바라보았다. 자동 방어 시스템이 그들을 탐지하고 물리쳤다. 주변의 원뿔형 빛이 살짝 밝아지며 테스트의 끝을 알렸다.

어보이는 타지를 부축하려 다가가다 걸음을 멈추었다. 타지가 그 고통에서 교훈을 배우길, 그리고 조금은 성숙해지길 바라는 마음 때문이었다. 어보이는 등을 돌려 어두운 격납고를 성큼성큼 걸어갔다. 길목마다 윙윙거리는 서버의 소음과 온기가 그를 따라다녔다.

마침내 출구에 도착했다. 스미드가 지시를 내리는 목소리가 희미하게 들렸지만, 열이 잔뜩 받은 상태라 그 내용은 머리에 들어오지 않았다. 바깥으로 나가자마자 어보이는 바닥에 앉아 눈을 감고 양팔로 머리를 감쌌다. 한숨이 나왔다. 막막했다. 일이 예상처럼 풀리지 않았다.

그 순간 누군가 그의 어깨를 잡았다. 벌떡 일어나 보니 타지였다. 손목에 하얀 냉찜질팩을 두르고 있었다.

"괜찮나?"

어보이가 물었다.

"내 손목이요, 아니면 프로젝트요?"

타지가 되물었다.

"어쨌든 물어봐줘서 고마워요."

"미안해. 내가 감정을 잘 다스리질 못해서. 일이 잘 안 풀리면 내가 어떤지 잘 알잖아."

"돌려서 말하지 않을게요. 상황이 좋지 않아요. 시간도 돈도 떨어지고 있어요."

타지가 말했다.

"내가 가진 돈은 마지막 1달러까지 전부 쓸 거야. 어차피 빈손으로 시작했으니 그건 상관없어. 내가 두려운 건 실패고, 그 실패가 이 나라에 미칠 영향이야. 우리가 성공해야 하는 이유는 이 임무가 막중하기 때문이야. 반드시 성공해야 하는 임무야. 하지만 그보다 더 중요한 게 있어. 그게 뭔지 알아?"

"나 3일 동안 잠도 못 잤어요. 수수께끼는 그만 내요."

"다시 한 번 이 나라를 어려운 문제를 해결하고, 혁신하고, 위험을 감수하며 보상을 받는 나라로 만들어야 해. 우리가 성공하지 못하면, 그 모든 가치를 영영 잃어버리게 될 것 같아."

"대니얼, 세상 짐을 전부 다 짊어지려고 하지 말아요. 그런 식으로 생각하면 절대 성공하지 못할걸요. 우리가 모인 건 이

나라를 위해서이기도 하지만, 도전을 좋아하기 때문이에요. 그게 재미있는 부분이죠."

어보이는 아무런 대꾸도 할 수가 없었다. 그냥 타지에게서 등을 돌려 천천히 활주로를 따라 내려가며 별이 총총한 밤하늘을 바라보았다.

황량한 아스팔트 활주로를 따라 걸었다. 거대한 격납고 건물은 점점 작아지고, 구름이 끼어 별을 가렸다. 눅눅한 바람 한 줄기가 얼굴을 스쳐 지나가자 활주로 중간에 멈춰 섰다. 길을 잃은 기분이었고, 그럴 때 할 수 있는 일은 하나뿐이었다. 어보이는 무릎 꿇고 기도하기 시작했다.

#메어섭, 해군 조선소,
줌웰트호.

"승리의 냄샌데!"

누군가 말했다. 이어 웃음이 터져 나왔다.

버넬리스는 벙커에 달린 커튼의 주먹만 한 틈으로 바깥을 내다보았다. 보이는 건 온통 살색에 회색 속옷뿐이었다. 소화된 급식의 악취가 벙커로 새 들어오자 버넬리스는 콧등을 찡그렸다. 그 냄새는 버넬리스의 작업복 냄새와 뒤섞였다. 두세 시간 전 구조 보강 작업을 한 탓에 작업복에는 땀 냄새와 에폭시 냄새가 절어 있었다. 버넬리스는 새 나오는 웃음을 참았다. 이 상황에 순응해야 한다는 사실이 너무나도 끔찍했다. 샤워를 한 지 벌써 3일이나 지났다.

그녀는 눈을 감으며 침대 구석으로 파고들었다. 하지만 안경의 전원을 켜는 순간, 웃음은 순식간에 눈물로 바뀌었다. 웃음과 눈물이 뒤섞여 나오는 것은 너무 피곤하고 제정신이 아니기 때문이었다. 바보 같았다. 전쟁 전에 버넬리스는 기계의 전원을 공급하는 방식을 재정립할 계획을 세웠다. 에너지, 그것이 기계에 생명을 주고 인간에게 삶의 동력을 제공한다. 전기는 영혼이나 다름없다. 적어도 고등학교 시절 마리화나를 피울 때는 그렇게 생각했다. 이제 그녀는 기계 그 자체였다. 배 위의 다른 기기들과 다르지 않았다. 진이 빠지고 공허한 기분이었다.

버넬리스는 눈물을 닦고 안경을 써 시간을 확인했다. 4시 43분이었다.

그녀는 커튼을 당기며 안경 한쪽 구석에서 반짝이는 노란 숫자 14.3을 애써 무시했다. 정상적으로 업무를 수행하려면 14.3시간의 렘수면이 필요하다는 뜻이었다. 안경에 뜬 코드의 무지개 빛이 충혈된 눈을 가려주길 바랄 뿐이었다. 어떻게

든 오늘 하루도 버텨야 한다.

바깥 복도로 나간 버넬리스는 승무원들 틈에 끼어 식당으로 이어지는 줄에 섰다.

"안녕하세요, 리 박사님."

뒤에서 목소리가 들렸다. 마이크가 복도 가운데 서서, 왼손에 커다란 도자기 커피 잔을 들고 있었다. 평소처럼 해군의 파란 작업복 위에 오렌지색 조끼를 걸치고 있었는데, 그 색의 조합 때문에 시리아에서 온 죄수 같아 보였다. 하지만 그럼에도 이 남자에겐 남다른 무언가가 있었다. 수십 년이 지나서도 매해 피플지의 매력적인 남자 순위에 오르는 나이 든 영화배우처럼 멋지게 늙은 남자였다.

"레일건 탄창을 좀 봐주시겠습니까? 제가 그 작업을 했거든요."

마이크가 말했다.

버넬리스는 아직 잠에서 완전히 깨지 못한 눈으로 멍하니 그를 바라보았다.

"배고프시다면 먼저 식사하셔도 됩니다. 몇 분 정도는 기다릴 수 있으니까요."

"댁한테는 필요할지도 모르죠. 하지만 나 같은 현대적인 아가씨한테는 약간의 의지력과 많은 알약의 힘만 있으면 되어요."

버넬리스는 주방으로 들어가 빨간 콜라 캔 하나와 에너지와 영양분을 보충해주는 알약이 든 2.5센티미터 포일 포장지 하나를 집었다.

버넬리스의 배 속이 꾸르륵거렸지만 약한 모습을 보이고 싶지 않았다. 그녀는 홀로 미소를 지었다. 고등학교 배구팀에 있든, 대학원에 있든, 전쟁터에 있든 다 똑같다. 절대로 약한 모습을 보여서는 안 된다.

"좋습니다, 그렇다면."

마이크가 약간 감탄한 투로 말했다.

"챔피언의 아침 식사군요, 리 박사님."

버넬리스는 마이크를 따라 복도를 걸으며, 차가운 콜라 캔을 이마에 대 두통을 해소해보려 애썼다.

해군들이 문이라 부르는 해치 앞에 도착하자, 마이크가 버넬리스가 먼저 들어가도록 옆으로 비켜섰다. 마이크에게서는 늙은 남자 냄새나 엔진 기름 냄새가 날 거라 생각했지만, 예상치 못한 상큼한 감귤 냄새가 났다.

"괴혈병에 걸리면 안 되잖아요. 내가 젊은 시절에는 그걸 걱정해야 했지요."

마이크는 금방 껍질을 깐 오렌지를 하나 건네며 말했다. 버넬리스는 미소를 지으며 오렌지를 받아 들었다.

레일건 탄창은 포탑 밑 배 깊숙이 뻗어 있었고, 그곳의 엎어 놓은 플라스틱 상자 위에 버넬리스가 앉았다. 버넬리스는 마이크가 용접하는 걸 지켜보며, 천천히 오렌지 조각을 씹으며 산미를 음미했다. 좁은 공간이라 팔만 뻗으면 닿을 거리였다. 고글 너머로 용접 토치의 불꽃에 비친 나이 든 중사의 옆모습이 보였다. 땀방울이 그의 목을 타고 흘러내렸다. 그러다 토치가 갑자기 홱 꺼졌다. 그가 용접 마스크를 들어 올리더니 연기 때문에 눈을 깜빡거리며 몸을 비켜서 레일건 포탄의 전기자를 지탱하는 선반을 보여주었다.

"어떤 것 같습니까, 리 박사님?"

마이크가 물었다. 버넬리스는 천천히 마지막 오렌지 조각을 씹으며, 그 말의 의미를 고민했다.

"용접이요. 제대로 됐는지 봐주시죠. 저 위쪽 포탑이요. 박사님 말대로 할 수 있지만, 박사님은 용접 기술에 대해 잘 모르시니까…… 전선이나 부품의 표면을 그냥 녹여 표면에 붙이면, 연구실에서 쓰기엔 충분할지 몰라도 이 기계가 돌아갈 때 받는 압력을 견디지 못할 겁니다. 재료를 적절히 조합해 매끄럽게 하는 게 중요하죠. 보여드릴 테니 내 마스크 쓰고 그 고글은 이리 건네요."

마이크는 무릎을 대고 있던 파란 사각형 폼 패드로 건너오라고 손짓하며, 용접 장갑을 건넸다.

"그 장갑이 맞을 겁니다. 눈짐작으로 골라오긴 했지만, 맞을 거예요. 그러니까 우리가 하는 일은 구조에 관한 거잖아요. 보이지는 않지만 모두가 여기에 의존하게 되겠죠. 우리가 먼저 건너보고 제대로 됐나 확인해봅시다."

버넬리스는 무릎을 꿇었고, 마이크는 그 옆 상자에 앉아 토치의 불꽃이 나올 때 손이 움직이지 않도록 그녀의 왼팔을 잡아주었다. 잠시 도와주다 버넬리스 혼자 하도록 두었다.

"잘하시네. 그 선을 죽 따라가요."

마이크는 전기자 선반이 갑판과 연결되는 부위를 따라 그녀의 손이 천천히 움직이도록 이끌었다.

"몇 번 더 반복한 다음에 식혀보죠. 그런 다음 다시 시작하는 겁니다. 연습하면 점점 좋아질 거예요."

"왜 레이저 용접기를 사용하지 않으세요?"

"그야 굳이 사용할 이유가 없으니까요. 미그 용접기도 잘 되는데 뭐 하러 굳이 바꿉니까? 늙은 개가 제 할 일을 알아서 잘하는데, 굳이 새 기술을 가르칠 필요가 없죠. 언젠가는 박사님도 깨닫게 될 겁니다."

#상하이, 전 프랑스 조계지, 로터스 플라워 클럽

세친은 여자의 이름을 묻지 말아야 한다는 걸 알았고, 그래서 지금까지 여자는 새로운 23번이었다. 세친이 문을 열자 여자가 시트를 덮고 기다리고 있었다. 여자는 눈을 크게 뜨고 깜빡이지도 않은 채 그의 움직임을 쫓았다. 약을 먹은 것 같은 집중력이었다. 여전히 아름답긴 하지만, 전보다 더 냉정해 보이고 전처럼 매력적이지도 않았다. 이것이 일의 단점이다. 다시 한 번 목적이 쾌락을 이겼다고, 세친은 생각했다.

과거 23번과의 관계에서는 그가 원하는 것이 중요했다면, 새 23번과는 여자가 원하는 것이 중요했다. 먼저 체렌코프 프로그램에 대한 자세한 정보를 원하더니, 이제는 위원회의 북태평양 방어 전략에 대한 정보를 원했다.

세친은 옷을 벗어 개 놓은 다음, 시트 안으로 들어갔다. 이번에는 시트가 오렌지색이었다. 여자의 따뜻한 나체와 함께 시트 안에 눕는 기쁨은 거부할 수 없는 것이었다. 여자가 재빨리 시트를 끌어당기면서 서로의 살갗이 닿는 그 순간을 세친은 음미했다.

여자가 자신의 입술에 손가락 하나를 대고 고개를 끄덕이더니, 등을 대고 누워 눈을 감았다. 세친은 여자가 고르게 숨을 쉬며 가슴이 오르내리는 모양을 지켜보았다. 허리의 문신을 유심히 살펴보았다. 장미와 뱀이 복잡하게 얽힌 화환 문신이었다. 코브라 한 마리와 산호뱀 한 마리, 그리고 잘 알지 못하는 다른 뱀 두 마리가 더 있었다. 장미는 아름다웠다.

여자가 세친과 전 23번이 사랑을 나누는 녹음을 틀고, 둘의 대화를 차단할 얇은 담요를 덮기 시작했다. 세친은 당혹감에 뺨이 달아올랐다.

"당신이 바라는 건 이게 전부인 것 같군." 세친이 말했다. "하지만 내가 솔직하게 털어놓으리라는 보장은 할 수 없어. 노력해보겠지만 그보다 급한 일이 있으니……"

"양보하는 거예요?" 여자가 한쪽 팔꿈치로 침대를 딛고선 물었다. 여자는 세친의 가슴을 한 손가락으로 훑다가 배꼽 바로 아래의 새로 난 흉터에 멈췄다. 길이 2.5센티미터 정도의 이 흉터는 절개 부위를 봉합하는 데 사용되는 투명한 수술용 접착제로 덮여 있었다. 상하이의 탕지아완 시장 장어 가판대 뒤쪽에서 갑자기 죽은 CIA 요원의 몸에서 찾아낸 외과용 펜으로 직접 낸 상처였다.

"전적으로." 세친이 과장된 한숨을 쉬자, 시트 밑으로 담배와 보드카 냄새가 나는 따뜻한 김이 어렸다. 23번은 실망스럽다는 듯 코를 찡그렸다.

"농담할 때가 아니에요. 말해봐요. 당신이 양보하는 거예요?"

"난 괜찮아. 말했듯이 신속하게 움직였어. 하지만 신중했지. 언제나 그래."

"그렇다면 진행하죠. 긴장 풀어도 돼요."

"기꺼이. 당신이 위로 올라갈 건가?"

여자가 고개를 저으며 세친의 밑에서 몸을 꼼지락거렸다. 여자의 손이 세친의 절개 부위 근처를 더듬었다. 세친은 통증에 눈살을 찌푸렸고 여자가 사과했다.

"좋아요, 칩이 만져져요. 왼쪽으로 조금만 가봐요. 당신 왼쪽이요. 좋아요."

세친의 파일을 다운로드하자 문신의 잉크 속에 숨겨놓은 전자 판독기가 희미하게 진동하며 피부가 간지러웠다. 세친이 여자에게 키스하려 하자 여자가 뒤로 물러났다.

"멈춰요!" 여자가 속삭였다. "절대, 절대 움직이지 말아요."

그 진동이 거의 1분 동안 계속되다가 갑자기 멈춰버리자 둘은 서로를 바라보았다.

"생각보다 나쁘지 않았어. 전쟁을 끝낼 정도로 충분한가? 그보다 못한 일로 전쟁들이 시작되긴 하지."

"난 가봐야 해요." 여자가 세친을 떼어내려 했다. "시간이 없어요."

"시간은 있어." 세친이 말했다. "게다가 너무 빨리 나가면 당신이 일을 제대로 안 한다고 생각하지 않을까?"

여자는 체념한 표정으로 그의 옆에 누웠다. "그냥 안기만 해요." 여자가 말했다. 이번에는 여자의 말이 일 때문만은 아닌 것 같았다. 세친은 여자의 어깨를 붙잡고 잠시 그 떨림을 느꼈다.

"두렵다는 건, 일을 제대로 했다는 뜻이야." 세친이 다정하게 말했다.

세친이 여자와 유대감을 느끼기 시작하려는 찰나, 녹음기가 멈추더니 여자가 시트를 홱 열어젖혔다.

"시간 다 됐어요." 여자가 등을 돌리고 서서 옷을 입기 시작했다.

"물론이지." 세친은 대꾸했다.

#샌프랍시스코만, 알커트라즈섬 서쪽,
줌월트호

"명심해, 절대 다리에만 부딪치지 마." 줌월트가 우현 측의 엔젤섬을 지나는 순간 부함장 호레이쇼 코르테즈가 말했다.

커피 두 잔을 마시기 전, 줌월트는 점검 후 처음으로 메어섬의 부두를 출항했다. 긴장된 순간이었다. 멘토 승무원들이 계류용 밧줄을 거두는 걸 도와주지 않았더라면, 이 배는 여전히 항구에 매여 있었을 것이다. 이 배의 시스템 수리를 도운 어린 친구들은 전함을 움직이는 방법은 전혀 몰랐다. 메어섬 조선소에서 출항해 알커트라즈섬으로 향한 줌월트는 이베이 파크 부두 바로 옆에 정박했다.

모두가 기대하는 줌월트의 방문은 샌프란시스코 자이언츠 대 워싱턴 내셔널 팀의 경기 시간에 맞추었다. 위성으로 상황을 지켜본 위원회는 미국이 이 배를 새로 단장하고 있다는 사실은 잘 알고 있지만, 자세한 내용은 전혀 몰랐다. 군인들에게 공짜 티켓을 배부하고 야구 경기가 열리는 날 대중에게 이 전함을 공개하는 것이 사기 증진을 위한 조치라고만 생각했다. 국방부장관 메릴린 클레이번이 직접 시구를 하러 오기까지 했다.

하지만 그녀는 마운드에 서서 첫 시구를 한 후, 대다수의 고위 관리들이 그렇듯 구단주의 특별석으로 가지 않았다. 대신 줌월트의 함교로 갔고, 그곳에서 야간 야구 경기를 방패 삼아 줌월트의 새 전력 시스템을 시험했다.

이번에는 싸워서 얻어야 했다.

1번 부두 근처 알라모아나대로 옆 나이트클럽 로컬에서 캐리는 이 해군을 차지하려다 싸움을 벌일 뻔했다. 남자랑 있던 러시아 창녀는 약쟁이 같았고, 몰래 발을 걸어 댄스 플로어에서 자빠지게 만들기만 하면 되었다. 비번인 위원회 군인은 창녀가 제 발로 일어서기도 전에 그 여자를 바깥으로 끌어냈다. 문제는 여자의 포주였다. 그자가 캐리의 목덜미를 잡아 댄스 플로어에서 끌어냈다. 캐리의 댄스 파트너가 한 발 돌려차기를 하자 포주는 테이블 위에서 춤을 추는 댄서의 하얀 부츠에 돈과 약을 넣던 위원회 선원 무리로 날아갔다.

또 한 번의 춤이 끝나자, 캐리는 남자에게 단 둘이 있을 수 있는 곳으로 데려가 달라고 부탁했다. 남자가 데려간 곳은 약혼자의 공군기지에서 자주 보았던 8륜 장갑차였다. 철제 장갑차 안에 들어간 둘은 군인 일곱은 넉넉히 탈 수 있을만한 공간에서 얼굴을 마주보고 앉았다. 머리 위에 있는 쐐기 모양의 105밀리미터 포탑 입구에 달린 모니터에서 희미한 빨간 불빛이 반짝거렸다. 안에 밴 땀 냄새와 퀴퀴한 음식 냄새 때문에 쓰레기통 안에 앉은 기분이었지만, 남자는 상관하지 않는 것 같았다.

남자가 등을 돌려 앞좌석 사이에 설치되어 있는 음악 재생기 쪽으로 손을 뻗었다. 캐리는 남자의 어깨 근육이 흔들리는 모습과 등과 팔뚝을 뒤덮은 알록달록한 네 마리의 호랑이 문신을 바라보았다. 빡빡 밀어버린 머리에는 모스 코드 같은 흉터투성이었다. 스물다섯이 채 안 된 사람치고는 흉터가 너무 많았다.

"재즈 음악 있어요. 중국 건데. 괜찮아요?"

캐리는 웃었다. "물론이죠."

장갑차를 부두에 주차해, 열린 뒤쪽 해치로 바닷물이 철썩거리는 소리가 희미하게 들려왔다.

"영어 잘하시네요." 캐리가 말했다.

"두 살 때부터 부모님이 영어를 배우게 하셨죠. 일할 때 필요하다고요."

캐리는 남자가 따라준 중국 전통주 바이주 잔을 들어올렸다. 싸구려 보드카 맛이었다.

"당신의 부모님을 위해서." 캐리가 말했다. "하지만 이건 일이 아니에요. 날 구해준 게 고마워서 그러는 거니까……. 이제 저 문을 닫아야 할 것 같네요."

"문이 아니라 해치예요." 남자가 말하며 캐리 옆을 비집고 지나가 해치를 닫았다. 외장에 붙은 묵직한 철제와 반응장갑으로 완벽한 방음이 되자, 왠지 아주 작아진 느낌이 들었다.

캐리는 고양이처럼 유연하게 팔다리로 기어가 남자 위에 걸터앉았다. 아직 검은색 실크 칵테일 드레스를 입고 있었지만, 하이힐은 선반에 걸려 있었다. 남자는 비번인 위원회 군인들이 나이트클럽과 술집에 다닐 때 입는 검은색 바지 차림이었다.

스피커에서 피아노 소리가 흘러나왔지만 귀에 들어오지 않았다. 술에 취하고 각성제를 잔뜩 먹은 아트 호디스의 연주 같았다. 캐리의 아버지는 시카고 옆 동네인 인디애나주 게리 출신으로, 딸에게 재즈의 아름다움과 남자의 무서움을 가르쳤다.

캐리는 남자에게 키스했다. 술맛만 났다. 그런 다음 등을 뒤로 젖혔다.

"구속구 써도 돼요?"

"난 아무거나 다 좋아요." 남자가 씩 웃었다.

"물론 그러시겠죠. 밧줄 같은 거 있어요?"

"내 비즈로 녹화해도 돼요?"

"이건 우리 둘 사이의 일이에요. 다른 사람에겐 보여주고 싶지 않아요. 비즈는 안 돼요, 알았죠?"

캐리는 앞으로 고개를 숙여 남자의 목과 귀에 키스하며 그의 얼굴에 가슴을 비볐다.

"저기, 가방 안에요." 남자가 말했다. "죄수들한테 쓰는 게 있을 겁니다. 조심해요."

캐리는 손목을 결박할 때 사용하는 형광 노란색 나노포어 테이프를 꺼냈다. 형광 노란색은 피부에 스며들어 체포된 적이 있다는 사실을 알리는 시각적 흔적을 남기고, 또 위원회의 센서들이 이 물질을 탐지할 수 있다는 소문도 돌았다.

빨간 불빛 속에서 이 테이프가 환히 빛났다. 가장자리를 따라 설치된 접이식 좌석 아래의 벌집 모양 알루미늄 판에 남자의 왼손을 묶기 시작하자 테이프롤이 소리 없이 풀렸다.

"와우, 당신을 묶는 건 줄 알았는데요."

"겁나요? 당신처럼 덩치 큰 남자가?"

캐리는 테이프를 손에 든 채로 뒤로 물러나 드레스를 벗었다. 이제 완전한 나체였다. "원한다면 내 몸수색을 해도 좋아요. 이 반란군에게 무기는 없으니까."

"좋아요. 하지만 왼손만 묶어요. 다른 손은 그냥 두고. 당신이 아름답긴 하지만, 그래도 미국인이니까."

캐리는 말을 하는 대신 앞으로 다가가 남자 앞에 무릎을 꿇고 그의 배꼽에 키스했다. 남자가 만족스러운 듯 고개를 끄덕이자, 캐리는 계속해서 그의 왼쪽 손목을 좌석 기둥에 묶었다. 남자에게 다시 키스하던 캐리는 느닷없이 멈췄다. 연민의 표정이 캐리의 얼굴을 스쳐 지나갔고, 뒤이어 떠오른 환한 미소는 빨간 불빛 속으로 사라졌다.

캐리는 나노포어 테이프를 꺼냈던 가방에 다시 손을 뻗어 13센티미터짜리 날이 달린 접이식 나이프를 하나 꺼냈다.

남자가 재빨리 오른손을 뻗었지만, 그가 캐리의 손목을 잡아채기 전에 캐리가 남자의 손바닥에 그 칼을 올려놓았다. 날은 펴지 않은 채로.

"봐요, 겁낼 것 없어요." 캐리가 말했다.

캐리는 남자에게 키스했다. 귀부터 시작해 턱, 목을 따라서 내려가다 벨트 버클에게 멈췄다. 손을 뻗어 아직 접힌 칼을 잡고 있는 남자의 오른손을 잡았다. 찰칵하고 날이 펼쳐지는 금속성 소리가 리드미컬한 피아노 소리 사이로 울려 퍼졌다.

"뭐 하는 거예요?" 남자가 물었다. 남자의 오른손에 쥔 칼날이 펼쳐져 있었고, 캐리의 손가락이 그의 손을 감싸 쥐었다.

캐리는 남자의 손을 잡은 채 자신의 눈 바로 앞으로 칼을 들어올려, 빨간 불빛을 전혀 반사하지 않는 까만 아노다이징 코팅 날을 감탄하는 눈으로 바라보았다.

그런 다음 남자의 손을 아래로 끌어내려 날의 끝을 자신의 가슴으로 향하게 했다.

칼끝이 캐리의 심장 바로 위쪽의 피부를 살짝 누르는 순간 손을 멈췄다. 칼에 살짝 긁혀 피 한 방울이 흘러 내렸다. 너무 순식간에 일어난 일이었다. 남자는 놀란 나머지 소리조차 지르지 못했다. 미처 소리를 내지 못하고 벌어진 입으로 공기만 들이마실 뿐이었다. 캐리는 눈을 감고 심호흡을 하며 이 순간을 만끽했다.

"봐요, 괜찮죠. 날 믿어도 돼요."

"아닌 것 같은데……"

"겁내지 말아요. 칼은 당신이 원하는 대로 할 수 있을 테니까요. 내 손을 묶지 않은 건 다른 이유 때문이에요. 좀 더 즐기기 위해서. 봐요, 당신 손에서 이 칼이 떨어진 적이 없잖아요…… 이렇게 흥미진진한 상황에서도."

남자가 고개를 끄덕였다. 캐리는 칼을 쥔 손에도 테이프를 감기 시작했다. 다 감은 다음 그 손을 잡고 칼날을 자신의 목, 경정맥 바로 위에 댔다.

"봤죠. 당신 군대와 마찬가지로, 주도권은 당신에게 있어요." 캐리가 속삭였다.

남자의 손에 든 칼날은 좀 전처럼 캐리의 몸을 따라 내려가다, 배꼽 부분에서 손을 멈추었다. 캐리는 남자를 올려다보며 미소를 지었다.

보이지 않을 정도로 빠른 움직임으로 캐리의 손이 칼끝을 남자 쪽으로 돌렸고, 칼날이 남자의 가죽 벨트를 잘랐다. 남자의 바지가 바닥으로 떨어졌다.

"당신 지휘관에게 해명을 해야겠네요." 캐리가 말했다.

남자가 웃음을 터트렸다. "게임은 그만하죠. 이리 와요."

캐리는 앞으로 다가가 그의 벗은 몸 위에 다시 올라탔다. 무게를 온전히 다 실어 남자에게 기대자, 칼을 쥔 남자의 손이 캐리를 껴안았다. 캐리가 두 손으로 남자의 얼굴을 어루만졌고, 남자가 무어라 말을 꺼내려 했다.

"쉿, 이제부터가 진짜 시작이에요." 캐리가 말했다.

캐리는 순식간에 나노포어 테이프 한 조각을 그의 입과 코 위에 붙였다.

남자가 당황한 사이 캐리는 재빨리 바닥으로 내려가 남자의 손에 닿지 않는 곳으로 물러났다. 남자는 의자에 손을 묶어 놓은 테이프를 자르려고 미친 듯이 애를 쓰기 시작했다. 테이프는 꿈쩍하지 않았다. 남자는 신음하며 숨을 쉬려고 애를 썼다. 그리고 캐리를 바라보았는데, 그 눈에는 분노가 어렸다가 거의 애원하는 표정으로 바뀌었다.

캐리는 고개를 살짝 옆으로 숙인 채 그를 관찰했다. 남자가 어설픈 모양새로 칼날을 테이프에 묶인 손으로 가져다 대는 모습을 조용히 지켜보았다. 마치 우유병을 들어 직접 마시려고 하지만 자꾸 젖꼭지를 놓치고 마는 아기처럼 각도가 빗나갔다.

남자는 입을 막은 노란 테이프에 구멍을 내려는 듯 처음에는 조심스럽게 칼날로 테이프를 찔렀다. 하지만 테이프는 잘리지 않고 그저 그 안에 갇힌 공기를 안으로 민 꼴만 되었고, 남자는 더 절박하게 몸부림쳤다.

남자는 무표정한 얼굴로 자신을 응시하는 캐리를 보며 애처롭게 끙끙거렸다. 남자는 칼날을 더 세게 눌렀다. 마침내 날카로운 칼날이 테이프를 뚫고 그의 아랫입술과 혀를 찔렀다.

남자는 제대로 비명도 지르지 못하고 앓는 소리만 냈다. 노란 테이프의 찢어진 틈으로 노란 색소가 섞인 피가 줄줄 흘러나왔다. 남자는 1센티미터도 안 되는 틈으로 공기를 들이마시려 애썼지만, 입안에 피가 차올라 숨을 쉴 수가 없었다. 다시한 번 테이프의 틈새로 노란 색소 거품과 빨간 피가 쏟아져나왔다. 남자는 좁은 틈새로 숨을 헐떡이며 칼로 테이프를 더 찢어보려 했다. 제정신이 아닌 그는 캐리의 손이 다시 칼날을 쥔 자신의 손을 감싸 쥔다는 사실을 알아채지도 못했다.

(2권에서 계속…)

미중전쟁 가상 시나리오
유령함대 I

| 펴낸날 | 초판 1쇄 2018년 3월 6일 |
| | 초판 4쇄 2018년 4월 13일 |

지은이	피터 W. 싱어 · 오거스트 콜
옮긴이	원은주
펴낸이	심만수
펴낸곳	(주)살림출판사
출판등록	1989년 11월 1일 제9-210호

주소	경기도 파주시 광인사길 30
전화	031-955-1350 팩스 031-624-1356
홈페이지	http://www.sallimbooks.com
이메일	book@sallimbooks.com

| ISBN | 978-89-522-3898-6 04840 |
| | 978-89-522-3900-6 04840(세트) |

※ 값은 뒤표지에 있습니다.
※ 잘못 만들어진 책은 구입하신 서점에서 바꾸어 드립니다.

이 도서의 국립중앙도서관 출판시도서목록(CIP)은 서지정보유통지원시스템 홈페이지
(http://seoji.nl.go.kr)와 국가자료공동목록시스템(http://www.nl.go.kr/kolisnet)에서
이용하실 수 있습니다.(CIP제어번호: CIP2018003044)

기획 노만수 책임편집·교정교열 서지영 황민아

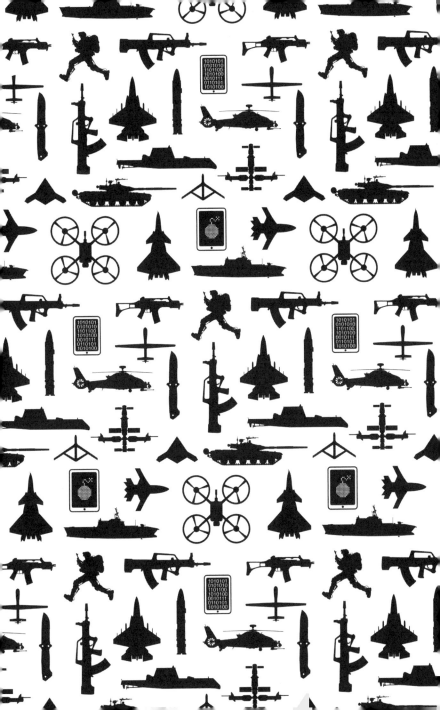